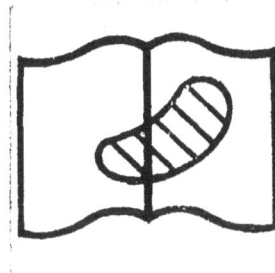

Illisibilité partielle

Début d'une série de documents
en couleur

VALABLE POUR TOUT OU PARTIE
DU DOCUMENT REPRODUIT

M.-I. TOURGUÉNEFF

NOUVELLES SCÈNES

DE LA VIE RUSSE

TRADUITES AVEC L'AUTORISATION DE L'AUTEUR

PAR LOUIS VIARDOT

BIBLIOTHÈQUE DES MEILLEURS ROMANS ÉTRANGERS

1 FRANC

LE VOLUME

PARIS

LIBRAIRIE HACHETTE ET Cie

79, BOULEVARD SAINT-GERMAIN, 79

Librairie HACHETTE et Cⁱᵉ, 79, boulevard Saint-Germain, Paris.

BIBLIOTHÈQUE
DES MEILLEURS ROMANS ÉTRANGERS

ÉDITIONS A 1 FRANC LE VOLUME

ROMANS TRADUITS DE L'ANGLAIS

Ainsworth (W.) : Crichton, 1 vol.

Alexander (Miss) : L'épousera-t-il ? 1 vol. — Une seconde vie, 2 vol. — Autour d'un héritage, 2 vol.

Anonymes : Les pilleurs d'épaves, 1 vol. — Whitefriars, 2 vol. — La veuve Barnaby, 2 vol. — Mehalah, 1 vol. — Portia, 1 vol. — Le bien d'autrui, 1 vol. — La Maison du marais, 1 vol. — Helen Clifford, 1 vol.

Austen (Miss) : Persuasion, 1 vol.

Beecher-Stowe (Mrs) : La case de l'oncle Tom, 1 vol. — La fiancée du ministre, 1 vol.

Black (W.) : Anna Beresford, 1 vol.

Blakmore (R.) : Erema, 1 vol.

Blest-Gana : L'idéal d'un mauvais sujet, 1 v.

Blind : Tarantella, 1 vol.

Braddon (Miss) : Œuvres, 26 volumes.

Bulver Lytton (Sir Ed.) : Œuvres, 21 vol.

Conan-Doyle : La marque des quatre, 1 vol.

Conway (H.) : Affaires de famille, 1 vol. — Vivant ou mort, 1 vol. — Nouvelles, 1 vol.

Craik (Miss Mullock) : Deux mariages, 1 vol. — La rose du Liban, 1 vol.

Cummins (Miss) : L'allumeur de réverbères, 1 vol. — Mabel Vaughan, 1 vol. — La case du Liban, 1 vol.

Currer-Bell (Miss Brontë) : Jane Eyre, 2 vol. — Le Professeur, 1 vol. — Shirley, 2 vol.

Dasent : Les Vikings de la Baltique, 1 vol.

Derrick (F.) : Olive Varcoe, 1 vol.

Dickens (Ch.) : Œuvres, 27 volumes.

Dickens et Collins : L'abîme, 1 vol.

Disraeli : Lothair, 1 vol.

Edwardes (Mrs Annie) : Un bas-bleu, 1 vol. — Une singulière héroïne, 1 vol.

Edwards (Miss Amelia) : L'héritage de Jacob Trefalden, 1 vol.

Elliot (F.) : Les Italiens, 1 vol.

Elliot (G.) : Adam-Bede, 2 vol. — La conversion de Jeanne, 1 vol. — Les tribulations du révérend A. Barton, 1 vol. — Le moulin sur la Floss, 2 vol. — Romola, 2 vol. — Silas Marner, 1 vol.

Fullerton (Lady) : L'oiseau du bon Dieu, 1 vol. — Hélène Middleton, 1 vol.

Gaskell (Mrs) : Autour du sofa, 1 vol. — Ruth, 1 vol. — Les amoureux de Sylvia, 1 vol. — Cousine Phillis, 1 vol.

Goldsmith : Le vicaire de Wakefield, 1 vol.

Grenville Murray : Veuve ou mariée ? 1 vol.

Hall-Caine : Jason, 2 vol.

Hamilton-Aïdé : Rita, 1 vol. — Présentée, 1 vol.

Hardy (T.) : La trompette-major, 1 vol.

Harwood (J.) : Lord Ulswater, 1 vol.

Haworth (Miss) : Une méprise, — Les trois soirées de la Saint-Jean, — Morwell, 1 vol.

Hawthorne : La maison aux 7 pignons, 1 vol.

Helmbourg : L'autre, 1 vol.

Helm : Mᵐᵉ Théodore, 1 vol.

Hungerford (Mrs) : Molly-Bawn, 1 vol. — Doris, 1 vol. — La conquête d'une belle-mère, 1 vol. — Rossmoyne, 1 vol. — Premières joies et premières larmes, 1 vol.

Howells : La passagère de l'Arowstoock, 1 vol.

James : Léonora d'Orco, 1 vol. — L'Américain à Paris, 1 vol. — Roderick Hudson, 1 vol.

Jonkin (Mrs.) : Qui casse paye, 1 vol.

Jerrold (B.) : Sous les rideaux, 1 vol.

Kavanagh (J.) : Tuteur et pupille, 2 vol.

Kingsley : Il y a deux ans, 2 vol.

Lawrence (G.) : Frontière et prison, 1 vol. — Guy Livingstone, 1 vol. — Honneur stérile, 1 vol. — L'épée et la robe, 1 vol. — Maurice Dering, 1 vol. — Flora Bellassy, 1 vol.

Longfellow : Drames et poésies, 1 vol.

Marsh (Mrs) : Le contrefait, 1 vol.

Mayne-Reid : La piste de guerre, 1 vol. — Le Quarteronne, 1 vol. — Le doigt du destin, 1 vol. — Le roi des Séminoles, 1 vol. — Les partisans, 1 vol.

Melville (Whyte) : Les gladiateurs : Rome et Judée, 1 vol. — Katerfelto, 1 vol. — Digby Grand, 1 v. — Kate Coventry, 1 vol. — Satanella, 1 vol.

Ouida : Œuvres, 14 vol.

Page (H.) : Un collège de femmes, 1 vol.

Poynter (E.) : Hetty, 1 vol.

Reade et Dion Boucicault : L'île providentielle, 1 vol.

Segrave (A.) : Marmorne, 1 vol.

Smith (J.) : L'héritage, 3 vol.

Thackeray : Henry Esmond, 2 vol. — La foire aux vanités, 2 vol. — Le livre des Snobs, 1 vol. — Mémoires de Barry Lyndon, 1 vol.

Thackeray (Miss) : Sur la falaise, 1 vol.

Townsend (V.-E.) : Madeline, 1 vol.

Trolloppe (A.) : Le domaine de Belton, 1 vol. — Les tours de Barchester, 2 vol. — Rachel Ray, 1 vol.

Trolloppe (Mrs.) : La Pupille, 1 vol.

Wilkie Collins : Œuvres, 20 volumes.

Coulommiers. — Imp. Paul Brodard — 12-97.

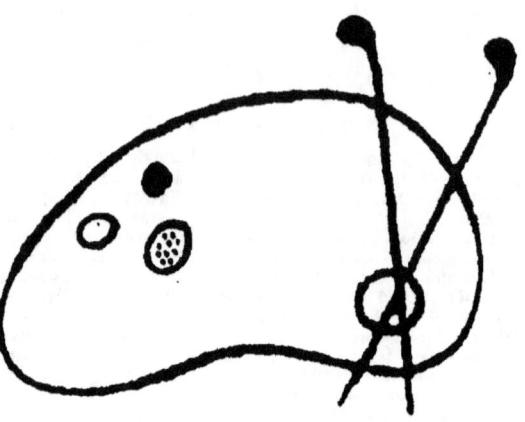

**Fin d'une série de documents
en couleur**

NOUVELLES SCÈNES

DE LA VIE RUSSE

COULOMMIERS

Imprimerie Paul BRODARD.

M.-I. TOURGUÉNEFF

NOUVELLES SCÈNES
DE LA VIE RUSSE

TRADUITES AVEC L'AUTORISATION DE L'AUTEUR

PAR LOUIS VIARDOT

PARIS

LIBRAIRIE HACHETTE ET Cⁱᵉ

79, BOULEVARD SAINT-GERMAIN, 79

1901

L'AUBERGE

DE GRAND CHEMIN

L'AUBERGE

DE GRAND CHEMIN.

I

Sur la route de B., à égale distance à peu près des deux villes de district qu'elle traverse, se trouvait, il n'y a pas encore longtemps, une vaste auberge bien connue de tous les voituriers, paysans d'*aboze*[1], commis de marchands, colporteurs, et en général des divers et nombreux voyageurs qui, à chaque époque de l'année, parcourent le pays. Peu de personnes passaient devant cette auberge sans s'y arrêter; il n'y avait guère qu'un lourd carrosse de seigneur, attelé de six juments élevées à la maison, qui continuât majestueusement son chemin, ce qui n'empêchait ni le cocher ni le laquais pendu aux crochets de derrière, de jeter un regard d'attention et de regret sur le perron si connu; ou bien quelque pauvre hère, dans une méchante *telega*, avec trois kopecks dans sa bourse de cuir, arrivé à la hauteur de la riche auberge, se mettait à fouetter son bidet fatigué, pour aller chercher plus loin

---

1. On appelle *aboze* une longue file de *telegas* ou de traîneaux, qui font pour le seigneur des convois de corvée.

son gîte auprès de quelque paysan aussi pauvre que lui, chez lequel on ne saurait trouver autre chose que du foin et du pain, mais qui ne ferait pas payer un kopeck de trop.

Outre sa position avantageuse, l'auberge dont nous parlons avait d'autres attraits pour retenir les voyageurs : de l'excellente eau dans deux puits profonds, aux larges roues desquelles pendaient des seaux attachés par des chaînes de fer ; une vaste cour entourée de galeries couvertes reposant sur de gros piliers ; une bonne *isbá* bien chauffée par un immense poêle russe, avec ses prolongements qui servent de lits ; enfin, deux chambrettes assez propres, garnies d'un petit papier rougeâtre, d'un grand canapé en bois et de deux pots de géranium sur les fenêtres, qui, ne s'ouvrant jamais, étaient toutes noircies d'anciennes couches de poussière. Et puis le moulin et la forge n'étaient pas fort loin de l'auberge ; le *kabak* [1] n'en était qu'à une demi-verste ; l'hôtelier y vendait du tabac, qui, bien que mélangé de cendre, picotait agréablement le nez des pratiques. Grâce à tous ces avantages, l'auberge était fort achalandée ; mais, d'après les propos des voisins, c'était surtout parce que l'hôtelier avait du bonheur, et qu'il réussissait dans toutes ses entreprises, bien qu'il ne méritât point une pareille chance. Comme on dit chez nous : « Qui est heureux a raison. »

Il était de la classe des bourgeois [2], et se nommait Naoum Ivanoff ; il avait la taille courte et épaisse, les épaules larges, la tête grosse et ronde, de longs cheveux ondoyants et déjà grisonnants, bien qu'il n'eût que la quarantaine ; son visage était plein et frais, son front bas et blanc ; ses petits yeux, d'un bleu clair, regardaient d'une façon étrange, à la fois en dessous et avec impudence. Il

1. Cabaret.
2. *Metchanine*, classe intermédiaire entre le serf (car il est libre) et le marchand (car il est soumis au service militaire).

tenait la tête toujours penchée, ayant le cou trop court ;
il marchait vite, et ne laissait jamais ballotter ses mains,
qu'il tenait fermées. Quand il souriait, et il souriait souvent, mais sans rire et comme en cachette, ses lèvres
rouges s'entr'ouvraient désagréablement, montrant une
rangée de dents fort blanches et fort serrées. Il parlait
d'une voix brève et d'un ton hargneux. Il se rasait la
barbe, mais ne s'habillait pas à l'allemande. Son vête-
ment consistait en un long cafetan râpé, un large pantalon, et des souliers où il mettait ses pieds nus. Il faisait
de fréquentes absences pour ses affaires, et il en avait de
toutes sortes : il brocantait des chevaux ; il affermait des
terrains ; il achetait en bloc les produits des vergers. Mais
ses absences ne se prolongeaient jamais longtemps.
Comme l'épervier, auquel il ressemblait par son regard,
il revenait promptement au nid. Il savait le tenir en bon
ordre, ce nid ; tout se faisait par ses mains. Les voyageurs ne conversaient pas volontiers avec lui, et lui-
même n'aimait pas perdre le temps en paroles inutiles.
« J'ai besoin de votre argent, disait-il, et vous de mes provisions. Nous n'avons pas d'enfant à baptiser ensemble.
Un voyageur a mangé, son cheval aussi ; qu'il parte, et,
s'il est fatigué, qu'il dorme. » Il avait des domestiques
grands et forts, mais silencieux et obéissants, qui le crai-
gnaient beaucoup. Jamais il ne prenait lui-même une
goutte de spiritueux, mais il leur donnait à chacun, les
jours de grandes fêtes, un *grivenik* pour boire. Les autres
jours, ses domestiques n'osaient pas plus boire que lui.
Les gens de cette espèce font vite fortune ; mais ce n'était
pas par le droit chemin que Naoum était arrivé à la position brillante qu'il occupait. On lui supposait un avoir
de quarante à cinquante mille roubles assignats.

II

Une vingtaine d'années avant l'époque où nous plaçons notre récit, il existait déjà une auberge au même endroit de la route. Elle n'avait, il est vrai, ni les toits peints en rouge, ni le petit fronton triangulaire à la grecque, posé sur de minces piliers tournés, qui donnaient à l'auberge de Naoum un faux air d'habitation seigneuriale; cependant la chambre y était chaude, les chevaux bien à l'abri, et les voyageurs la fréquentaient volontiers. Le propriétaire de cette ancienne auberge était, dans ce temps-là, un certain Akim Sémenoff, serf d'une dame du voisinage, Mme Kuntze, veuve d'un ingénieur, Allemand naturalisé. Cet Akim était un paysan intelligent et actif, qui, dans son jeune âge, parti pour faire le roulage avec deux méchants chevaux, était revenu, un an après, avec un attelage de trois passables bêtes, et qui avait, depuis lors, passé la plus grande partie de sa vie sur les grands chemins, qui avait visité Khasan et Odessa, Orenbourg et Varsovie, et même, passant la frontière, Lipetsk à la grande foire [1], d'où il avait ramené deux énormes *telegas* attelées chacune de trois puissants étalons. Il payait avec exactitude l'*obrok* [2] à sa maîtresse, et avait ramassé quelque argent.

La vie errante lui pesait-elle? Voulait-il se faire une

---

1. Leipsick, qui a probablement une origine slave.
2. Redevance annuelle que donne le serf exempté de corvées.

famille nouvelle, car sa femme était morte pendant l'un
de ses voyages? Nous ne savons ; mais il se décida à laisser son métier et à construire une auberge. Avec la permission de sa maîtresse, il acheta une demi-*déciatine*
de terre sur le bord de la grande route, et s'y établit. Son
affaire marcha bien ; la grande expérience d'Akim lui ap-
prenait ce qu'il fallait faire pour attirer les rouliers, et
bientôt son auberge fut connue à cent verstes à la ronde.
Akim, il est vrai, avait encore tout laissé à la vieille mode.
Les chambres n'étaient pas fort propres ; on donnait aux
chevaux l'avoine humide. Mais aussi il ne demandait pas
mieux que de rabattre quelque chose sur les prix, ce que
Naoum n'accordait jamais ; il faisait volontiers crédit, et
même, quelquefois, il aimait à traiter ses pratiques. Et
puis, il racontait si bien ! surtout lorsque, assis devant un
samovar[1], il parlait de Piter[2], des steppes de la Russie,
ou bien encore des pays au delà de la mer[3] ; il aimait
aussi à boire, mais en compagnie d'un galant homme,
et jamais, comme on dit, jusqu'à la laideur. Les marchands surtout avaient pour lui beaucoup de bienveillance, et généralement tous les gens de l'ancienne roche,
de ceux qui ne se mettent jamais en route sans se cein-
dre les reins, qui n'entrent jamais dans une chambre sans
faire le signe de croix, et n'adressent jamais la parole à un
homme sans lui souhaiter une bonne santé. L'extérieur
d'Akim prévenait en sa faveur. Il était de grande taille,
un peu maigre, mais très-svelte, même dans un âge
avancé. Il avait le visage long, régulier, agréable ; le front
haut et découvert, le nez droit et fin, comme les figures
des saintes images, et de petites lèvres ; le regard de ses
yeux bruns, à fleur de tête, était toujours affable, et le

1. Bouilloire à thé.
2. Saint-Pétersbourg.
3. Pays étrangers.

peu de cheveux qui lui restaient tombaient en boucles sur son cou. Il avait très-bien chanté dans sa jeunesse; mais tant de longs voyages faits en hiver avaient affaibli sa poitrine. Tous ses mouvements étaient lents et calmes, sans manquer d'une certaine assurance et d'une politesse sérieuse, comme chez un homme qui a beaucoup vu e' beaucoup connu.

Oui, il avait tout ce qu'il faut pour être heureux, Akim, ou plutôt Akim Ivanitch, comme on l'appelait respectueusement, même dans la maison seigneuriale où il se présentait tous les dimanches après la messe; oui, s'il n'avait eu une faiblesse qui a déjà perdu bien des gens sur la terre, et qui finit par le perdre lui-même : la passion du beau sexe. Son cœur ne pouvait pas résister à un regard de femme; il fondait à sa chaleur, comme la première neige au moindre rayon du soleil. Akim avait déjà maintes fois souffert pour son excessive sensibilité.

Cependant il avait été si affairé, la première année de son établissement sur le grand chemin, qu'il n'avait pu songer à l'amour; et, si quelque pensée tendre lui montait à la tête, il la chassait aussitôt par la lecture des livres sacrés (Akim avait appris à lire dès son premier voyage), par le chant à mi-voix des psaumes, ou bien par quelque autre pieuse occupation. D'ailleurs il avait atteint déjà sa quarante-sixième année, époque de la vie où il est bien tard pour songer au mariage. Akim croyait lui-même que cette folle idée, comme il disait, l'avait à jamais quitté; mais il paraît qu'on ne peut éviter son sort.

La maîtresse d'Akim, Lisaveta Prokhorovna Kuntze, était, comme son défunt mari, originaire de la ville de Mittau, en Courlande, où existait encore sa famille, fort nombreuse et fort pauvre. Du reste elle s'en occupait très-peu, surtout depuis que l'un de ses frères, officier dans l'ar-

mée, étant venu lui faire une visite, s'était émancipé dès
le second jour jusqu'à l'appeler *Du lumpen-mam'zelle* [1],
tandis que, la veille encore, il la nommait, en fort mauvais
russe, « très-honorée sœur et bienfaiteur. » Malgré le
sang étranger qui coulait dans ses veines, Lisaveta
Prokhorovna ne le cédait point à une dame russe de noble race. Elle habitait presque constamment sa jolie petite propriété bien acquise [2]; je dis bien, mais un peu
trop vite acquise par les soins de M. son mari. Elle l'administrait elle-même, et passablement. Ses paysans ne
souffraient pas trop, mais il ne leur restait en tout que le
plus juste. Elle savait tirer parti de tout; et en cela,
comme dans son art de ne dépenser qu'un polouchka pour
un kopeck [3], elle trahissait son origine allemande. En
tout le reste, elle se conduisait parfaitement à la russe.
Elle avait dans sa cour une foule de gens fort mal habil-
lés, surtout beaucoup de filles, qui du reste ne mangeaient
pas leur pain sans le gagner. Dès le matin, leur pauvre
échine ne se relevait plus, constamment pliée par le travail. Elle aimait à sortir dans un grand carrosse avec des
laquais à livrée; elle aimait l'espionnage, les rapports,
et savait en faire elle-même; elle aimait à prendre un
homme parmi ses gens pour le combler de faveurs et,
tout à coup, le frapper de disgrâce. En un mot, Lisaveta
Prokhorovna se conduisait absolument comme il convient
à une grande dame. Elle avait de l'affection pour Akim,
qui lui payait un *obrok* plus que triplé; elle lui adressait
gracieusement la parole, et quelquefois, en plaisantant,
l'invitait à lui faire visite. Et c'est précisément dans la
maison de sa maîtresse que le malheur attendait Akim.

Parmi les servantes qu'avait Lisaveta Prokhorovna, se

1. En allemand : *Toi, demoiselle faite de chiffons.*
2. On appelle ainsi les propriétés qui ne sont point patrimoniales.
3. Deux liards pour un sou.

trouvait une fille de dix-huit à vingt ans, orpheline, qui
se nommait Dounacha. Elle était assez jolie, assez bien
faite; son minois, quoique irrégulier, plaisait par une
expression à demi caressante et à demi moqueuse, et,
bien qu'elle n'eût ni père ni mère, elle avait une certaine
fierté dans la tenue, parce qu'elle sortait d'une souche de
domestiques du premier rang. Son père avait été, plus
de trente années, intendant, et son grand-père valet de
chambre du même prince, grand seigneur et sergent
aux gardes sous l'impératrice Catherine[1]. Dounacha s'habillait aussi proprement qu'il lui était possible, et soi-
gnait surtout ses mains qui étaient fort belles. Elle montrait le plus grand dédain pour tous ses adorateurs, se
bornant à leur répondre : « Oui, sans doute, je vous
écouterai.... une autre fois. » Elle avait étudié trois ans
à Moscou chez une modiste française, d'où elle avait rapporté ces petites manières hautaines qu'ont toutes les
servantes russes dès qu'elles ont été apprenties dans une
capitale. « C'est une fille de grande ambition, » disaient
d'elle ses camarades. Elle ne cousait pas mal; mais
pourtant elle ne jouissait pas de la bienveillance de sa
maîtresse, grâce à la servante en chef Kirilovna, femme
rusée qui avait pris un grand ascendant sur Mme Kuntze,
et qui avait le secret d'éloigner toutes ses rivales.

Ce fut précisément de cette Dounacha qu'Akim s'avisa
de devenir amoureux. Il l'avait rencontrée plusieurs fois
dans la maison seigneuriale, puis il avait passé toute
une soirée avec elle chez l'intendant, qui l'avait convié à
prendre le thé avec les autres principaux serviteurs. Akim
n'appartenait pas à leur classe, et portait la barbe de
mougik; mais c'était un homme civilisé, qui savait lire,

---

1. C'est l'impératrice elle-même qui était colonel de ce régiment, dont
son favori Patiomkine fut lieutenant-colonel.

et il avait de l'argent. De plus, il ne s'habillait pas en paysan; il portait un long cafetan de drap noir, de hautes bottes, et un mouchoir autour du cou.

Dans cette soirée de l'intendant, Dounacha acheva de subjuguer le cœur d'Akim, bien qu'elle n'eût rien répondu à toutes ses phrases respectueuses, et qu'elle se fût contentée de jeter sur lui de temps en temps un regard de côté, comme si elle se demandait : « Pourquoi ce paysan est-il ici? » Mais ses dédains ne firent qu'enflammer davantage Akim, qui, rentré chez lui, se mit à réfléchir profondément, et finit par se dire résolûment : « Je serai son mari. » Aussi, comment décrire la colère et l'indignation de Dounacha, quand, cinq jours plus tard, Kirilovna (Akim avait su comment s'y prendre auprès de celle-ci), l'ayant appelée avec câlinerie dans sa chambre, l'informa que cet Akim, ce paysan barbu, auprès duquel elle avait rougi de se trouver assise, la demandait en mariage!

Dounacha devint pâle, puis partit d'un éclat de rire forcé, puis se mit à pleurer à chaudes larmes. Mais Kirilovna mena si adroitement son attaque, lui fit si bien sentir sa position dans la maison, et lui intima si clairement le désir de sa maîtresse elle-même, que Dounacha sortit de la chambre toute pensive, et, rencontrant Akim, ne se détourna plus et le regarda fixement dans les yeux. Kirilovna n'avait pas oublié non plus de lui glisser quelque mot de la richesse et de la complaisance d'Akim. En effet, les nombreux cadeaux qu'elle reçut de lui dissipèrent ses dernières hésitations. Enfin Lisaveta Prokhorovna, à qui, dans la joie de son cœur, Akim avait présenté une centaine de pêches sur un plat d'argent, daigna consentir à son mariage avec Dounacha. Et ce mariage se fit. Akim ne recula devant aucune dépense, fit les choses grandement, et sa fiancée, qui, la veille encore,

pendant la *soirée do jeunes filles*, semblait plus morte
que vive, et qui avait pleuré toute la matinée pendant
que Kirilovna l'habillait pour la noce, se consola bientôt.
Sa maîtresse lui avait prêté, pour aller à l'église, son
propre châle, et Akim, le même jour, lui fit cadeau d'un
châle tout pareil, et peut-être plus riche encore.

III

Akim se maria donc, et emmena sa nouvelle épousée
dans sa maison. Il apparut bientôt que Dounacha n'était
pas une bonne ménagère, un bon aide pour son mari.
Elle ne s'occupait de rien, était triste, s'ennuyait, à moins
que quelque officier de passage ne lui contât fleurette pendant qu'elle lui apportait le *samovar*. Elle se sentait plus
à son aise dans la maison seigneuriale, où elle allait aussi
souvent qu'il lui était possible. Ses anciennes camarades
admiraient ses robes; Kirilovna lui faisait prendre du
thé; mais là aussi elle avait à passer des moments amers.
Comme femme d'aubergiste, elle ne pouvait plus porter
un bonnet, il lui fallait mettre un mouchoir sur sa tête,
« comme une marchande, » lui disait la rusée Kirilovna,
« comme une paysanne, » se disait-elle à elle-même.

Plus d'une fois revinrent à la mémoire d'Akim les paroles d'un de ses oncles, vieux paysan pauvre et sans
famille : « Eh bien, frère Akimouchka, lui avait-il dit,
en le rencontrant dans la rue quelques jours avant son
mariage, tu vas prendre femme?

— Oui; après?

— Ah! Akim, Akim, tu n'es plus notre égal, à nous autres paysans. Tout est dit. Mais elle aussi n'est pas ton égale.

— En quoi donc n'est-elle pas mon égale?

— Mais ne fût-ce qu'en ceci. » Il montrait la barbe d'Akim, qu'il avait écourtée avec des ciseaux pour plaire à sa fiancée, mais sans oser la raser entièrement.

Akim fronça le sourcil, courba le front, et le vieillard, ramenant devant lui les pans de son vieux *touloup* déchiré sur toutes les coutures, s'en alla en hochant la tête.

Oui, plus d'une fois, Akim rêva à ces paroles; mais son amour pour sa jolie femme n'en diminuait pas. Il était fier d'elle, surtout quand il la comparait, je ne dirai pas aux simples paysannes, ou bien à sa première femme, qu'on lui avait fait épouser quand il avait à peine seize ans, mais même aux autres servantes du château. « Nous tenons un joli petit oiseau en cage, » se disait-il en la regardant. De plus, elle se conduisait très-bien, et personne ne pouvait porter contre elle un mauvais témoignage.

Ainsi se passèrent plusieurs années. Dounacha finit par s'habituer à sa nouvelle vie. Plus Akim vieillissait, plus il s'attachait à elle. Il devenait plus riche de jour en jour; tout lui réussissait; Dieu ne lui avait refusé qu'une seule chose : il n'avait pas d'enfants. Dounacha venait d'atteindre vingt-cinq ans. Déjà personne ne l'appelait plus que Avdotia[1] Aréfievna; déjà, dans la chambre principale de l'auberge, à côté du portrait d'Akim, était suspendu son portrait, peint à l'huile par un artiste du cru, fils du sous-diacre de la paroisse. Elle y était repré-

---

1. Dont le diminutif est Dounacha.

sentée en robe blanche, avec un châle jaune et six grosses
rangées de perles autour du cou, de grandes pendeloques
aux oreilles et des bagues à chaque doigt. On pouvait la
reconnaître, bien que le peintre l'eût faite trop grasse et
trop rouge, et qu'au lieu de ses yeux gris il lui en eût
donné de noirs, et même un peu louches. Le portrait
d'Akim lui avait moins réussi. Il était sorti de son pin-
ceau beaucoup trop sombre, à la Rembrandt. Du reste,
Avdotia commençait à négliger les soins de sa toilette;
elle se laissait aller à cette paresse endormie et soupi-
rante à laquelle tout Russe n'est que trop enclin dès que
son existence est assurée.

Cependant, à tout prendre, les affaires d'Akim et de
sa famille allaient bien; ils étaient cités comme des époux
modèles. Mais, comme l'écureuil qui se gratte le nez au
moment où le chasseur le met en joue, l'homme ne pres-
sent jamais son malheur. La vie est comme la glace, dit
le Russe; elle se brise sous le pied quand on la croit le
plus solide.

IV

Un soir d'automne, descendit à l'auberge d'Akim un
marchand ambulant, de ceux qui vendent toutes sortes
d'étoffes. Avec deux *kibitkas* bien chargées, il se dirigeait
de Moscou à Karkoff. C'était un de ces colporteurs que
les gentilshommes, et plus encore leurs femmes et leurs
filles, attendent souvent avec la plus grande impatience.
Ce marchand, homme d'âge, était accompagné de deux
commis, l'un petit, sec et bossu, l'autre jeune et beau

garçon, d'une vingtaine d'années. Ils soupèrent, puis
demandèrent du thé. Le marchand pria ses hôtes de
prendre une tasse avec lui. Entre les deux barbons (la
cinquantaine d'Akim était sonnée), il s'établit bientôt une
conversation animée. Le marchand se renseignait sur les
gentilshommes du voisinage, et personne mieux qu'Akim
ne pouvait le satisfaire. Le commis bossu sortait à chaque instant pour voir les chevaux, et il ne tarda pas à
s'aller coucher. Avdotia dut entretenir l'autre commis.
Elle s'était assise auprès de lui, parlait peu, mais écoutait beaucoup, et probablement les discours de l'étranger
ne lui déplaisaient pas, car son visage s'était animé;
une rougeur subite avait coloré ses joues; elle riait souvent, et avec abandon. Le jeune commis se tenait immobile, et sa tête bouclée penchait jusque sur la table. Il
parlait doucement, sans élever et sans presser la voix;
mais ses petits yeux, d'un bleu clair et d'une expression
hardie, se tenaient constamment fixés sur Avdotia. Dans
les premiers instants, elle cherchait à éviter ses regards,
puis elle finit par le regarder elle-même. Le visage de ce
jeune gars était frais et lisse comme une pomme. Il souriait à chaque instant, et jouait avec ses doigts blancs
sur son menton, déjà couvert d'un léger duvet brun. Il
s'exprimait *à la marchande*[1], avec une extrême facilité,
avec une espèce d'assurance négligée, et, tout en parlant, ne cessait de tenir sur elle son regard fixe et hardi.
Tout à coup il se pencha encore davantage vers elle, et,
sans le moindre changement sur son visage, il lui dit :
« Avdotia Aréfievna, de mieux que vous je n'ai vu personne au monde, et il me semble que je serais prêt à
mourir pour vous. »

Avdotia rougit, et partit d'un grand éclat de rire.

---

1. Dans le jargon usité par la classe des marchands.

« Qu'y a-t-il? demanda Akim.

— Mais c'est celui-ci qui me raconte des choses si drô-
les! » répondit-elle.

Le vieux marchand se mit à sourire. « Oui, oui, mon
Naoum est un plaisant. Mais ne vous avisez pas de l'é-
couter.

— Comment donc!... Par exemple.... j'ai bien autre
chose à faire, répliqua-t-elle en secouant la tête.

— Certainement, certainement, reprit le vieillard.
Et pourtant, continua-t-il en traînant les mots, permettez-moi de vous dire adieu. Nous avons été très-charmés
de votre compagnie, mais il est temps de se coucher. »

Et il se leva.

« C'est nous qui sommes très-contents de la vôtre,
répondit Akim de la même voix, et se levant aussi. C'est-
à-dire que nous vous remercions pour votre politesse, et
nous vous souhaitons une tranquille nuit. Lève-toi, Avdo-
tiouchka. »

Avdotia obéit comme à contre-cœur; Naoum l'imita,
et tous se retirèrent.

Les hôtes gagnèrent le petit réduit qui leur servait de
chambre à coucher. Akim se mit à ronfler aussitôt; mais
Avdotia ne put pas s'endormir aussi vite. Elle resta longtemps immobile, le visage tourné contre le mur; puis
elle s'agita sur sa couche.... .A peine commençait-elle à
sommeiller, qu'une voix mâle d'homme retentit dans la
cour. Il chantait une chanson à notes prolongées, mais
non d'une expression triste, dont on ne pouvait pas saisir les paroles. Avdotia ouvrit les yeux, s'appuya sur
son coude, et se mit à écouter. La chanson continuait de
plus belle; elle retentissait sonore et fière dans l'air froid
de la nuit. Akim aussi souleva la tête.

Qui est-ce qui chante? demanda-t-il.

— Je ne sais pas, répondit sa femme.

— Il chante bien, reprit-il après un court silence. Bien. Quelle voix forte! Moi aussi, dans mon temps, j'ai chanté, et j'ai bien chanté, vois-tu. Mais la voix s'est gâtée. Elle est belle, celle-là! Ce doit être ce gars, ce Naoum, je crois, qu'on l'appelle. » Puis il se tourna sur l'autre oreille, poussa un soupir, et se rendormit.

Longtemps encore la voix se fit entendre. Enfin elle sembla tout à coup se briser, jeta un dernier accent, et s'éteignit par degrés.

Avdotia fit le signe de la croix, et posa sa tête sur l'oreiller. Une demi-heure se passa. Avdotia se souleva doucement, et commença à glisser du lit.

« Où vas-tu, femme ? » demanda Akim à travers le sommeil.

Elle s'arrêta court.

« Ranimer la lampe des saintes images, répondit-elle; je ne puis m'endormir.

— Fais une prière, toi, » murmura-t-il en s'endormant.

Avdotia s'approcha de la lampe, toucha la mèche et l'éteignit brusquement. Puis, comme effrayée de ce qu'elle venait de faire, elle retourna dans son lit. Tout redevint calme et silencieux.

Dès le lendemain matin, de bonne heure, le marchand se remit en route avec ses deux commis. Avdotia dormait encore. Akim les reconduisit une demi-verste; il avait besoin de voir le meunier, dont le moulin était sur la route. En rentrant à la maison, il trouva sa femme déjà habillée. Elle n'était pas seule; le jeune gars de la ville, Naoum, se tenait debout auprès d'elle, entre la table et la fenêtre; ils causaient ensemble. En apercevant son mari, Avdotia sortit de la chambre sans parler; Naoum lui dit qu'il était revenu chercher les gants que son patron avait cru laisser sur un banc de la cour, et s'éloigna aussitôt.

Nous dirons dès à présent au lecteur ce dont il se doute. Avdotia s'était éperdument éprise de Naoum. Il est difficile d'expliquer comment cette passion lui était venue si vite ; d'autant plus difficile que, jusqu'à ce jour, sa conduite avait été sans reproche. Plus tard, quand son penchant pour Naoum fut découvert, le bruit se répandit chez les voisins que, dès le soir de leur première entrevue, Naoum lui avait jeté un philtre dans son thé (chez nous on croit encore fermement à l'efficacité d'un pareil moyen), et qu'on en avait pu remarquer aussitôt l'effet sur Avdotia, qui, dès ce jour, commença à devenir maigre, pâle et triste.

Quoi qu'il en fût, depuis ce temps on vit souvent Naoum dans l'auberge d'Akim. La première fois, il revint avec le même marchand ; trois mois plus tard, il reparut seul, avec des marchandises à lui. L'on sut bientôt qu'il s'était établi dans une des villes voisines ; et depuis lors il ne se passa pas de semaine que l'on n'aperçût sur la grand'route sa *telega* peinte, attelée d'un vigoureux couple de petits chevaux qu'il conduisait lui-même. Entre Akim et lui, il n'y avait ni amitié ni inimitié ; Akim ne faisait pas grande attention à Naoum ; il le considérait comme un garçon intelligent qui ferait son chemin. Il ne soupçonnait nullement les sentiments que lui portait Avdotia, et continuait à avoir en elle autant de confiance que par le passé.

Ainsi s'écoulèrent encore deux années.

V

Voilà que, par une journée d'été, vers une heure de
l'après-midi, Lisaveta Prokhorovna, qui, pendant ces
deux années, était devenue jaune et ridée, malgré toutes
les lotions et tous les cosmétiques imaginables, était
sortie, avec son petit chien de manchon et son parasol à
franges, pour se promener dans son jardinet taillé et
ratissé à l'allemande. En faisant bruire sa robe empesée,
elle marchait à petits pas par un chemin sablé, entre
deux rangées de dahlias qui semblaient lui présenter les
armes, quand elle fut rejointe par notre vieille connaissance Kirilovna, qui l'informa respectueusement qu'un
marchand de B. venait d'arriver, et désirait l'entretenir d'une affaire très-importante. Kirilovna continuait
à jouir des faveurs de sa maîtresse (en réalité, c'était
elle qui administrait les biens de Mme Kuntze), à ce
point que, depuis quelque temps, elle avait reçu la permission de porter un bonnet blanc, ce qui accentuait
encore davantage les traits énergiques de son visage basané.

« Un marchand? demanda la dame. Que me veut-il?

— Je ne sais ce qu'il désire, répondit Kirilovna de sa
voix flûtée; mais il me semble qu'il a l'intention de vous
acheter quelque chose. »

Lisaveta Prokhorovna regagna son salon, et s'assit
sur sa place de parade. C'était un fauteuil avec une espèce
de dais autour duquel s'enroulait élégamment un lierre.
Elle fit appeler le marchand de B.

Ce fut Naoum qui entra. Il salua et s'arrêta près de la porte.

« Je viens d'apprendre que vous désirez m'acheter quelque chose. » Et en même temps elle pensa : « C'est un bel homme, ce marchand.

— Oui, madame, dit-il.

— Et qu'est-ce ?

— N'avez-vous pas l'intention de vendre votre auberge ?

— Quelle auberge ?

— Celle qui est sur le grand chemin, pas loin d'ici.

— Mais cette auberge n'est pas à moi.

— J'entends. C'est donc cette auberge que je désire savoir si vous voulez me vendre.

— Comment puis-je la vendre, puisqu'elle n'est pas à moi ?

— J'entends. Nous y aurions mis un bon prix. »

Lisaveta Prokhorovna se tut quelques instants.

« C'est très-étrange ce que vous dites là, fit-elle enfin. Et qu'auriez-vous donné ? ajouta-t-elle ; ce n'est pas pour moi que je le demande, c'est pour Akim.

— Mais avec toutes ses constructions et dépendances, et naturellement avec la terre qui s'y trouve attachée, nous en aurions bien donné deux mille roubles.

— Deux mille roubles, c'est bien peu, répliqua Lisaveta Prokhorovna.

— C'est le juste prix.

— Mais avez-vous parlé avec Akim ?

— A quoi bon lui aurions-nous parlé ? L'auberge est à vous, et c'est avec vous que nous prenons l'honneur d'en causer.

— Mais je viens de vous déclarer.... en vérité, c'est étonnant que vous ne me compreniez pas.

— Pourquoi ne pas comprendre ? nous vous comprenons. »

Lisaveta Prokhorovna regarda Naoum, qui regardai‑
Lisaveta Prokhorovna.

« Eh bien ! reprit-il, quelle serait…. de votre côté….
la prétention ?

— De mon côté ? répondit la dame en s'agitant sur
son siège. Premièrement, je vous ai dit que deux mille
roubles c'est trop peu ; et puis,….

— Nous ajouterions, s'il le faut, une petite centaine. »
La dame se leva pour s'éloigner.

« Ce que vous dites là, fit-elle, est hors de propos. Je
vous ai déjà dit que je ne puis pas vendre cette auberge,
et je ne la vendrai pas.

— Que votre volonté soit faite, répondit Naoum après
un court silence et courbant les épaules ; excusez l'incom‑
modité. » Il salua de nouveau et étendit la main vers le
bouton de la porte.

Lisaveta Prokhorovna se retourna à demi : « Cependant, dit-elle avec un peu d'hésitation, ne partez pas
encore. » Elle sonna ; Kirilovna parut. « Fais donner du
thé à M. le marchand. Je vous reverrai, » ajouta‑t-elle
en lui faisant un léger salut. Naoum s'inclina profondément et sortit avec Kirilovna.

Lisaveta Prokhorovna fit deux ou trois tours dans la
chambre, et sonna de nouveau. Cette fois-ci, ce fut un petit garçon habillé en Cosaque qui entra. Elle lui dit d'appeler Kirilovna ; celle-ci vint bientôt, en faisant discrètement crier ses souliers en peau de chèvre.

« As-tu bien entendu, dit la dame avec un rire forcé,
ce qu'est venu me proposer ce marchand ? quel homme
bizarre !

— Non, je n'ai pas entendu ; qu'est-ce donc ? »
Et Kirilovna cligna finement ses yeux noirs fendus à
la kalmouk.

« Il veut m'acheter l'auberge d'Akim.

— Eh bien ?

— Mais elle n'est pas à moi, cette auberge.

— Oh ! madame, que daignez vous dire, au nom du ciel ? Est-ce que nous ne sommes pas tous à vous ? et le bien que nous pouvons avoir, est-ce qu'il n'est pas tout à notre seigneur ?

— Y penses-tu, Kirilovna ? s'écria la dame en chiffonnant son mouchoir brodé. Akim a bâti cette auberge et en a acquis le terrain de son propre argent.

— Son propre argent ! mais d'où l'a-t-il pris ? c'est grâce à votre condescendance qu'il l'a gagné. Et vous croyez, madame, qu'après cela il ne lui restera plus d'argent ? mais il est plus riche que vous. Je le dis devant Dieu. Et puis d'ailleurs, lui et les autres paysans, ne sont-ils pas assis sur le même sillon ? Vous lui avez permis de s'occuper de roulage, et voilà qu'il est devenu un richard, plus riche que les autres. Est-ce que c'est juste ?

— Tu as raison, certainement. Mais pourtant.... vendre....

— Et pourquoi ne pas vendre, puisqu'il se présente un acheteur ? Permettez-moi de vous demander combien on vous propose ?

— Deux mille roubles.... et même plus.... dit Lisaveta Prokhorovna à voix basse.

— Il donnera davantage, madame, s'il offre deux mille du premier mot. Et, pour Akim, on pourra diminuer son *obrok*; il sera encore reconnaissant.

—Certainement, il faudra diminuer . . Mais non, Kirilovna, non.... » Et Lisaveta Prokhorovna se mit à marcher avec agitation dans la chambre. « Non, c'est impossible ; ne m'en parle plus.... ou bien je me fâcherai.... »

Mais, malgré la défense de la dame émue, Kirilovna continua de parler, et, une demi-heure après, elle retourna chercher Naoum, qu'elle avait laissé attablé dans l'office, près du *samovar*.

« Qu'avez-vous à me dire, ma très-respectable? demanda Naoum en retournant avec soin sa tasse sur la soucoupe.

— J'ai à vous dire qu'il faut aller chez la maîtresse; elle vous demande.

— Je vous obéis, » reprit Naoum, qui suivit Kirilovna dans le salon. La porte se referma sur eux.

Quand cette porte se rouvrit, et que Naoum sortit à reculons, l'affaire était conclue. L'auberge d'Akim lui appartenait; il l'avait achetée pour deux mille huit cents roubles. On était convenu de signer le contrat aussitôt que possible, et de garder le secret jusqu'au moment opportun. Lisaveta Prokhorovna reçut cent roubles d'arrhes, et Kirilovna deux cents de pot-de-vin. « Ce n'est pas payé cher, » se disait Naoum en grimpant dans sa *telega*.

VI

A l'instant même où, dans la maison seigneuriale, se concluait cette affaire, Akim était assis près de la fenêtre de sa chambre, seul, et passait, d'un air mécontent, sa main sur sa barbe. Nous avons dit qu'il ne soupçonnait pas l'intelligence qui s'était établie entre Naoum et sa femme. Il avait pu certainement remarquer que celle-ci, depuis quelque temps, était devenue d'humeur capricieuse; mais, se disait-il, le sexe féminin est bizarre et difficile à mener. En outre, sa bonhomie naturelle n'a-

vait pas diminué avec les années, tandis que l'insouciance
s'était accrue. Mais ce jour-là, il était vraiment de mauvaise humeur. La veille, il avait entendu par hasard dans
la rue une conversation entre une ouvrière à son service
et une autre paysanne.

La paysanne demandait à l'ouvrière pourquoi elle n'é-
tait pas venue chez elle le jour d'avant. « Je t'avais attendue, dit-elle.

— J'y étais allée, répondit l'ouvrière; mais, pour mes
péchés, j'ai rencontré ma maîtresse, que le ciel la bénisse!

— Tu l'as rencontrée? reprit la paysanne d'une voix
traînante et s'appuyant la joue dans la main; et où l'as-
tu rencontrée, ma petite mère?

— Derrière le champ de chanvre au pope; elle y avait
été probablement pour chercher son bon ami, son Naoum;
et moi, je ne voyais pas dans l'obscurité; j'ai buté tout
droit sur eux.

— Tu as buté, ma petite mère? Et que faisait-elle
donc?

— Rien; elle était debout, lui aussi. Elle m'aperçut, et
me dit : « Où cours-tu comme cela ? Retourne à la mai-
« son. » Et je m'en allai.

— Et tu t'en allas? Eh bien! adieu, Fébiniouchka. »
Et la paysanne continua son chemin.

Les paroles de l'ouvrière avaient fait une pénible impression sur Akim. Il voulait ne pas y croire, et pourtant
elle avait dit la vérité. En effet, ce soir-là, Avdotia était
allée chercher Naoum, qui l'attendait dans l'ombre
épaisse que projetait sur la route l'immobile muraille du
champ de chanvre. Une abondante rosée en avait mouillé
chaque tige, et une odeur forte au point d'oppresser la
respiration se répandait à l'entour. La lune venait de se
lever, large et d'un rouge de sang, dans la brume noi-

râtre. Naoum entendit de loin les pas précipités d'Avdotia, et se dirigea à sa rencontre. Elle s'approcha de
lui, pâle et haletante; la lune éclairait en plein son
visage.

« Eh bien, l'as-tu apporté? demanda-t-il.

— Oui, je l'ai apporté, répondit-elle d'une voix hésitante.
Mais ce que je veux vous dire, Naoum Ivanitch....

— Donne, si tu l'as apporté, » interrompit-il en tendant la main.

Elle tira de dessous son fichu une espèce de rouleau.
Naoum s'en empara sur-le-champ, et le mit dans sa
poche.

« Ah! Naoum Ivanitch, dit-elle lentement et sans le
quitter du regard, je damne mon âme pour toi. »

Ce fut à ce moment que l'ouvrière s'approcha d'eux.

Donc Akim était assis sur le banc, d'un air chagrin
Avdotia ne faisait qu'entrer et sortir; il la suivait des
yeux. Enfin, lorsqu'elle entra une dernière fois pour dé-
crocher du mur une petite *douchégréika*[1], il ne put se con-
tenir davantage, et dit à haute voix, comme s'il se fût
parlé à lui-même :

« Je m'étonne que ces femmes aient toujours à courir.
Rester un instant en place, il ne faut pas seulement le leur
demander. Cela ne fait pas leur affaire. Mais courir le
matin, et plus encore le soir, voilà ce qu'elles aiment;
oui. »

Avdotia entendit sans bouger ce que disait son mari;
seulement, au mot *soir*, elle fit un mouvement involontaire
de la tête, et parut se troubler un peu.

« On sait bien, Séménovitch, dit-elle avec dépit, que
quand tu te mets à faire de l'éloquence.... » Et, sans en

---

[1]. *Chaufferette de l'âme*, nom d'un manteau pour les visites, fait en soie
ornée de fourrures.

dire davantage, elle sortit en frappant la porte derrière
elle.

L'éloquence d'Akim, en effet, n'était pas du goût d'Avdotia. Quand, le soir, il faisait le beau conteur avec ses
hôtes, elle bâillait ou sortait sans bruit.

« Faire de l'éloquence! répéta Akim en regardant la
porte fermée; je n'en ai pas fait assez avec toi. »

Il se leva et se frappa la tête de son poing fermé.

Plusieurs jours se passèrent ensuite d'une façon singulière. Akim regardait toujours sa femme comme s'il
eût été prêt à lui faire une question; mais Avdotia évi-
tait ses regards, et tous deux restaient dans un silence
contraint, que rompait enfin le mari par quelques remarques chagrines sur le compte des femmes en général. Avdotia ne répondait jamais rien. Cela ne pouvait
durer ainsi longtemps, et l'éclat était inévitable, lorsqu'il
arriva un événement après lequel tout éclaircissement
devenait superflu.

VII

Un matin, Akim et sa femme étaient à déjeuner (à cause
des travaux de l'été, l'auberge n'avait aucun visiteur),
quand tout à coup se fit entendre sur la route le bruit
d'une *telega* qui vint s'arrêter brusquement devant le
perron. Akim regarda par la fenêtre, et fronça le sourcil. De la *telega*, sans se hâter, descendait Naoum.
Avdotia ne l'avait pas aperçu; mais, quand la voix du
nouvel arrivant retentit dans le vestibule, sa cuiller
trembla dans sa main. Il ordonnait à son valet de

mettre son cheval dans la cour. Enfin, la porte s'ouvrit, et il entra.

« Bonjour, dit-il en ôtant son bonnet.

— Bonjour, répondit Akim entre ses dents; d'où est-ce que Dieu t'amène?

— Du voisinage, répondit l'autre, qui s'assit sur un banc. Je viens de chez votre maîtresse.

— De chez la maîtresse! répéta Akim qui continuait de rester assis. Était-ce pour affaire?

— Oui, pour affaire. Avdotia Aréfievna, nous vous présentons nos respects.

— Bonjour, Naoum Ivanitch, répondit-elle, et tous se turent quelques instants.

— C'est une soupe que vous avez là? fit Naoum tout à coup.

— Oui, une soupe, reprit Akim devenant très-pâle; mais elle n'est pas bonne pour toi. »

Naoum leva les yeux avec étonnement.

« Comment! pas bonne pour moi?

— Non, pas bonne pour toi. » Le regard d'Akim étincela tout à coup, et sa main frappa la table. « Je n'ai rien dans la maison qui soit bon pour toi, entends-tu?

— Eh mais, qu'as-tu donc, Séménovitch?

— Moi? rien; c'est toi qui es de trop, Naoum Ivanitch. Voilà ce que j'ai. » Le vieillard se leva, tout tremblant d'une colère contenue : « Tu viens un peu trop souvent dans le pays; voilà ce que j'ai. »

Naoum se leva de même : « Es-tu bien dans ton sens, frère? dit-il avec un froid sourire. Avdotia Aréfievna, que lui arrive-t-il donc?

— C'est moi qui te parle! s'écria Akim d'une voix entrecoupée. Va-t'en, te dis-je. Qu'as-tu à dire à Avdotia?... va-t'en!

—Que me dis-tu là? demanda Naoum avec une intention marquée.

—Je te dis de sortir sur-le-champ. Voici Dieu, voici la porte [1]. Me comprends-tu, maintenant? »

Naoum fit un pas en avant.

« Au nom du ciel! ne vous battez pas, mes petits pères! » balbutia Avdotia, qui jusqu'alors était restée comme pétrifiée devant la table.

Naoum lui jeta un regard. « Ne vous inquiétez point, Avdotia; pourquoi nous battre? Ah çà, frère, continua-t-il en se tournant vers Akim, comme tu cries! comme tu prends feu! A-t-on jamais vu chasser quelqu'un de la sorte, et encore de sa propre maison?

—Comment! de sa propre maison! s'écria Akim tout interdit.

—Oui, oui, de sa propre maison, reprit Naoum en montrant ses dents blanches.

—Quoi! ce n'est pas moi qui suis le maître ici, par hasard?

—Non, certainement, ce n'est pas toi.

—Mais qui donc?

—Tu as la tête bien dure, mon petit frère. C'est moi. »

Akim ouvrit de grands yeux. « Que me chantes-tu là? On dirait que tu as mangé de la belladone [2]. Quel diable de propriétaire peux-tu être ici?

—Inutile de bavarder avec toi, dit Naoum avec un mouvement d'impatience. Vois-tu cela? continua-t-il en tirant de sa poche un papier timbré; le vois-tu? c'est un contrat de vente; comprends-tu? la vente de ton auberge. Je l'ai achetée, ton auberge, je l'ai achetée de ta maîtresse, de Lisaveta Prokhorovna. C'est hier qu'il a été

---

1. Phrase qui se dit en montrant les saintes images.

2. Plante très-commune en Russie, et qui donne aux enfants une espèce d'ivresse.

signé à B.., le contrat. C'est donc moi qui suis ici le maître, et non pas toi. Dès aujourd'hui, ramasse ta pacotille, ajouta Naoum en remettant le papier dans sa poche, et que demain on ne sente plus ici ton odeur ; entends-tu ? »

Akim restait immobile, comme si la foudre l'eût frappé.

« Brigand, s'écria-t-il enfin d'une voix tremblante, brigand ! Eh ! Fedka, Mitka, femme, femme, saisissez-le, prenez-le, tenez-le. »

Il avait complétement perdu la tête.

« Voyons, voyons, pas de bêtises, vieux, dit Naoum avec un geste d'autorité.

— Mais prends-le donc, frappe-le donc, femme, criait Akim en faisant de vains efforts pour s'arracher de sa place. Scélérat, brigand, ce n'est pas assez d'elle.... tu veux encore prendre ma maison, et tout.... Mais non.... attends.... c'est impossible.... j'irai.... je dirai moi-même. Comment ! ôter ainsi tout à coup.... Attends.... »

Et, sans prendre même son bonnet, il s'élança dehors.

« Où cours-tu, Akim Séménovitch ? où cours-tu, mon petit père ? dit l'ouvrière Fétinia, contre laquelle il s'était heurté sur le perron.

— Laisse-moi ; je vais chez la maîtresse, je vais chercher justice, » s'écria le désespéré. Et voyant la *telega* de Naoum qu'on n'avait pas encore dételée, il s'y élança, ramassa les rênes, et, frappant le cheval à tour de bras, il partit au galop dans la direction de la maison seigneuriale. « O notre mère, ô notre maîtresse, répétait-il tout le long du chemin ; ne me laisse pas périr. Ne t'ai-je pas toujours servie avec zèle ? » Et il ne cessait d'exciter le cheval. Tous ceux qui le rencontraient se rangeaient à l'écart, et le suivaient d'un regard étonné.

En un quart d'heure il arriva à la maison seigneuriale, arrêta brusquement son cheval devant le perron, sauta de la *telega*, et s'élança impétueusement dans l'antichambre.

« Eh bien ! qu'est-ce? balbutia un laquais épouvanté qui dormait sur son banc

— La maîtresse.... il faut que je voie la maîtresse.... dit Akim d'une voix impérative.

— Serait-il arrivé quelque chose?

— Rien n'est arrivé; mais je veux voir la maîtresse.

— Comment parles-tu ? » reprit le laquais de plus en plus surpris.

Akim revint à lui. « Ayez la bonté, Piôtr Efgrafitch, dit-il avec un profond salut, de faire savoir à la maîtresse qu'Akim demande la permission de la voir.

— C'est bien; j'irai, je lui dirai. Mais tu me parais ivre, toi; attends là, » murmura le laquais en s'éloignant.

Akim baissa lentement la tête. Le courage du désespoir s'éteignait rapidement dans son âme, du moment qu'il avait franchi le seuil de la maison.

Lisaveta Prokhorovna ressentit aussi de la confusion quand on lui annonça l'arrivée d'Akim. Elle fit aussitôt appeler Kirilovna.

« Je ne puis le recevoir, dit-elle avec agitation dès que celle-ci parut; je ne le puis pas absolument. Que lui dirais-je? Je t'ai bien avertie qu'il viendrait faire des plaintes, ajouta-t-elle avec dépit; je t'en ai bien avertie.

— Pourquoi donc le recevoir, madame? répliqua tranquillement Kirilovna; ce n'est pas du tout nécessaire. Pourquoi vous donner ce désagrément?

— Mais comment faire ?

— Si vous le permettez, c'est moi qui le recevrai. »

Lisaveta Prokhorovna leva la tête. « Fais-moi cette grâce, Kirilovna, dit-elle. Parle-lui; dis-lui que j'ai trouvé nécessaire.... mais que du reste.... Enfin tu sauras bien quoi lui dire. Je t'en prie, Kirilovna.

— Ne vous troublez pas, madame, » reprit la suivante, qui s'en alla aussitôt en faisant crier ses souliers.

Quelques instants plus tard, leur petit bruit discret se fit entendre de nouveau, et Kirilovna rentra dans la chambre avec la même placidité sur le visage et la même sagacité rusée dans le regard.

« Eh bien! lui demanda la dame, Akim...?

— Oh! rien. Il dit que tout est dans la volonté de Votre Grâce; pourvu que vous soyez bien portante et bien contente, pour lui, il a de quoi vivre jusqu'au bout.

— Il ne s'est pas plaint?

— Pas du tout. Qu'avait-il à se plaindre?

— Mais alors, pourquoi donc est-il venu? reprit la dame avec une certaine incrédulité.

— Il était venu demander si vous ne voudriez pas lui faire la faveur de l'exempter de sa redevance pour l'année prochaine.

— Certainement, il faut l'en exempter, répliqua vivement Lisaveta Prokhorovna; oh! certainement. Et dis-lui que je le récompenserai. Je te remercie beaucoup, Kirilovna. Pour lui, je vois que c'est un bon paysan. Attends un peu; donne-lui cela de ma part. » Et elle tira de sa petite table de travail un billet de trois roubles. « Tiens, porte-lui cela.

— Oui, madame, » répondit la suivante; et, gagnant tranquillement sa petite chambre, elle mit tranquillement le billet dans un petit coffre-fort qu'elle avait au chevet de son lit. Elle y gardait tout son argent comptant, et la somme était assez ronde.

VIII

Par son rapport, Kirilovna avait tranquillisé sa maîtresse. Mais, dans le fait, sa conversation avec Akim s'était passée tout autrement qu'elle ne l'avait racontée. Et voici comment :

Elle l'avait fait appeler dans la chambre des servantes. D'abord Akim avait refusé d'y aller, disant que ce n'était pas Kirilovna qu'il voulait voir, mais la maîtresse. Toutefois il avait fini par obéir. Il trouva Kirilovna seule. Entré dans la chambre, il s'arrêta court, s'appuya sur la muraille près de la porte, ouvrit la bouche, et ne put prononcer un mot. Le courage du désespoir, dont nous avons parlé, se remplaçait en lui par une autre forme du désespoir, une sorte d'impassibilité morne et abattue. Kirilovna le regarda fixement.

« Vous désirez voir la maîtresse, Akim Séménitch? »

Il ne put que faire un signe de tête.

« Cela ne se peut pas, Akim Séménitch. Et à quoi bon? Ce qui est fait ne peut pas se défaire; vous ne feriez que lui causer du désagrément. Elle ne peut pas vous recevoir maintenant, Akim Séménitch.

— Elle ne peut pas.... répéta-t-il, et il se tut quelques instants. Ainsi donc, reprit-il avec lenteur, l'auberge est perdue pour moi?

— Écoutez, Akim Séménitch, vous avez toujours été un homme de bon sens. C'est la volonté de l'autorité; et, vous le savez bien vous-même, cela ne peut pas se changer. Que nous discutions ensemble là-dessus, cela ne servira de rien, n'est-ce pas? »

Akim croisa ses bras derrière le dos.

« Pensez plutôt, continua Kirilovna, ne vaudrait-il pas mieux prier la maîtresse qu'elle diminue votre redevance? Et puis, vous avez encore votre *isbá* au village.

—Ainsi donc l'auberge est perdue pour moi? répéta Akim avec les mêmes inflexions de voix.

—Akim Séménitch, je vous le dis, c'est impossible, vous le savez mieux que moi.

—Oui. Pour combien a-t-elle été vendue, cette auberge?

—Je ne le sais pas, Akim Séménitch; je ne saurais vous le dire. Mais pourquoi vous tenez-vous debout? ajouta-t-elle; asseyez-vous.

—Oh! nous pouvons nous tenir debout.... nous sommes des paysans.... grand merci.

—Vous, un paysan, Akim Séménitch! mais vous êtes un des premiers parmi les gens de service [1]. Il ne faut pas vous désoler ainsi. Ne voulez-vous pas un peu de thé?

—Non, merci, pas nécessaire. Ainsi donc, l'auberge vous est restée? ajouta-t-il en s'écartant de la muraille. Grand merci! Nous vous saluons, ma bonne petite dame. »

Et tournant lentement sur ses talons, il s'éloigna. Kirilovna le regarda sortir, ajusta son tablier, et rejoignit sa maîtresse.

« Il paraît qu'en effet je suis devenu un homme de service, » se dit Akim en s'arrêtant devant la porte cochère. Il fit un de ces gestes de la main qui veulent dire : « Tout est dit.... Eh bien! rentrons chez nous. »

---

1. En russe, *gens de la cour* (*dvorovie*); c'est la classe des paysans enlevés de la terre et pris au service du maître.

Et, sans se rappeler la *telega* de Naoum qui l'avait amené, il prit à pied le chemin de son auberge.

Il n'avait pas fait une verste, lorsqu'il entendit à son côté le bruit d'une *telega*. « Akim! Akim Séménitch! » l'appelait quelqu'un. Il leva les yeux, et aperçut une de ses connaissances, le sous-diacre d'une église voisine, Ephrem, surnommé *la Taupe*. C'était un petit homme tout rabougri, avec le nez pointu, des yeux chafouins et une tresse de cheveux noirs. Il était assis dans une *telega*, sur une poignée de paille.

« C'est à la maison que tu vas? » demanda-t-il à Akim.

Akim s'arrêta. « A la maison, dit-il.

— Veux-tu que je t'y mène?

— Volontiers. »

Le sous-diacre lui fit place, et Akim s'assit dans la *telega*. Ephrem, qui semblait revenir des vignes du Seigneur, se mit à fouetter avec les rênes en corde son maigre bidet, qui partit d'un trot fatigué en secouant sa tête sans bride.

Ils firent une verste à peu près sans se dire un mot.

Akim restait immobile, et Ephrem chantonnait à voix basse, tout en agitant ses rênes.

« Où es-tu allé comme ça sans bonnet, Séménitch? » demanda-t-il tout à coup; et, sans attendre sa réponse : « Je parie, continua-t-il, que tu l'as laissé en gage au cabaret. Tu es un ivrogne, je te connais; et je t'aime parce que tu es un ivrogne. Tu n'es pas un assassin, pas un voleur, pas un homme injuste; mais tu es un ivrogne. Il y a beau temps qu'on aurait dû te mettre en retraite[1], toi; car c'est très-vilain de boire. Hourra! hourra! criait-il de toute sa gorge.

---

1. Punition ecclésiastique.

— Arrêtez! arrêtez! s'écria une voix de femme; arrêtez! »

Akim retourna la tête. A travers les champs courait,
du côté de la *telega*, une femme tellement pâle et éche-
velée qu'il ne la reconnut pas au premier abord. « Arrêtez! »
disait-elle toujours en étendant les bras. Akim frissonna
involontairement : c'était sa femme.

Il saisit les rênes. « Pourquoi s'arrêter ? balbutia
Ephrem; s'arrêter pour une femme! Hue! »

Mais Akim tira le cheval sur ses jarrets. Avdotia venait
d'atteindre la route. Elle se jeta la face dans la poussière.

« Oh! mon père Akim Séménitch ! s'écria-t-elle, il m'a
chassée aussi. »

Akim la regarda, sans faire d'autre mouvement que de
serrer davantage les rênes contre lui.

« Hourra! » beugla Ephrem de nouveau.

— Ah! il t'a chassée! dit enfin Akim.

— Il m'a chassée, mon petit père, reprit Avdotia en
sanglotant ; il m'a chassée. « La maison est à moi, a-t-il
dit ; va-t'en. »

— Tiens, c'est pas bête, observa Ephrem.

— Est-ce que tu comptais rester ? dit Akim avec amertume, sans bouger de la *telega*.

— Comment rester?... Mais, mon petit père, dit vivement Avdotia qui s'était relevée sur ses genoux et qui se
jeta de nouveau la face contre terre, tu ne sais pas, toi,
ce que j'ai fait. Tue-moi, Akim Séménitch, tue-moi sur
la place!

— Pourquoi te frapper, Aréfievna? répondit tristement
Akim; ne t'es-tu pas déjà punie toi-même?

— Mais tu ne sais donc pas, Akim Séménitch ? L'argent, ton pauvre argent, il n'y est plus. C'est moi, maudite, qui l'ai tiré de dessous le plancher. Je l'ai tout donné
à ce coquin, à ce Naoum, maudite que je suis! Et pour-

quoi m'as-tu dit où tu cachais ton argent, à moi maudite?
C'est avec ton pauvre petit argent qu'il a acheté ta pauvre
petite auberge, ce scélérat!... »

Les sanglots lui coupèrent la voix.

Akim se pressa la tête entre ses deux mains. « Quoi,
quoi ! s'écria-t-il enfin ; l'argent et la maison.... tout
mon argent.... Et c'est toi.... Ah! tu l'as pris sous le
plancher.... Je vais te tuer, vipère. »

Et il s'élança de la *telega*.

« Séménitch; Séménitch, ne la bats point, voyons,
disait Ephrem, chez qui tous ces événements inattendus
faisaient passer les vapeurs de l'eau-de-vie.

— Non, mon petit père, frappe-moi, tue-moi sans l'é-
couter ; tue-moi, maudite, » criait Avdotia, qui se roulait
convulsivement aux pieds d'Akim.

Il se tint immobile un instant, puis s'éloigna de quelques pas et s'accroupit sur l'herbe auprès du chemin. Il
se fit un court silence. Avdotia tourna timidement la tête
du côté de son mari.

« Séménitch, voyons, Séménitch, dit Ephrem en se
soulevant dans la *telega*; que veux-tu? le malheur est
fait.... En voilà une aventure! continua-t-il en se parlant
à lui-même. Quelle satanée femme!... Va donc à lui, toi,
ajouta-t-il en se penchant vers Avdotia. Ne vois-tu pas
qu'il a perdu l'esprit? »

Avdotia se releva, s'approcha d'Akim, et tomba de nouveau à ses pieds. « Mon père, mon petit père.... » com-
mença-t-elle d'une voix éteinte.

Akim se leva et revint vers la *telega*. Avdotia le saisit
par le pan de son cafetan. « Va-t'en loin de moi! s'écria-
t-il d'une voix farouche en la repoussant.

— Où veux-tu donc aller? demanda Ephrem, voyant
Akim se rasseoir auprès de lui.

— Tu voulais me ramener à la maison tout à l'heure.

Eh bien! mène-moi dans la tienne. Je n'ai plus de maison, moi; on me l'a vendue, ma maison.

« — Bon! allons chez moi, dit l'autre. Mais elle, qu'en ferons-nous? »

Akim ne répondit rien.

« Moi, oui, moi, dit Avdotia en pleurant, me laisseras-tu ainsi toute seule? Où irai-je?

« — Va chez celui à qui tu as porté mon argent, répondit Akim sans se retourner. Fouette, Ephrem. »

La *telega* partit; Avdotia resta sur la place, inondée de larmes et chantant le chant du désespoir [1].

IX

Ephrem habitait une petite maison à une verste de l'auberge d'Akim, dans un hameau de popes qui entourait une grande église isolée, à cinq clochetons en dômes, construite par la libéralité testamentaire d'un ancien fournisseur d'armées. Le sous-diacre n'avait pas dit un mot pendant tout le trajet. De son côté, Akim détournait constamment le visage. Ils arrivèrent enfin. Ephrem, le premier, sauta de la *telega*; une petite fille de six à sept ans, en longue chemise, sortit à sa rencontre en courant et criant : « Papa!

« — Où est ta mère? demanda Ephrem.

« — Elle dort dans l'étable.

« — Laisse-la dormir.... Akim Séménitch, que faites-vous

---

[1]. *Golossenié.* C'est un chant de très-antique origine, que les femmes russes entonnent dans les cas des plus grands malheurs, la mort de leur mari ou de leur fils, l'incendie de leur maison, etc.

donc? Daignez entrer dans la chambre. » (Il faut remarquer que le sous-diacre ne tutoyait Akim qu'étant ivre; et des gens bien plus huppés lui disaient *vous* aussi.)

Akim entra dans l'*isbá*.

« Venez ici sur ce petit banc; faites-moi cette grâce, disait Ephrem…. Allez, allez, petits garnements, ajouta-t-il, s'adressant à trois autres marmots qui, tenant des chats efflanqués et barbouillés de cendre, étaient sortis, comme des souris, des trous de la chambre … C'est ici, c'est ici, Akim Séménitch, reprit-il en l'installant sur un banc de bois. Ne désirez-vous pas quelque chose?

— Si fait, Ephrem. Je te dirai…. ne pourrait-on pas?…

— Quoi donc?

— De l'eau-de-vie. »

Ephrem dressa les oreilles : « De l'eau-de-vie! tout de suite. Je n'en ai pas à la maison, mais je vais en chercher chez le pope Fédor. Là, il y en a toujours. Je reviens à l'instant. »

Il empoigna son bonnet fourré.

« Apportes-en davantage, lui cria Akim quand il sortit. Je payerai; j'ai encore assez d'argent pour cela.

— A l'instant, » répéta Ephrem, qui disparaissait derrière la porte.

Il revint bien vite, en effet, avec deux bouteilles sous le bras, ayant trouvé le temps en route d'en déboucher une. Il les posa sur la table, avec deux petits verres, du pain et du sel.

« Voilà ce que j'aime, disait-il en s'attablant en face d'Akim. A quoi bon s'attrister? » Il remplit les deux verres, et se mit à bavarder. La conduite d'Avdotia l'avait fort scandalisé. « Quelle étonnante chose! disait-il; et comment a-t-elle pu se faire? Je t'assure qu'il lui a fait boire un charme. Voyez comme il faut être sévère avec sa femme! il faut la tenir avec des gants de hérisson. Et

cependant vous feriez bien d'aller chez vous. Tout votre
avoir y est resté. »

Et bien d'autres choses ajoutait Ephrem, qui n'aimait
pas à se taire en buvant.

Deux heures plus tard, voici ce qui se passait dans la
maison d'Ephrem. Akim, qui, pendant tout le repas, n'a-
vait pas répondu un seul mot aux commérages de son
convive bavard, et n'avait fait que boire verre sur verre,
dormait sur le poêle d'un sommeil lourd et pénible. Les
enfants le considéraient d'un air étonné, et gardant le
silence; Ephrem, hélas! dormait aussi, dans un réduit
étroit et frais, où l'avait enfermé sa femme, personne
d'une athlétique constitution. Il était allé lui-même la réveiller dans l'étable, et la menacer. Mais ses propos
étaient si incohérents qu'elle avait reconnu sur-le-champ
de quel pied il boitait, et, l'ayant pris au collet, l'avait
mené dans ce réduit où, du reste, il dormait fort paisi-
blement. Ce que c'est que l'habitude!

X

Nous avons vu que Kirilovna n'avait pas fidèlement
transmis à sa maîtresse sa conversation avec Akim. On en
peut dire autant d'Avdotia: Naoum ne l'avait pas chassée
de sa maison; il n'en avait pas le droit, ayant fait la promesse de laisser aux anciens maîtres de l'auberge un délai de trois jours pour s'éloigner. L'explication qu'ils
avaient eue ensemble s'était passée fort différemment.
Quand Akim s'élançait dans la rue, en criant qu'il allait
chez sa maîtresse, Avdotia s'était tournée vers Naoum,

le regardant avec de grands yeux et frappant dans ses mains.

« Mon Dieu, fit-elle, qu'est-ce que signifie tout cela, Naoum Ivanitch?

— Quoi donc? répondit-il.

— Vous avez acheté notre auberge?

— Je l'ai achetée. »

Avdotia resta stupéfaite et tressaillit tout à coup : « C'est donc pour cela que vous aviez besoin de l'argent?

— Comme vous daignez le dire. Eh! eh! ajouta-t-il en entendant le bruit de la *telega*, il me semble que votre mari a pris mon cheval. Quel gaillard!

— Mais c'est du brigandage, s'écria Avdotia; mais c'est notre argent, c'est l'argent de mon mari, et l'auberge est à nous

— Non, Avdotia Aréfievna, l'auberge n'était pas à vous. Pourquoi parler ainsi? l'auberge était au seigneur. Mais l'argent, ah! l'argent était bien à vous. Seulement.... vous avez eu.... on peut le dire.... la bonté de me l'offrir, et je vous en reste reconnaissant. Et même, à l'occasion, je vous le rendrai, si une telle occasion se présente. Car.... daignez vous-même prendre ceci en considération.... il est tout à fait inutile que je reste pauvre. »

Naoum dit tout cela fort tranquillement, avec son sourire glacé.

« Oh! bon Dieu! se mit à crier Avdotia, bon Dieu! bon Dieu! Comment pourrai-je, après cela, me montrer aux yeux de mon mari? Mais, misérable, ajouta-t-elle en regardant avec une haine subite le jeune et frais visage de Naoum, mais j'ai perdu mon âme pour toi; mais je suis devenue une voleuse pour toi; mais tu vas nous envoyer mendier par le monde, scélérat que tu es. Mais je n'ai plus qu'à me mettre une corde au cou, trompeur infâme qui m'as perdue.

— Ne vous donnez pas la peine de vous tourmenter, Avdotia Aréfievna. Moi, je vous dirai une chose : il n'y a pas de chemise qui soit plus près du corps d'un homme que la sienne; et puis, le brochet est dans le fleuve pour que la tanche ne s'endorme pas.

— Où irons-nous? qu'allons-nous devenir? balbutiait Avdotia à travers ses larmes.

— Ah! quant à cela, je ne saurais vous le dire.

— Je te tuerai, misérable, je te tuerai.

— Non, vous ne le ferez point, Avdotia Aréfievna; alors pourquoi le dire? Seulement je vois bien qu'il faut que je m'éloigne un petit peu d'ici. Vous vous agitez trop. Nous avons celui de vous saluer, et demain nous nous présenterons sans faute[1]. Vous me permettrez cependant de vous envoyer dès aujourd'hui mes petits domestiques. Fort heureusement, les voici qui viennent, ajouta-t-il en regardant par la fenêtre. Sans eux, quelque malheur pouvait arriver, que Dieu nous en préserve! Comme cela, nous serons plus tranquilles. Vous me ferez la grâce de ramasser dès aujourd'hui vos petites hardes, et ils pourront, si vous voulez, vous prêter la main. Au revoir! »

Il salua, sortit, et appela ses valets.

Avdotia se laissa tomber sur un banc, s'appuya sur la table et se tordit les mains. Tout à coup elle se releva, et sortit, en courant, à la rencontre de son mari. Nous avons raconté leur entrevue.

Quand elle se vit abandonnée toute seule au milieu des champs, après le départ d'Akim, elle resta longtemps à pleurer sans quitter la place. Enfin elle se décida à gagner la maison seigneuriale. Il lui fut bien pénible d'y entrer, et plus pénible encore de se montrer à ses anciennes camarades, les servantes, qui l'entourèrent toutes avec des

---

1. Phrase ordinaire des marchands.

signes de compassion. Les larmes jaillirent de nouveau de ses paupières gonflées et rougies, et elle se laissa tomber inanimée sur une chaise. Kirilovna vint aussi, et la traita avec douceur ; mais elle ne lui permit pas d'aborder sa maîtresse, comme elle avait fait pour Akim. Elle fit apporter le *samovar*, et, bien qu'elle eût d'abord assuré qu'elle ne toucherait à quoi que ce fût, Avdotia finit par prendre quatre tasses de thé. A peine Kirilovna la vit-elle un peu tranquillisée, qu'elle lui demanda où ils comptaient aller s'établir. Avdotia répondit qu'il ne lui restait plus qu'à mourir ; mais Kirilovna, en femme de tête, l'arrêta court en lui disant que ce qu'elle avait de mieux à faire, c'était de rassembler immédiatement son avoir, et de le transporter dans l'*isbá* d'Akim, au village où demeurait ce vieil oncle qui n'avait pas approuvé son mariage, et que, avec la permission de la maîtresse, on leur donnerait des hommes et des chevaux pour les aider.

« Quant à vous, ma chère petite, ajouta Kirilovna, dont un sourire aigre-doux plissait les lèvres de chat, il y aura toujours place pour vous chez nous, et il nous sera très-agréable de vous donner asile jusqu'à ce que vous ayez une autre maison. Surtout il ne faut jamais désespérer ; vous le savez : Dieu l'a donné, Dieu l'a repris, Dieu peut le rendre encore ; tout est dans sa main. Lisaveta Prokorovna s'est trouvée, par suite de diverses combinaisons, dans la nécessité de vendre votre auberge.... A propos, où est Akim ? »

Avdotia répondit que, l'ayant rencontré, il l'avait offensée cruellement, et s'était réfugié chez le sous-diacre Ephrem.

« Chez cet homme ! reprit Kirilovna. Ah ! je comprends, maintenant qu'il a du chagrin. Il est possible qu'on ne puisse plus le trouver aujourd'hui. Il faut prendre nos mesures. Malachka, appelle-moi Nikanor Illiitch. »

Aussitôt apparut Nikanor Illiitch, petit homme de chétive apparence, espèce d'intendant, qui écouta avec la plus humble déférence tout ce que lui dit Kirilovna. Dès qu'elle eut achevé :

« Tout sera ponctuellement exécuté, » dit-il en saluant.

Et, emmenant Avdotia, il mit à sa disposition les trois premiers paysans qui lui tombèrent sous la main, avec leurs *telegas*. Un quatrième paysan s'ajouta de lui-même au convoi, déclarant qu'il saurait mieux s'y prendre que les autres. Avdotia gagna avec eux son auberge, où elle trouva ses anciens domestiques et son ouvrière Fétinia dans la plus grande confusion : car, depuis le matin, les valets de Naoum, trois vigoureux gaillards, s'y étaient installés, et avaient si bien fait la garde que les fers de roue d'une *telega* neuve avaient déjà disparu.

La pauvre Avdotia eut grand'peine à emballer tous ses effets, malgré l'aide de l'habile homme, qui ne faisait pas autre chose que se promener de long en large un bâton à la main. Elle ne put quitter l'auberge le jour même, et dut y passer la nuit, après avoir prié Fétinia de rester dans sa chambre. Elle ne s'endormit qu'à l'aurore, d'un sommeil fiévreux, et les larmes coulaient encore sur ses joues après qu'elle se fut endormie.

XI

Cependant le sous-diacre s'était réveillé plus tôt que de coutume dans son étroit réduit; il se mit à cogner contre la porte pour qu'on le laissât sortir. Sa femme s'approcha, mais ne voulut pas lui ouvrir, lui disant, à travers la fente, qu'il n'avait pas assez dormi. Mais il piqua sa curiosité en lui promettant de lui raconter l'étrange aventure arrivée à Akim. Elle leva le loquet. Ephrem lui conta tout ce qu'il avait vu, et finit en demandant :

« Est-il éveillé, ou non?

— Dieu le sait, répondit la femme; vas-y voir toi-même; il n'est pas encore descendu du poêle. Comme vous vous êtes soûlés tous deux hier ! Si tu pouvais voir ta figure! ça ne ressemble plus à un visage ; ça ressemble à un torchon de cuisine. Et le foin que tu as dans ta queue !

— Qu'importe qu'il y ait du foin? » reprit Ephrem en passant la main dans ses cheveux; et il entra dans sa chambre.

Akim ne dormait plus; il était assis sur le poêle, les jambes pendantes ; son visage aussi était étrangement hagard, et d'autant plus qu'Akim n'avait jamais eu l'habitude de s'enivrer.

« Eh bien ! Akim Séménitch, comment avez-vous reposé? » demanda Ephrem.

Akim leva sur lui un regard lent et trouble.

« Écoute, Ephrem, mon frère, dit-il d'une voix sourde, ne peut-on pas encore.... tu sais.... »

Ephrem sentit un tressaillement intérieur semblable à celui qu'éprouve un chasseur placé à l'affût, quand il entend tout à coup aboyer un chien courant dans un bois d'où il n'espérait plus faire sortir du gibier.

« Comment! encore ?... demanda-t-il enfin.

— Oui, encore.

— La femme verra.... pensa Ephrem; elle ne me laissera pas.... Si, si, on peut.... Attendez. »

Il sortit, et, grâce à d'habiles manœuvres, il réussit à rentrer, cachant une grosse bouteille sous le pan de son cafetan. Akim s'empara de la bouteille. Pour Ephrem, par

crainte de sa femme, il ne se mit pas à boire comme la
veille. Après avoir informé Akim qu'il allait voir ce qui
se passait à son auberge, il partit avec son pauvre cheval,
qu'il avait oublié de nourrir; mais il ne s'était pas oublié lui-même, à en juger par l'enflure inusitée de son
cafetan.

Peu après son départ, Akim dormait de nouveau comme
un mort sur le poêle; il ne se réveilla même pas, ou du
moins feignit de ne pas s'éveiller lorsque, quelques heures plus tard, Ephrem, au retour de son expédition, se
mit à le secouer et à lui crier dans l'oreille que tout était
fini et parti, et que les saintes images étaient emportées,
et qu'on cherchait Akim partout, et que lui, Ephrem,
avait défendu qu'on le cherchât. Il cria tant et si bien que
sa femme vint le reprendre et l'enferma dans son réduit.
Pleine d'indignation contre son mari et contre l'importun
visiteur grâce auquel son mari se grisait de la sorte, elle
se coucha dans la chambre même. Mais lorsque, s'étant
éveillée de très-bonne heure, selon sa coutume, elle regarda sur le poêle, Akim n'y était plus. On n'avait pas
encore entendu le chant du coq, que déjà Akim traversait
la porte de la maison du sous-diacre. Son visage était
pâle; ses yeux jetaient des regards attentifs, et sa démarche n'était pas celle d'un homme ivre. Il sortit et se dirigea sur son ancienne habitation, sur cette auberge qui
était définitivement en la possession du nouveau propriétaire.

XII

Naoum ne dormait pas non plus à l'heure où Akim quittait furtivement la demeure d'Ephrem. Il ne dormait pas ; ayant étendu sous lui son *touloup*, il s'était couché tout habillé sur un banc. Non que sa conscience le tourmentât : il avait assisté depuis le matin, avec un parfait sang-froid, à l'enlèvement de tous les effets d'Akim, et même il avait plus d'une fois adressé la parole à Avdotia, qui était tellement abattue qu'elle avait cessé de lui faire des reproches. Sa conscience était tranquille ; mais des projets et des calculs l'occupaient : il ne savait pas s'il réussirait dans cette nouvelle carrière, car il n'avait jamais tenu d'auberge, jamais eu de maison à lui, et ces réflexions l'empêchaient de dormir.

« Elle est bien entamée, la petite affaire, pensait-il ; comment marchera-t-elle ensuite ? »

Après avoir expédié, la veille au soir, la dernière *telega* chargée des effets d'Akim, qu'Avdotia suivait en pleurant, il avait minutieusement visité la cour, les caves, les hangars, les resserres, les greniers ; et, après avoir maintes fois prescrit à ses domestiques d'être bien sur leurs gardes, il avait soupé et, demeuré seul, n'avait pu trouver de repos. Ce jour-là, par hasard, aucun voyageur n'était resté pour passer la nuit, ce qui l'avait fort satisfait.

« Il faut, pensait-il en se retournant sur l'un et l'autre côté, que dès demain j'achète un chien, un bon chien bien méchant. Les meuniers en tiennent. Ils m'ont emmené le leur. »

Tout à coup, il leva la tête : il lui avait semblé que quelqu'un glissait lentement devant la fenêtre ; il prêta l'oreille.... rien. Il n'entendait que le bruit du grillon dans le foyer, d'une souris qui grignotait dans un coin, et de sa propre respiration. Tout était tranquille dans la chambre presque vide, faiblement éclairée par la lueur d'une petite lampe de verre qu'il avait allumée devant une image de saint. Il reposa la tête. Bientôt il lui sembla entendre gémir légèrement la porte cochère, puis craquer la clôture en bois. Il ne put y tenir ; il se leva rapidement, entr'ouvrit la porte de la chambre voisine, et appela à voix basse :

« Fédor ! Fédor ! »

Personne ne lui répondit. Il franchit le seuil, et manqua de tomber en heurtant du pied Fédor, qui dormait étendu par terre. Il le secoua rudement.

« Qu'est-ce donc ? quoi ? fit le domestique en se frottant les yeux.

— Qu'as-tu à beugler ? tais-toi. Comme ils dorment, les maudits ! N'as-tu rien entendu ?

— Rien.

— Où sont couchés les autres ?

— Là.

— Suis-moi. »

Naoum ouvrit doucement la porte qui donnait de l'antichambre sur la cour. Il faisait sombre ; à peine les piliers des galeries de la cour se pouvaient distinguer dans les ténèbres.

« Ne faudrait-il pas allumer une lanterne ? » murmura Fédor.

Naoum fit un geste de la main, et retint sa respiration pour écouter.

Il n'entendit d'abord que les bruits nocturnes qui se font dans tout lieu habité. Un cheval mangeait son avoine, un homme ronflait. Mais bientôt un bruit suspect, qui s'élevait au fond de la cour, parvint à ses oreilles. Il semblait qu'un être quelconque s'y agitait en soufflant ou respirant avec force. Naoum jeta un coup d'œil par-dessus l'épaule de Fédor, et, descendant le perron avec précaution, il se dirigea vers ce bruit. Tout à coup il tressaillit. A quelques pas devant lui, au milieu des ténèbres, apparut subitement un point lumineux. C'était un charbon ardent, et, tout contre, une bouche entr'ouverte qui soufflait dessus. Naoum se précipita sur ce feu, rapidement et en silence, comme le chat sur une souris. Un long corps, se soulevant de terre et se jetant à sa rencontre, manqua de le renverser et essaya de glisser entre ses mains; mais il put s'y cramponner de toutes ses forces.

« Fédor! Andréi! Pétrouchka! se mit à crier Naoum; vite! vite ici! j'ai attrapé un voleur! un incendiaire! »

L'homme que Naoum avait saisi s'agitait en désespéré; mais Naoum le tenait comme avec des tenailles. Fédor était accouru.

« Une lanterne! vite une lanterne! cours la chercher! réveille tous les autres! je le tiendrai bien à moi tout seul. Vite! et prends aussi une corde pour l'attacher. »

Fédor courut. L'homme que tenait Naoum cessa tout à coup de se débattre.

« Tu n'as pas assez de la femme, et de l'argent, et de l'auberge; tu veux aussi me perdre, moi! » dit une voix étouffée.

Naoum reconnut Akim.

« Ah! c'est toi! Eh bien! attends!

— Lâche-moi. Est-ce que tu n'as pas assez?

— Je te montrerai demain, devant la justice, si j'en ai assez. »

Et Naoum serra plus fortement son bras autour du prisonnier.

Les domestiques accoururent avec des lanternes et des cordes.

« Liez-le! » leur commanda Naoum.

Les domestiques s'emparèrent d'Akim, le soulevèrent et lui attachèrent les mains derrière le dos. L'un d'eux avait commencé à lui adresser des injures; mais il s'arrêta tout à coup en reconnaissant l'ancien maître de l'auberge, et se borna à échanger un regard avec ses camarades.

« Voyez, voyez, disait cependant Naoum en promenant sa lanterne sur le sol. Voilà du charbon dans un pot. Il a apporté tout un brasier. Nous saurons où il a pris tout cela. Il a aussi cassé des branches. »

Et Naoum éteignit soigneusement le feu sous ses pieds.

« Fouille-le, Fédor, et voyons s'il n'a pas encore quelque chose. »

Fédor fouilla Akim, qui se tenait immobile, la tête penchée sur sa poitrine.

« Oui, quelque chose, en effet, » dit Fédor, qui tira de la poche d'Akim un vieux couteau de cuisine.

« Eh, eh! mon cher, voilà où tu en voulais venir! Garçons, vous êtes témoins qu'il voulait m'assassiner, qu'il voulait incendier ma maison. Enfermez-le jusqu'au matin dans la cave; il ne pourra pas s'en échapper; je le veillerai moi-même, et demain, dès la pointe du jour, nous le mènerons à la ville chez l'*ispravnick*[1]. Et vous serez tous témoins, entendez-vous? »

On poussa Akim dans la cave, et la porte se referma sur lui. Naoum posa deux de ses gens en sentinelle, et lui-même ne se coucha plus.

1. Chef de la police d'un district.

XIII

Pendant ce temps, la femme du sous-diacre, après s'être convaincue que son hôte s'était éloigné, se mit à cuisiner, bien qu'il fît à peine jour. C'était fête, et le sous-diacre devait aller à l'église. Elle s'accroupit devant le poêle pour y prendre du feu, et s'aperçut qu'on avait déjà enlevé toute la braise. Elle chercha son couteau et ne le trouva point. Enfin, de ses quatre pots, il en manquait un. Cette femme avait la réputation de n'être pas sotte, et avec raison. Elle alla chercher son mari dans le réduit. Il ne lui fut pas facile de l'éveiller, et encore moins facile de s'en faire comprendre. A tout ce qu'elle lui disait, Ephrem répétait toujours la même chose : « Il est parti; eh bien ! que Dieu soit avec lui ; je n'y suis pour rien. Il a emporté le pot et le couteau ; eh bien ! que Dieu soit avec lui ! je n'y suis pour rien. » Il finit pourtant par se relever, et convint avec sa femme que c'était une méchante affaire, qu'on ne pouvait en rester là.

« Oui, disait la sous-diacresse, c'est fort mal. Il peut faire quelque malheur, dans l'état de désespoir où il est. Je me suis bien aperçue, hier, qu'il ne dormait pas sur le poêle, qu'il était seulement couché. Vous feriez bien, Ephrem Alexandritch, d'aller aux renseignements.

— Écoutez bien ce que je vais vous dire, Ouliana Fédorovna. Je m'en vais sur-le-champ à l'auberge moi-même ; mais vous, ma petite mère, ayez la bonté de me donner un verre d'eau-de-vie pour me dégriser, et dites aussi au pope Fédor qu'il ne m'attende pas.

—Voyons, dit la femme après un peu d'hésitation, je vais te donner de l'eau-de-vie, et je préviendrai le pope; mais toi, prends garde de faire des sottises.

—Soyez parfaitement tranquille, Ouliana Fédorovna. »

Et, s'étant fortifié d'un petit verre, Ephrem partit pour l'auberge.

Le soleil était à peine levé quand il y arriva, et déjà, devant le perron, était attelée une *telega* où se tenait un des domestiques de Naoum, les rênes dans les mains.

« Où va-t-on, dit Ephrem?

—A la ville, répondit l'autre de mauvaise humeur.

— Et pour quoi faire ? »

Le domestique ne fit que secouer les épaules et ne répondit pas.

Ephrem mit pied à terre et entra dans la maison. Naoum vint à sa rencontre dans l'antichambre, tout habillé et le bonnet sur la tête.

« Nous offrons au nouveau propriétaire nos félicitations de bienvenue, dit Ephrem, qui connaissait personnellement Naoum. Où allez-vous de si bonne heure?

—Il y a de quoi féliciter, dit brusquement Naoum; dès le premier jour j'ai manqué brûler. »

Ephrem tressaillit :

« Comment cela ?

—Comment cela ! Il s'est trouvé un petit bonhomme qui a voulu se passer la fantaisie de me brûler dans ma maison. Heureusement je l'ai pris sur le fait, et maintenant je le mène à la ville.

—Ne serait-ce pas.... Akim ? demanda Ephrem en hésitant.

—Comment l'as-tu deviné? Oui, c'est Akim. Il est venu cette nuit avec des tisons dans un pot, il est entré dans ma cour, et tout était déjà préparé. Mes garçons l'ont vu. Veux-tu le voir aussi avant que je l'emmène?

—Mon petit père Naoum Ivanitch, relâchez-le; ne perdez pas le pauvre vieux jusqu'au bout. Ne prenez pas ce péché-là sur votre âme. Pensez-y; un homme au désespoir, la tête perdue....

— Cesse de radoter, interrompit Naoum; le relâcher! il reviendra me brûler dès le lendemain.

—Il ne reviendra pas, Naoum Ivanitch; croyez-moi, vous aurez moins d'embarras de cette façon. Sinon il y aura des interrogatoires, la justice viendra, vous le savez vous-même.

—Eh bien! la justice, je n'ai pas à la craindre.

—O mon père Naoum Ivanitch, y a-t-il un homme qui n'ait pas à craindre la justice?

—Veux-tu finir? Je vois que tu es ivre dès le matin, bien que ce soit fête aujourd'hui. »

Ephrem fondit en larmes tout à coup.

« Oui, je suis ivre; mais je dis la vérité. Et vous, faites-lui grâce, pour la bonne petite fête du bon Jésus.

—Allons, viens, pleurnicheur. »

Et Naoum se dirigea vers la cour.

« Faites-lui grâce pour Avdotia Aréfievna, » continuait Ephrem en marchant sur ses pas.

Naoum s'approcha de la cave, et en ouvrit la porte toute grande. Ephrem, avec une curiosité craintive, étendit le cou par derrière Naoum, et dans un coin de la cave, qui n'était pas profonde, aperçut Akim. Le riche aubergiste, l'homme considéré et respecté dans tout le voisinage, était accroupi sur de la paille, les mains liées comme un criminel. Le bruit lui fit lever la tête. Il paraissait avoir affreusement maigri pendant ces deux derniers jours. Ses yeux enfoncés se voyaient à peine sous son front jauni comme la cire, ses lèvres étaient sèches et noires. Tout son visage avait changé; il avait pris une expression à la fois farouche et effrayée.

« Lève-toi et sors, » dit Naoum.

Akim se leva et franchit péniblement le seuil de la cave.

« Akim Séménitch, s'écria Ephrem, tu as donc voulu perdre ta pauvre tête ? »

Akim le regarda en silence.

« Ah ! si j'avais su pourquoi tu me demandais de l'eau-de-vie, je ne t'en aurais pas donné ; devant Dieu, je ne t'en aurais pas donné ; je l'aurais plutôt toute bue moi-même. Oh ! Naoum Ivanitch, ajouta-t-il en saisissant celui-ci par la manche, faites-lui grâce, lâchez-le.

— Elle est bonne, la plaisanterie, » répondit Naoum en retirant sa main. Et, se tournant vers Akim : « Eh bien ! qu'attends-tu ? avance.

— Naoum Ivanoff ? fit Akim.

— Quoi ?

— Naoum Ivanoff, écoute. Je suis fautif. J'ai voulu me rendre justice moi-même, et c'est Dieu qui doit nous juger. Tu m'as tout pris, tu le sais bien, tout. Maintenant tu peux m'achever. Seulement voici ce que je te dirai : Si tu me relâches à présent, eh bien ! je me résigne ; que tout soit à toi ; j'y consens et te souhaite bonne réussite. Oui, je te le dis comme devant Dieu ; si tu me relâches, tu n'auras pas à te repentir. Que Dieu soit avec toi ! »

Akim ferma les yeux et se tut.

« C'est ça, on n'a qu'à te croire !

— Oui, devant Dieu, on peut le croire, dit Ephrem ; je suis prêt à répondre d'Akim sur ma tête ; oui, je suis prêt.

— Bêtises ! s'écria Naoum ; partons. »

Akim rouvrit les yeux.

« Comme tu voudras, Naoum Ivanitch, dit-il, comme tu voudras. Mais tu prends un peu trop sur ton âme. Si tu as tant d'impatience, eh bien ! partons. »

Naoum regarda fixement Akim :

« En effet, pensa-t-il, ne vaut-il pas mieux l'envoyer au

diable ? Sinon, les voisins me mangeront tout cru ; Av.
dotia ne me laissera ni paix ni trêve, et peut-être la justice se fourrera.... qu'est-ce qu'on peut en attendre de
bon ? »

Pendant que Naoum se consultait tout bas, personne
ne prononça une parole. Le cocher de la *telega*, qui
voyait toute la scène à travers la porte, ne faisait que
secouer la tête et frapper les rênes. Les autres valets se
tenaient sur le perron et se taisaient aussi, se regardant
l'un l'autre en dessous.

« Eh bien ! écoute, vieux, dit enfin Naoum ; si je te
lâche, et si je défends à ces gars de parler.... eh bien !
serons-nous quittes ensemble ? Comprends-moi bien,, serons-nous quittes ?

— Je te l'ai déjà dit : garde tout.

— Tu ne compteras pas que j'aie nulle dette envers
toi ?

— Ni toi ne me devras rien, ni moi ne te devrai
rien. »

Naoum se tut un instant : « Jures-en devant Dieu.

— Je le jure, comme Dieu est saint.

— Je m'en repentirai, je le sais d'avance, reprit
Naoum ; enfin, à la grâce de Dieu ! donne-moi tes mains. »

Akim se tourna ; Naoum se mit à détacher ses liens.
« Rappelle-toi, vieux, dit-il en faisant glisser les cordes
le long des poignets, que je t'ai fait grâce. Ne l'oublie
pas.

— O mon petit pigonneau Naoum Ivanitch, balbutia
Ephrem tout ému, Dieu lui-même vous fera grâce en
faveur de ce que vous venez de faire. »

Akim étendit ses mains gonflées et refroidies, et s'a-
vança vers la porte. Naoum sembla ressentir un regret
de lâcher sa proie ; il lui cria : « Tu as juré devant Dieu :
prends garde ! »

Akim se retourna, et promena lentement ses regards sur cette maison et cette cour qu'il avait construites lui-même. « Garde tout, dit-il avec tristesse, irrévocablement et dans l'éternité. Adieu. » Et, suivi d'Ephrem, il sortit lentement sur le grand chemin. Naoum fit dételer la *telega*, et rentra chez lui.

« Eh bien! Akim, où vas-tu? n'est-ce pas chez moi? s'écria Ephrem, voyant qu'Akim ne prenait pas la route de sa maison.

—Non, mon bon Ephrem, merci; je veux aller voir ce que fait ma femme.

—Tu le verras plus tard: maintenant, pour célébrer cette joie, il faudrait.... tu sais bien....

—Non, merci, Ephrem, c'est assez comme cela. Adieu. » Et Akim s'en alla sans se retourner.

« Par exemple, assez comme cela! répliqua le sous-diacre tout ébahi. Et moi, qui avais donné ma tête en gage! Voilà ce que je n'aurais jamais cru. Fi! »

Alors il se rappela qu'il avait laissé dans l'auberge son pot et son couteau. Naoum les lui fit rendre, mais ne pensa pas seulement à lui offrir le moindre verre. Ephrem, tout dépité et tout dégrisé, revint à la maison.

« Eh bien! lui demanda sa femme, l'as-tu trouvé?

—Quoi, trouvé? sotte femme. Oui, je l'ai trouvé. Tiens, voilà la vaisselle.

—C'est Akim qui l'avait emportée? » reprit elle.

Ephrem ne fit qu'un signe de tête. « Voyez un peu le galant homme! il était à la veille de pourrir dans une prison; j'ai prié pour lui tous mes grands dieux; s'il m'avait offert seulement un petit verre! Vous, Ouliana Fédorovna, montrez-moi un peu de considération, donnez-moi une goutte. » Mais Ouliana ne lui montra pas la moindre considération, et le chassa du côté de l'église.

XIV

Cependant Akim suivait à pas lents le chemin qui menait à son village. Il ne pouvait revenir à lui-même ; un tremblement intérieur l'agitait, comme un homme qui vient d'échapper à une mort certaine. A peine pouvait-il croire à sa liberté. Avec un étonnement stupide, il regardait les champs, le ciel, les alouettes qui s'élevaient dans l'air radieux. La veille, il n'avait pas fermé l'œil chez le sous-diacre, bien qu'il fût resté immobile sur son poêle. Vainement il avait essayé d'endormir dans l'ivresse de l'eau-de-vie la douleur insupportable de l'offense reçue et les angoisses du dépit impuissant. L'eau-de-vie n'avait pu le vaincre ; son cœur s'était gonflé de colère ; alors il roula dans sa tête des projets de haine : mais il ne pensait qu'au seul Naoum ; sa maîtresse ne lui venait pas seulement à la pensée. Pour Avdotia, il s'en détournait violemment. Vers le soir, cette soif de vengeance devint une véritable rage. C'est alors que lui, homme faible et bon, sortit, le feu à la main, pour détruire son ancienne habitation. On l'avait saisi, enfermé ; la nuit était venue. De quelles pensées fut-il assailli dans cette nuit cruelle ? Et cependant vers le matin, avant la venue d'Ephrem et de Naoum, il sentit comme un soulagement. « Tout est perdu, se dit-il, le vent a tout emporté ; » et résolûment il fit l'abandon de lui-même. L'action criminelle qu'il avait tentée avait ébranlé son âme jusque dans ses dernières profondeurs, et l'insuccès ne lui avait laissé, au lieu de dépit, qu'une grande fatigue et un profond dégoût. Il arracha son cœur à tout regret terrestre, et se mit à prier amèrement, mais avec ferveur. D'abord il avait prié à voix basse; mais il lui était arrivé de dire tout haut: « O mon Sauveur! » et les larmes avaient coulé. Il pleura longtemps, et finit par se calmer. Ses sentiments auraient changé sans doute, s'il eût été puni pour la tentative avortée, car il était précisément sur la limite fatale entre la résignation et le désespoir; mais tout à coup on lui rendait la liberté, et il s'en allait, prêt à revoir sa femme, à demi mort, mais tranquille.

La maison seigneuriale était à une verste et demie de son village; arrivé à l'embranchement des chemins qui conduisaient à l'une et à l'autre, il hésita un instant, et se décida à voir d'abord son vieil oncle.

La petite et déjà vieille *isbâ* d'Akim se trouvait à l'extrémité du village. Il suivit toute la rue sans rencontrer âme qui vive; tout le monde était à l'église. Seule, une vieille paysanne malade souleva la croisée pour le regarder passer, et une petite fille, qui était sortie avec un seau vide pour tirer de l'eau au puits, le reconduisit aussi du regard. Le premier homme qu'il aperçut fut précisément cet oncle qu'il cherchait. Le vieillard avait passé toute la matinée sur le banc en terre sous la fenêtre, à se chauffer au soleil et à prendre quelques prises de tabac. Ne se sentant pas bien, il s'était dispensé d'aller à l'église, et il venait de se lever du banc pour aller visiter un vieux voisin plus malade encore que lui, lorsqu'il rencontra Akim. Il s'arrêta, le laissa s'approcher, et, après avoir jeté sur ses traits pâlis un regard attentif, il lui dit :

« Bonjour, Akimouchka.

— Bonjour, » répondit Akim, qui, sans lever les yeux, le précéda dans la cour de sa maison.

Il y aperçut ses chevaux, sa vache, sa *telega*, ses poules aussi. Il entra dans l'*isbâ* sans mot dire. Le vieil-

lard l'avait suivi. Akim s'assit sur un banc et s'y appuya
les poings fermés. Son oncle le regardait d'un œil de
pitié, adossé contre la porte.

« Où est la femme? dit enfin Akim.

— Dans la maison du seigneur, se hâta de répondre le
vieillard. Ici on a placé tout ton petit bétail, et les coffres
aussi; mais elle, elle est là-bas. Veux-tu que j'aille la
chercher? »

Akim se tut quelques instants : « Vas-y, dit-il. Ah!
oncle, ajouta-t-il avec un profond soupir, tandis que le
vieillard décrochait son bonnet pendu à un clou, ne te rappelles-tu pas ce que tu m'as dit la veille de mon mariage?

— Tout se fait à la volonté de Dieu, Akim.

— Rappelle-toi : tu m'as dit alors que je n'étais plus
votre égal à vous autres paysans; et voici que les temps
sont venus où moi-même je suis nu comme un ver.

— On ne peut pas toujours prévoir ce que feront les
mauvaises gens, répliqua le vieillard ; mais, si quelqu'un
pouvait donner une bonne leçon à cet homme sans conscience, ou s'il y avait une loi chez nous?... Mais comme
cela, qu'y a-t-il à craindre? C'est un loup, et il sait mor-
dre comme un loup. » Et le vieillard enfonça son bonnet
sur sa tête pour s'en aller.

Avdotia revenait de l'église quand on lui dit que l'oncle
de son mari la demandait. Jusqu'alors elle avait vu cet
oncle bien rarement; il n'allait jamais les visiter; il passait pour un homme étrange, n'aimant qu'à renifler sa
prise et à se taire. Aussi l'appelait-on : « Peu de paroles. » Avdotia s'empressa d'accourir.

« Que veux-tu, Pétrovitch? est-il arrivé quelque chose?

— Rien ; ton mari te demande.

— Il est de retour?

— Oui.

— Où est-il?

— Au village, dans l'*isbâ*. »

Avdotia frissonna de peur. « Écoute, Pétrovitch, dit-elle en le regardant droit dans les yeux ; est-ce qu'il est fâché ?

— Je n'ai pas vu qu'il fût fâché. »

Avdotia baissa la tête. « Allons, partons. » Elle se coiffa d'un grand mouchoir, et tous deux partirent. Ils cheminèrent en silence jusqu'au village. Quand ils approchèrent de l'*isbâ*, Avdotia eut un nouvel accès de frayeur, si fort que ses jambes se dérobaient sous elle.

« O mon père Pétrovitch, dit-elle d'une voix tremblante, entre le premier. Dis-lui que je suis venue à son ordre. »

Pétrovitch entra dans l'*isbâ*. Il trouva Akim sur la même place et dans la même situation où il l'avait laissé.

Quoi! dit-il en soulevant la tête ; elle n'est pas venue?

— Elle est venue.

— Où donc est-elle ?

— Là, devant la porte ; elle a peur.

— Envoie-la ici. »

Le vieillard sortit, fit à Avdotia un signe de la main, et se remit sur son banc. Avdotia ouvrit la porte en tremblant, franchit le seuil et s'arrêta.

Akim la regarda. « Voyons, Aréfievna, commença-t-il, qu'allons-nous faire ensemble à présent?

— Je suis coupable, murmura-t-elle.

— Eh! Aréfievna, nous sommes tous des pécheurs. A quoi bon parler de ça?

— C'est lui, le scélérat, qui nous a perdus tous les deux, dit Avdotia d'une voix qui se brisa tout à coup, et les larmes coulèrent sur ses joues. Ne laisse pas passer cela ; réclame ton argent ; ne m'épargne pas ; je suis prête à jurer sous serment que cet argent, c'est moi qui le lui ai prêté. Lisaveta Prokorovna a eu le droit de vendre

notre auberge; mais lui, pourquoi nous pille-t-il? Réclame ton argent.

— Je n'ai pas d'argent à lui réclamer, répondit Akim
d'une voix sombre. Nous sommes quittes.

— Comment, quittes?

— C'est ainsi. Sais-tu bien, continua Akim, et ses yeux
commencèrent à s'enflammer, sais-tu bien où j'ai passé
la nuit? Tu ne le sais pas? Dans la cave de Naoum, les
pieds et les mains liés comme un mouton; voilà où j'ai
passé la nuit. Je voulais lui brûler sa maison; mais il
m'a attrapé, ce Naoum. C'est qu'il est bien adroit, ce
Naoum. Et aujourd'hui il voulait m'emmener à la ville;
mais il a bien voulu me faire grâce. Tu vois donc bien
que je n'ai pas d'argent à lui réclamer. Et comment le
réclamerais-je? Il me dira : « Quand t'ai-je emprunté de
l'argent? » Veux-tu donc que je lui réponde : « Ma femme
l'a déterré sous le plancher et te l'a porté. — Elle ment,
me dira-t-il, ta femme. » Trouves-tu, Aréfievna, que tu
n'as pas encore assez prêté aux mauvaises langues? Tais-
toi plutôt, je te le dis, tais-toi.

— Je suis coupable, Séménitch! je suis coupable! reprit
Avdotia effrayée.

— Ce n'est pas cela que je veux dire, reprit Akim après
un court silence; mais qu'allons-nous faire ensemble?
nous n'avons plus de maison, plus d'argent.

— Nous tâcherons de nous tirer d'affaire, Akim Séménitch; nous prierons la maîtresse de nous aider. Kirilovna m'a promis qu'elle le ferait.

— Non, Aréfievna; si tu le veux, toi, prie la maîtresse avec ta Kirilovna; vous êtes toutes deux des fruits
du même champ. Pour moi, voici ce que j'ai à te dire :
Reste ici avec Dieu; je n'y resterai pas. Par bonheur,
nous n'avons pas d'enfants. Peut-être ne périrai-je pas;
une seule tête n'est jamais pauvre.

— Quoi donc, Séménitch ? Est-ce que tu veux recommencer à t'occuper de roulage ? »

Akim rit amèrement : « Quel beau voiturier je ferais ! quel gaillard ! Non, ce n'est pas comme pour se marier, par exemple. Un vieillard ne vaut rien pour cela. Seulement, je ne veux pas rester ici ; je ne veux pas qu'on me montre au doigt ; comprends-tu ? J'irai prier Dieu pour qu'il lave mes péchés. C'est là que j'irai, Aréfievna.

— Mais quels sont donc tes péchés, Séménitch ? dit timidement Avdotia.

— Mes péchés, femme, c'est moi qui les connais. Comment es-tu devenue ma femme ?

— Mais à qui me laisseras-tu, Séménitch ? Comment pourrai-je vivre sans mon mari ?

— A qui je te laisserai, Aréfievna ? Comme tu parles ! Tu as bien besoin, vraiment, d'un paysan comme moi, d'un paysan vieux et ruiné ! Tu t'en es passée jusqu'à présent ; tu t'en passeras encore, et le bien qui nous est encore resté, prends-le, ça m'est égal.

— Comme tu voudras, Séménitch, reprit humblement Avdotia ; tu sais mieux que moi ce qu'il faut faire.

— C'est juste ; seulement ne va pas croire que je t'en veuille, Aréfievna. A quoi bon se fâcher maintenant ? il eût fallu s'y prendre plus tôt. Je suis fautif, je suis puni. » Akim soupira. « Si tu aimes à descendre la montagne de glace, résigne-toi à monter les traîneaux. Mes années s'avancent ; il est temps que je pense à mon âme. C'est Dieu lui-même qui m'a éclairé. Vieux fou que j'étais ! je m'étais imaginé pouvoir passer la vie à mon goût avec une jeune femme. Non, vieillard, mon frère, prie auparavant, souffre, jeûne, frappe la terre de ton front. Et maintenant, laisse-moi, ma petite mère ; je suis bien fatigué, je voudrais dormir un peu. »

Akim s'étendit en gémissant sur le banc de l'*isbá*.

Avdotia fit mine de vouloir répondre ; mais elle le regarda un instant, se détourna et sortit. Elle n'avait pas compté d'en être quitte à si bon marché.

« Il ne t'a pas battue ? » demanda Pétrovitch, ccurbé sur son banc de terre, quand elle passa devant lui.

Avdotia s'éloigna en silence. « Voyez-vous ça ? il ne l'a pas battue ! » grommela le vieillard. Puis il sourit, il hérissa sa barbe de la main, et se mit dans le nez une prise de tabac.

Akim réalisa son projet. Sa maîtresse lui fit donner un passe-port, et l'exempta généreusement de l'*obrok* pour les trois années suivantes. Il arrangea ses petites affaires à la hâte, et, peu de jours après la conversation que nous avons rapportée, il vint, en habits de voyage, faire ses adieux à sa femme, qui s'était provisoirement établie dans une des ailes de la maison seigneuriale. Leurs adieux ne furent pas longs. Kirilovna y assistait ; elle conseilla à Akim d'aller prendre congé de la maîtresse. Il y alla. Lisaveta Prokorovna le reçut avec une certaine confusion ; mais elle l'admit gracieusement à lui baiser la main, et lui demanda où il avait l'intention d'aller. Akim répondit qu'il commencerait par se rendre à Kieff[1], et qu'il irait ensuite où Dieu le mènerait. Elle loua fort sa résolution, et le congédia.

Depuis lors, il ne fit que de rares apparitions à son village ; mais il ne manquait jamais, en ce cas, de rapporter au château un pain consacré, dont il avait fait détacher par le prêtre une parcelle déposée dans le calice pour la santé de sa maîtresse[2]. Aussi, partout où

1. C'est la ville sainte de la Russie, et la mère de toutes les villes russes.
2. Espèce de vœu d'un usage universel.

affluent les gens pieux de la Russie, on pouvait aperce-
voir son visage vieilli et amaigri, mais toujours régulier,
toujours plein d'aménité. Et près du tombeau de saint
Serge[1], et sur les Rivages-Blancs[2], et dans le désert
d'Optine[3], et dans le couvent de Valaam, perdu au bout
des profondeurs du Nord[4], partout on l'avait remarqué.
Une année, il passait confondu parmi la foule innom-
brable qui suit en procession l'image de la Vierge portée
de Koursk à Korennoï l'espace de trente verstes; une autre
année, on le rencontrait assis, avec un petit havre-sac
sur le dos, au milieu des autres pèlerins, sur les dalles
de l'église Saint-Nicolas, à Mtsensk; chaque printemps,
il venait à Moscou, de pays en pays, avec son pas lent et
mesuré, mais qui ne s'arrêtait jamais. On dit même qu'il
avait été jusqu'à Jérusalem. Il paraissait complétement
heureux et tranquille, et ceux à qui il arrivait de s'entretenir avec lui vantaient beaucoup sa sagesse et son hu-
milité.

Pendant ce temps, les affaires de Naoum marchaient
on ne peut mieux. Il les gouvernait avec intelligence et
résolution; et, comme on dit, il montait rapidement la
montagne. Tous les voisins savaient par quels moyens il
s'était procuré son auberge; on découvrit même que c'était
Avdotia qui lui en avait livré le prix. Personne ne l'aimait à cause de son caractère froid et rude; on racontait
même avec indignation qu'Akim étant venu un jour,
comme pèlerin, lui demander l'aumône par la fenêtre,
il avait répondu : « Dieu te la fera[5], » et ne lui avait

1. Au célèbre couvent de Troïtskoïé, près de Moscou.
2. Autre célèbre couvent du gouvernement d'Orel.
3. Cellules d'anachorètes, au gouvernement de Kalouga, groupées autour de l'église où l'on révère la Vierge aux trois mains.
4. Dans une île, au nord de Ladoga.
5. Formule de refus. Une forme plus douce est celle-ci : « Ne t'indigne
pas contre moi. »

rien donné. Mais tout le monde convenait que personne
n'avait meilleure chance que lui. Son blé venait mieux
que chez le voisin ; ses abeilles donnaient plus de miel ;
ses poules même pondaient plus souvent ; ses vaches
n'étaient jamais malades, et ses chevaux ne boitaient
jamais. Le pope Fédor lui-même en était surpris.

De longtemps Avdotia ne put entendre prononcer son
nom (elle était redevenue maîtresse couturière au château) ;
mais peu à peu sa haine diminua, et l'on dit même que,
la nécessité l'ayant forcée de recourir à lui, il lui rendit
cent roubles ; ne la jugeons pas trop sévèrement. La pauvreté dompte bien d'autres gens qu'Avdotia. Le renverse-
ment subit arrivé dans sa vie l'avait bien abattue et bien
humiliée. On ne saurait dire avec quelle vitesse elle avait
vieilli et enlaidi.

Comment finit tout cela? demandera le lecteur. Voici
comment :

Après avoir, pendant quinze ans, fort bien mené sa
barque, Naoum vendit l'auberge à un autre bourgeois, et
fort cher. Il ne l'aurait pas quittée, sans une circonstance
en apparence fort insignifiante. Deux matinées de suite
son chien, assis devant les fenêtres, se mit à pousser de
plaintifs hurlements. A la seconde fois, Naoum sortit de
la maison, se plaça devant le chien, secoua la tête, et se
rendit sur-le-champ à la ville, où il traita de l'auberge
avec un bourgeois qui la marchandait depuis longtemps.
Une semaine après, il partit pour un endroit éloigné,
hors de la province. Le nouveau propriétaire vint s'établir à sa place ; mais, le soir même, l'auberge brûla de
fond en comble, sans qu'il en restât vestige, et le succes-
seur de Naoum fut entièrement ruiné.

Le lecteur comprendra facilement quels bruits couru-
rent dans le voisinage à propos de cet incendie. « Il a emporté sa chance avec lui, » disait-on. Maintenant on ra-

conte que Naoum a traité avec l'État pour des fournitures
de blé, et qu'il est devenu immensément riche. Reste à
savoir si c'est pour longtemps : bien d'autres colonnes se
sont écroulées.

Quant à Lisaveta Prokhorovna, il y a peu de chose à dire
d'elle. Elle vit toujours, et, comme il arrive souvent aux personnes de sa trempe, elle n'a pas changé, et c'est à peine si
elle a vieilli ; seulement elle est devenue plus sèche encore,
et son avarice s'est accrue démesurément. Il est pourtant
difficile de comprendre pour qui elle garde tout ce q. 'elle
amasse, n'ayant pas d'enfants et n'aimant personne. Dans
la conversation, elle mentionne souvent le nom d'Akim,
et ne manque jamais d'assurer que, depuis qu'elle a eu
l'occasion d'apprécier les grandes qualités du paysan
russe, elle le respecte infiniment pour son dévouement et
son obéissance. Kirilovna s'est rachetée de sa maîtresse
pour une assez forte somme, et s'est mariée par amour
avec un jeune blondin, domestique à la journée, qui lui
fait souffrir mort et passion. Avdotia continue à habiter
l'aile des servantes ; mais elle a descendu quelques degrés dans l'échelle de la domesticité ; elle s'habille pau-
vrement ; des manières pimpantes d'une fille élevée dans
la capitale et des habitudes d'une riche aubergiste, il
n'est pas resté trace ; personne ne la remarque, et elle se
tient pour heureuse de ne pas être remarquée. Le vieux
Pétrovitch est mort ; et, pour Akim, il mène toujours sa
vie errante. Dieu seul peut savoir quand viendra pour le
pauvre paysan le repos et un asile !

L'ANTCHAR

L'ANTCHAR[1].

I

Dans une chambre nouvellement blanchie de la petite maison seigneuriale du village de Sassovo, gouvernement de Toula, un jeune homme était assis, devant une vieille table boiteuse, sur une étroite chaise à dossier, compulsant des comptes. Il portait un paletot de voyage. Deux bougies brûlaient devant lui sur des flambeaux de nécessaire. Dans un coin gisait une malle ouverte, et dans un autre, un domestique montait un lit en fer. Vêtu de son *armiak*[2] neuf, et les reins serrés par une ceinture rouge, un paysan à large barbe et à figure intelligente se tenait à la porte d'entrée. C'était le *starosta*[3] du village. Il regardait avec beaucoup d'attention le jeune homme assis. Près de la fenêtre, on voyait une ancienne épinette, à côté d'une commode du même âge. Le portrait éraillé d'une femme coiffée en poudre et habillée d'une robe à falbalas était accroché à la cloison en pendant

1. Ce titre sera expliqué dans la nouvelle.
2. Habillement d'été.
3. L'ancien, espèce de maire.

d'une vieille glace *rococo*. A en juger par l'abaissement
du plafond et les larges fentes du plancher, la petite
maison où nous venons d'introduire le lecteur était construite depuis bien longtemps. Inhabitée d'ordinaire, elle
ne servait que de pied-à-terre lors de l'arrivée du seigneur. Le jeune homme dont nous venons de parler était
précisément le propriétaire du village de Sassovo; il était
arrivé la veille de sa terre principale, qui en était distante
d'environ cent verstes. Il comptait repartir dès le lendemain, après avoir fait la visite de son domaine, écouté les
requêtes de ses paysans et réglé les comptes.

« C'est assez, dit-il brusquement en relevant la tête ; je
suis fatigué. Tu peux t'en aller, dit-il au starosta; reviens
demain matin, et fais savoir de bonne heure aux paysans
qu'ils aient à se présenter ici. Je veux les voir en assemblée générale. Entends-tu ?

— J'écoute, répondit l'autre.

— Tu n'as pas mal fait, continua le maître en jetant
un regard autour de lui, de faire blanchir ces vieilles
murailles; c'est plus propre à présent. »

Le starosta suivit le regard de son maître autour de la
chambre, mais ne dit mot.

« Tu peux t'en aller. »

Le starosta fit un profond salut, et s'éloigna.

« Holà ! s'écria le seigneur en étirant ses membres;
donnez-moi du thé, il est temps de dormir. »

Le domestique alla derrière la cloison où l'on entendait
bouillir un *samovar*, et revint bientôt, apportant un verre
de thé, un paquet de craquelins acheté à la ville et un pot
à crème. Le seigneur avait à peine approché le verre de
ses lèvres, qu'on entendit un bruit de pas dans la chambre voisine, et qu'un mince filet de voix demanda : « Vladimir Sergeïtch Astakoff y est-il, et peut-on le voir? »

Astakoff jeta sur son domestique un regard surpris, et

lui dit précipitamment à voix basse : « Va savoir qui ce peut être. »

Le domestique sortit, tirant après lui la porte qui s'obstinait à rester ouverte.

« Annonce à Vladimir Sergeïtch, fit entendre la même voix, que son voisin Ipatoff désire lui rendre visite, si cela ne le dérange pas, et qu'un autre voisin, arrivé avec moi, Bodriakoff, désire également lui présenter ses profonds respects. »

Astakoff fit un geste de dépit. Toutefois, quand son domestique rentra dans la chambre, il lui dit d'introduire les visiteurs, et se leva pour aller à leur rencontre. La porte souvrit, et les deux voisins parurent. L'un deux, petit vieillard trapu, à la tête ronde et aux yeux brillants, marchait le premier ; le second, homme d'une trentaine d'années, grand et maigre, avec le teint basané, les cheveux noirs et en désordre, le suivait les bras ballants. Le vieillard portait une redingote grise très-propre, avec des boutons en nacre de perle, des pantalons quadrillés à l'écossaise et des guêtres sur ses souliers. Un mouchoir rose, à demi recouvert par le col blanc de sa chemise, entourait son cou. De toute sa personne s'exhalait une impression fraîche et agréable. Son camarade, au contraire, n'avait pas l'extérieur fort séduisant. Il portait un vieil habit noir boutonné jusqu'au menton, et un épais pantalon d'hiver de la même couleur. On ne lui voyait de linge ni au cou ni aux poignets. Le petit vieillard s'approcha le premier d'Astakoff, le salua d'un air affable, et de cette même voix douce et frêle : « J'ai l'honneur, lui dit-il, de me recommander à vous, votre plus proche voisin, et même un peu votre parent, Ipatoff, Mikhaël Nicolaïtch. J'ai longtemps souhaité le plaisir de faire votre connaissance, et j'espère que je ne vous ai pas causé de dérangement. »

Astakoff répondit que le plaisir était de son côté....
qu'il n'y avait eu nul dérangement..... et qu'il les priait
de s'asseoir pour prendre le thé....

« Et ce gentilhomme, continua le vieillard, après avoir
écouté avec un sourire bienveillant les phrases inache-
vées d'Astakoff, et montrant de la main le monsieur en
habit noir, c'est aussi un de vos voisins, un de mes bons
amis, Bodriakoff Ivan, Iliitch, qui a toujours eu aussi
le plus vif désir de vous connaître. »

Le monsieur au frac, d'après le visage duquel personne
n'avait pu supposer qu'il eût vivement désiré quoi que ce
fût dans sa vie, tant l'expression en était à la fois distraite et endormie, salua gauchement. Astakoff lui rendit
son salut, et pria pour la seconde fois les visiteurs de
s'asseoir. Ils prirent place.

« Je suis content, très-content de vous voir enfin personnellement, reprit le vieillard en ouvrant les bras, tandis que l'autre regardait le plafond la bouche ouverte.
Quoique vous habitiez de préférence un district assez
éloigné de nos contrées paisibles, nous vous comptons
au nombre de nos principaux seigneurs terriens.

—Cela m'est très-flatteur, répondit Astakoff.

—Flatteur ou non, cela est ainsi. Vous devez nous excuser, Vladimir Sergeïtch; nous sommes ici des gens
droits; nous vivons dans la simplicité; ce que nous pen-
sons, nous le disons sans détour. Et même les jours de
nos fêtes, nous nous faisons des visites en redingote, je
vous assure; c'est l'usage chez nous. Dans les districts
voisins, on nous appelle pour cela des *redingotiers*, et l'on
nous reproche d'avoir mauvais ton. Mais nous n'y faisons
pas la moindre attention. Jugez vous-même, de grâce :
vivre à la campagne, et faire des cérémonies !

— Certainement; que peut-il y avoir de mieux à la campagne que ces manières naturelles? remarqua Astakoff.

— Et pourtant, repartit le vieillard, dans notre district vivent des hommes d'un esprit extraordinaire, des gens civilisés à l'européenne, bien qu'ils ne portent pas de frac. Par exemple, notre historien Efzukoff, Stépan Stépanitch ; il s'occupe de l'histoire de toutes les Russies depuis les temps les plus reculés ; il est connu même à Saint-Pétersbourg : c'est un homme d'une science profonde. Vous savez, dans notre ville, sur la place publique, on a érigé un boulet suédois. C'est lui qui a découvert que ce boulet était suédois. Zenteller, Anton Carlitch, celui-là s'occupe particulièrement de l'histoire naturelle. On dit que cette science est l'attribut spécial des Allemands. Lorsque, il y a de cela dix ans, on a tué chez nous une hyène qui vaguait, c'est lui, Zenteller, qui a reconnu que c'était effectivement une hyène, grâce à la constitution particulière de sa queue. Il y a encore Kabourdine, un gentilhomme. Celui-là s'adonne plutôt à la littérature légère. On lit de ses petits articles dans la *Galathée*[1], qui sont du dernier fini. Bodriakoff, pas celui-ci.... non, celui-ci néglige les Muses.... mais un autre ; Serge.... tiens, comment est son nom patronymique ?

— Sergeïtch, prononça avec lenteur le Bodriakoff présent.

— Oui, oui, Sergeïtch. Celui-là écrit des vers. Ce n'est pas un Pouchkine ; mais quelquefois il vous rase son homme à faire envie à la capitale. Connaissez-vous son épigramme contre Aggé-Fomitch ?

— Non ; quel est ce monsieur ? demanda Astakoff.

— Ah ! pardon ; j'oubliais que vous n'êtes pas un fidèle habitant de notre pays. C'est notre maître de police. L'épigramme est venue très-drôle. Ivan Illiitch, il me semble que tu la sais par cœur ?

1. Journal littéraire, disparu depuis longtemps.

—La voici, dit Bodriakoff :

> Ce n'est pas en vain qu'Aggé-Fomitch
> A été honoré par la confiance de la nob'esse....

—Il faut vous dire, interrompit Ipatoff, qu'aux élections il n'a reçu que des boules blanches, parce que c'est
un homme tout à fait honorable. Eh bien! continue.

> — Ce n'est pas en vain qu'Aggé-Fomitch
> A été honoré par la confiance de la noblesse ;
> Il boit et il mange en maître ;
> Comment ne serait-il pas maître de police ? »

Le vieillard partit d'un éclat de rire.

« Ce n'est pas mal, hein? Remarquez : en maître, et
maître de police. Depuis ce temps, croiriez-vous que chacun de nous ne manque jamais, après avoir dit bonjour
à Aggé-Fomitch, d'ajouter le dernier vers :

> Comment ne serait-il pas maître de police?

Et vous croyez qu'Aggé Fomitch se fâche ? pas le
moins du monde. Ce n'est pas de mise chez nous. Demandez plutôt à Bodriakoff. »

Celui-ci, pour toute réponse, leva les yeux au plafond.

« Se fâcher pour une plaisanterie! comment serait-ce
possible ? Mais ce Bodriakoff lui-même, on l'a surnommé
chez nous *Ame de poche*, parce que, comme il consent volontiers à tout ce qu'on lui propose, chacun peut le mettre
dans sa poche. Eh bien! croyez-vous qu'il se fâche pour
cela? jamais. »

Bodriakoff promena lentement son regard sur le vieillard d'abord, puis sur Astakoff.

Ce surnom d'*Ame de poche* convenait, en effet, merveilleusement à Bodriakoff. Il n'y avait pas en lui une ombre

de volonté et de caractère. Quelqu'un lui disait-il : « Partons, » il prenait aussitôt son bonnet; et si quelque autre, survenant, lui disait : « Restons plutôt, » il posait son bonnet. Il était d'un naturel tranquille et doux, mais triste; resté garçon, il ne pensait pas aux cartes, mais il aimait à se tenir près des joueurs, pour regarder les mines qu'ils faisaient. Il ne pouvait se passer de société, et la solitude lui était insupportable. Seul, il tombait dans une noire mélancolie; mais cela lui arrivait rarement. Il avait encore une autre manie : chaque matin, en quittant son lit, il fredonnait l'air d'une vieille romance française.... *Vous chassez, monsieur, et je pêche.* Cette manie lui avait valu un autre surnom, celui de *Tarin*, parce qu'on sait que cet oiseau ne chante qu'une fois par jour, au lever du soleil. Tel était Ivan Iliitch Bodriakoff.

La conversation continua quelque temps encore entre Ipatoff et Astakoff; mais elle sortit bientôt des généralités. Le vieillard questionna le jeune homme sur l'état de ses bois, sur les améliorations qu'il se proposait d'introduire, et lui soumit quelques-unes de ses propres observations. S'étant toutefois aperçu que les yeux de son hôte commençaient à se fermer et qu'il répondait avec plus de lenteur, le vieillard se leva, disant qu'il ne voulait plus l'incommoder de sa présence, mais qu'il espérait le recevoir à dîner le lendemain. « Et quant à mon village, ajouta-t-il, je ne dirai pas un petit enfant, mais la première poule ou la première femme venue, vous en montrera le chemin. Il n'y a qu'à demander Ipatofka; les chevaux iront d'eux-mêmes.

— Si rien ne s'y oppose, répondit Astakoff avec son hésitation habituelle.

— Pas de si, interrompit Ipatoff; nous comptons sur vous. » Et, le repoussant doucement de la main, il sortit en disant : « Pas de cérémonies. »

L'*Ame de poche* Bodriakoff salua en silence, et disparut avec son compagnon, après avoir trébuché sur le seuil. Dès qu'il eut reconduit ses visiteurs inattendus, Astakoff se coucha et s'endormit.

༄

Vladimir Sergeïtch Astakoff était du nombre de ceux qui, après avoir prudemment essayé leurs forces dans deux ou trois carrières diverses, se décident enfin, comme ils disent, à considérer la vie au point de vue pratique, et à consacrer leurs loisirs à l'accroissement de leurs revenus. Il ne manquait pas d'esprit ; il était assez avare, et fort réfléchi. Il aimait la lecture, la société, la musique, mais fort modérément. Sa préoccupation principale était de passer pour un homme comme il faut. On a vu depuis peu surgir en Russie beaucoup de jeunes gens de même caractère. Astakoff n'avait que vingt-sept ans ; il était de taille moyenne, bien fait ; ses traits ne manquaient pas d'agrément, mais ils manquaient d'expression. Son regard clair et sec ne changeait jamais ; à peine pouvait-on quelquefois y surprendre un peu d'ennui ; un sourire poli ne quittait point ses lèvres ; ses cheveux, d'un blond de soie, étaient soigneusement frisés. Il possédait six cents âmes en bon état, et commençait à penser au mariage. Ce qu'il désirait rencontrer, c'était une femme à grandes relations, trouvant qu'il n'en avait pas assez. En un mot, il méritait le surnom qui est devenu fort à la mode en Russie, celui de *gentleman*.

Le lendemain de bonne heure, notre *gentleman* se mit à ses affaires, ce qu'il faisait, il faut lui rendre cette justice, avec plus de bon sens que la plupart de nos jeunes gens à vues pratiques. Il écouta patiemment les

plaintes embarrassées des paysans, ce qui consola un
peu ceux-ci de ce qu'il ne fit droit à aucune ; il apaisa
des discordes naissantes entre parents, dans les familles
privées de pères, en menaçant les uns et exhortant les
autres. Il découvrit quelques filouteries commises envers
ses administrés par le starosta, qu'il se garda bien toutefois de destituer. En un mot, il se conduisit de telle sorte
qu'il demeura fort content de lui-même, et que les paysans,
au sortir de l'assemblée, ne purent s'empêcher, bien
qu'il n'eût rien fait, de lui donner quelques louanges.
Malgré sa promesse de la veille, Astakoff s'était décidé
à dîner chez lui, et déjà il avait commandé à son cuisinier
de campagne un de ses potages favoris, lorsque, probablement sous l'influence de ce sentiment de satisfaction
intérieure, il s'écria tout à coup : « Si j'allais chez ce
vieux bavard ! » Aussitôt dit, aussitôt fait. Une demi-heure
après, son élégant *tarantass*, attelé de quatre bons chevaux de paysan, galopait dans la direction d'Ipatofka,
qui n'était éloigné que de douze verstes, par une route
facile.

L'habitation d'Ipatoff se composait de deux petites ha-
bitations seigneuriales, placées face à face, des deux
côtés d'un immense étang d'eau courante. Une longue
digue, plantée de peupliers aux feuilles d'argent, formait
le barrage de l'étang, au bout duquel on apercevait le toit
aigu d'un petit moulin. Bâties de la même façon, et
peintes de la même couleur lilas, les deux maisons semblaient se regarder, au-dessus de l'étang, par leurs petites
vitres luisantes. Une terrasse arrondie s'avançait devant
chaque maison, surmontée d'un fronton à la grecque,
que soutenaient quatre minces colonnettes en bois. Un
ancien jardin enveloppait tout l'étang ; de vieux tilleuls
s'y étendaient en longues avenues, et de hauts sapins,
de sombres chênes, d'élégants érables, y élevaient leurs

cîmes d'espace en espace. Des masses de lilas et d'acacias pressaient les deux maisons à n'en laisser voir que les façades, desquelles partaient, du côté de l'étang, de petits sentiers pavés de briques écrasées en poussière. Des canards de toutes nuances, des oies blanches et grises, nageaient en petites troupes sur l'eau claire de l'étang, que ne couvrait jamais aucune mousse verdâtre, grâce aux nombreuses sources qui jaillissaient du fond d'un ravin pierreux pour alimenter l'étang. Le site de cette habitation était agréable, avenant, et pourtant solitaire.

Dans une de ces deux maisonnettes, vivait Ipatoff lui-même; dans l'autre, sa vieille mère, bonne femme caduque, âgée de plus de soixante-dix ans. Arrivé sur la digue, Astakoff ne savait sur quelle maison se diriger. Un petit garçon pêchait à la ligne, assis, les pieds nus, sur un tronc d'arbre pourri. Astakoff lui demanda son chemin :

« Mais chez qui allez-vous? chez la vieille dame, ou chez le jeune seigneur? repartit le garçon sans quitter son hameçon des yeux.

— De quelle vieille dame parles-tu? Je vais chez Michaël Nicolaïtch.

— Ah! chez le jeune homme; alors prenez à droite. »

Et le garçon, donnant une secousse à sa ligne, tira de l'eau un petit goujon argenté. Astakoff prit à droite.

Ipatoff jouait aux dames avec l'*Ame de poche*, quand on vint lui annoncer l'arrivée d'Astakoff. Il se leva précipitamment, gagna en courant l'antichambre, et donna trois baisers sur les joues à son visiteur.

« Vous me trouvez, dit-il, avec mon fidèle compagnon Ivan Illiitch, qui, pour le dire en passant, est tout ravi de votre amabilité. » Bodriakoff dirigea son regard vers un coin de la chambre, ce qu'il faisait chaque fois qu'on

parlait de lui. « Il a eu la bonté de rester avec moi,
tandis que ces demoiselles sont allées se promener au
jardin. Vanka, cours les chercher, dis-leur que la visite
est arrivée. Et comment trouvez-vous notre nature et
notre site? Kabourdine a composé des vers en leur honneur; ils commencent :

       Ipatofka, aimable refuge.....

Le reste est tout aussi bien, mais je ne m'en souviens
plus. Le jardin est grand, un peu trop pour mes moyens;
et ces deux maisons, si merveilleusement pareilles, ont
été construites par deux frères, mon père Nicolas et mon
oncle Serge. C'étaient deux amis exemplaires; c'étaient
Damon et.... comment donc s'appelait l'autre?

— Pythion, murmura Bodriakoff.

— Est-ce bien là le nom? reprit le vieillard; enfin c'est
égal. Il faut que vous sachiez que je suis veuf; j'ai perdu
ma chère femme; les aînés de mes enfants sont élevés
dans les établissements de la couronne; je n'ai avec moi
que mes deux filles cadettes, et la sœur de ma femme.
Vous allez les voir. Mais, mon Dieu, Ivan Illiitch, tu ne
me fais pas observer que je n'offre rien à mon visiteur.
Quelle eau-de-vie daignez-vous préférer?

— Je ne bois rien avant le repas, répondit Astakoff.

— Comment est-ce possible? Du reste, comme il vous
plaira. « Laisse libre ton visiteur, ainsi tu lui feras honneur. » Et puis, vous le savez bien, nous vivons ici dans la
simplicité. Ce n'est pas un désert, mais c'est un refuge,
une retraite solitaire. Vous ne vous asseyez point? »

Astakoff s'assit, en gardant son chapeau dans ses
mains.

« Permettez-moi de vous alléger, » reprit Ipatoff; et, lui
ayant enlevé son chapeau, il alla le poser soigneusement

sur un siége. Puis il revint s'asseoir en face de son visiteur, et, cherchant à lui dire quelque chose d'aimable,
il le regardait en se frottant les mains : « Aimez-vous à
jouer aux dames?

— J'ai pour principe de ne jouer à aucun jeu.

— Ah! c'est très-sensé de votre part; mais les dames,
ce n'est pas un jeu; c'est plutôt un amusement, une
manière agréable de tuer le temps. N'est-ce pas, Ivan
Illiitch?

— Oui.... les dames.... ce n'est rien.

— Les échecs, c'est autre chose, continua Ipatoff;
mais voici nos demoiselles qui reviennent, » dit-il en
s'interrompant et en jetant un regard sur la porte
vitrée.

Astakoff se retourna, et aperçut deux jeunes filles d'une
dizaine d'années, portant des robes roses et de grands
chapeaux de paille, qui montaient rapidement les marches
du perron. Une autre fille de vingt ans à peu près, grande
et bien faite, les suivait à quelque distance. Toutes trois
entrèrent dans la chambre; les deux petites filles firent
leur révérence.

« Voici, je vous les recommande, mes deux filles,
dit Ipatoff; Katia et Nastia[1]. Et voici ma belle-sœur,
Marie Pavlovna, dont j'ai eu déjà l'honneur de vous
parler. »

Astakoff fit un profond salut à Marie, qui lui répondit
par un brusque mouvement de tête. Elle tenait en main
une serpette ouverte; ses épais cheveux châtains s'échappaient un peu en désordre d'un peigne qui avait peine à
les retenir, et une feuille s'y était accrochée. Son visage hâlé
s'était coloré au grand air; elle respirait fortement par
ses lèvres entr'ouvertes, ses yeux brillaient, et l'on voyait

_____

1. Diminutifs de Catherine et Anastasie.

qu'elle venait de courir, et même quelques taches sur
sa robe, de couleur sombre, montraient qu'elle avait tra-
vaillé au jardin. Elle sortit immédiatement de la chambre,
et les petites filles la suivirent en courant.

« Il faut, dit le vieillard, arranger un peu la toilette,
même chez nous. »

Astakoff sourit pour toute réponse. Il était resté frappé
de la figure de Marie; jamais il n'avait vu de beauté plus
russe, plus particulière à la steppe. Elle revint bientôt,
s'assit sur un sofa, et demeura immobile. Elle avait seulement un peu relevé et peigné ses cheveux, mais n'avait
pas changé de robe, et n'avait pas même mis de man-
chettes.

Sa figure était plutôt farouche que fière; son front,
large et bas; son nez, droit et court; un sourire lent et
contenu effleurait à peine ses belles lèvres, un peu fortes
et vivement colorées. Dans le léger froncement de ses
sourcils en ligne droite se lisait quelque mépris. Elle
tenait ses grands yeux sombres presque toujours baissés.
« Je sais bien, semblait-elle dire, que vous me regardez
tous; cela m'ennuie, mais, à votre aise, regardez-moi. »
Quand elle levait ses yeux, il y avait dans son regard
quelque chose de sauvage, de majestueux et d'étonné, qui
le faisait ressembler au regard d'une biche. Sa taille
était grande, élancée, de contours irréprochables; un
poëte classique l'eût comparée à Cérès ou à Junon.

« Que faisiez-vous dans le jardin? lui demanda Ipatoff,
qui cherchait à la faire parler.

— Nous coupions des branches mortes, et nous
bêchions des plates-bandes, » répondit-elle d'une voix
un peu basse de timbre, mais douce et sonore à l'o-
reille.

— Vous êtes-vous bien fatiguées?
— Les enfants le sont; pas moi.

SCÈNES DE LA VIE RUSSE   6

— Je m'en doute ; tu es une vraie Boboline[1]. Avez-vous été voir la grand'mère ?

— Oui, elle dormait.

— Vous devez aimer les fleurs, dit Astakoff se mêlant à l'entretien.

— Oui.

— Pourquoi ne mets-tu jamais de chapeau quand tu sors ? reprit Ipatoff ; regarde comme tu es rouge et hâlée. »

Elle passa silencieusement sur son visage une de ses mains, qui étaient petites, mais assez larges et colorées, car elle ne mettait jamais de gants.

« Vous vous occupez vous-même de jardinage ? » demanda de nouveau Astakoff.

— Oui. »

Astakoff prit occasion de là pour raconter qu'un de ses voisins et amis, le prince N..., avait un jardin magnifique. « Le jardinier en chef, un Allemand, ajouta-t-il, reçoit de gages deux mille roubles d'argent. » Astakoff n'avait pas l'habitude de mentir, et pourtant il avait ajouté cinq cents roubles.

« Comment se nomme ce jardinier ? demanda tout à coup l'*Ame de poche* en se levant.

— Je ne sais.... vraiment ; Mayer ou Miller. Mais pourquoi cette question ?

— Il est toujours utile de savoir un nom de famille, » répondit l'autre en s'asseyant.

Astakoff continua à parler du prince N.... Les deux jeunes filles entrèrent en tapinois, s'assirent côte à côte, et se mirent à le dévorer des yeux en se donnant de légers coups de coude.

---

1. Héroïne de la dernière insurrection des Grecs contre les Turcs, dont le nom est resté très-populaire en Russie.

« Yégor Kapitonitch vient d'arriver, annonça un domestique, du seuil de la porte.

— Fais entrer, fais entrer, » s'écria Ipatoff.

Un petit vieillard, gros et court, entra sur-le-champ. Sa figure était bouffie et plissée comme une pomme cuite. Il portait une lévite en drap gris, à brandebourgs noirs et collet droit, et son large pantalon en velours s'arrêtait bien au-dessus de la cheville.

« Bonjour, mon très-cher ami, s'écria Ipatoff en allant a sa rencontre. Il y a bien longtemps que nous ne vous avons vu.

— C'est vrai, répondit l'autre d'une voix plaintive et grasseyante, après avoir d'abord salué chacun des assistants. Mais vous le savez, Michaïl Nicolaïtch, suis-je un homme libre?

— En quoi n'êtes-vous pas un homme libre?

— Et Matrona Markovna !

— Eh bien.... Matrona Markovna? reprit Ipatoff en faisant sous cape un signe à Astakoff, pour attirer son attention.

— Mais c'est connu de tout le monde, repi. Yégor Kapitonitch en s'asseyant. Vous le savez aussi ; 'le n'est jamais contente de moi. Quoi que je dise, ce n'es pas délicat, pas comme il faut, pas décent. Et pourquoi pas décent? Dieu seul peut le savoir. Et les demoiselles.... mes filles, je veux dire, elles imitent leur mère. Je ne dis pas.... Matrona Markovna est une excellente femme, la meilleure des femmes; mais, à propos des manières, elle est d'une trop grande sévérité.

— De grâce, en quoi donc vos manières sont-elles mauvaises, Yégor Kapitonitch?

— C'est ce que je pense moi-même; mais enfin il est difficile de la contenter. Hier, par exemple, je dis à table : « Matrona Markovna (et Yégor Kapitonitch donna à sa voix l'expression la plus caressante), permets.... il me semble que notre cocher ne ménage pas les chevaux, ne sait pas son métier. Aujourd'hui l'étalon noir est tout à fait abattu.... » Là-dessus, voilà Matrona Markovna qui part comme la poudre. Elle se met à me faire honte. « Tu ne sais pas, me dit-elle, t'exprimer décemment dans la société des dames. » Et voilà que les demoiselles quittent aussitôt la table; et le lendemain, les autres demoiselles, les Biruleff, les nièces de ma femme, savent déjà tout. En quoi m'étais-je mal exprimé? je m'en rapporte à vous. Il est vrai que, quelquefois, je m'exprime un peu crûment; à qui cela n'arrive-t-il pas, surtout chez soi? Eh bien! dès le lendemain, les demoiselles Biruleff savent tout. Je ne sais vraiment plus que faire. Quelquefois je suis assis, et je me mets à penser, à ma façon. Quand on pense, vous savez, on a la respiration forte. Alors Matrona Markovna se met à me faire honte : « Ne ronfle pas, dit-elle; qui est-ce qui ronfle aujourd'hui? — Pourquoi me grondes-tu, dis-je, Matrona Markovna? tu devrais avoir de la compassion pour mes infirmités, et tu me grondes. » Maintenant, je ne pense plus à la maison. Je me tiens assis et je regarde par terre, comme un enfant puni. C'est comme je vous le dis, en vérité. Encore un exemple : L'autre soir, en me couchant, je dis à Matrona Markovna : « Ma petite mère, vous gâtez tout à fait votre petit laquais cosaque. Si ce jeune pourceau se lavait la figure au moins les dimanches.... » Il me semble que je m'exprimais avec tendresse et d'une façon détournée. Eh bien, je n'ai pas été plus heureux. Matrona Markovna s'est mise à me faire honte. « Tu ne sais pas, m'a-t-elle dit, te conduire dans la société des dames. » Et le lendemain les demoiselles Biruleff savaient tout. Comment voulez-vous, après cela, que j'aie le cœur à faire des visites, Michaïl Nicolaïtch?

— Je suis fort étonné de ce que vous me dites, repartit Ipatoff. Matrona Markovna me semblait....

— Ah! c'est une excellente femme, interrompit Yégor Kapitonitch, une mère, une épouse exemplaire. Mais elle a trop de sévérité sur la question des manières. Elle me dit qu'il faut en tout *de l'ensemble*, et que je n'en ai pas. Vous savez que je ne parle pas le français, et que je le comprends assez mal. Qu'est-ce donc que cet *ensemble* que je n'ai pas? »

Ipatoff, qui ne savait pas plus le français que son visiteur, se contenta de hausser les épaules.

« Et que font vos fils? demanda-t-il.

— Oh! mes fils, j'en suis content; ce n'est pas comme des demoiselles. Lolo est un garçon adroit; ses supérieurs en sont satisfaits. Quant au second, malheureusement, c'est un philanthrope.

— Que voulez-vous dire?

— Mais qu'il ne veut voir personne, qu'il est sauvage. Et sa mère lui dit toujours : « Respecte ton père, mais ne l'imite en rien. »

A ce moment entra une vieille femme, la tête enveloppée d'un mouchoir; elle annonça que le dîner était prêt. On alla se mettre à table.

Le dîner dura assez longtemps. Ipatoff tint le dé de la conversation. Marie, près de laquelle on avait placé Astakoff, continuait à garder le silence, malgré toutes les avances aimables qu'il lui prodiguait. Elle ne souriait de temps à autre qu'aux deux petites filles, qui venaient lui chuchoter à l'oreille, et qu'elle semblait aimer beaucoup. L'*Ame de poche* mangeait avec la même paresse qu'il mettait à toutes choses. Après le dîner, on alla prendre le café sur la terrasse. Le temps était superbe, et l'air imprégné du parfum des tilleuls en fleur. Une douce fraîcheur qui venait de l'étang et des grands arbres

tempérait l'ardeur d'un jour d'été. Tout à coup le galop
d'un cheval retentit sur la digue; une amazone en large
chapeau gris apparut, se dirigeant vers la maison, suivie
d'un petit Cosaque monté sur un cheval à sa taille.

« Ah! s'écria Ipatoff, voici Nadejda Alexeïevna qui
nous arrive. Quelle agréable surprise!

— Seule? demanda brusquement Marie en relevant la
tête.

— Seule. Il est probable que quelque chose a retenu
Piôtr Alexeïtch. »

Une vive rougeur colora le visage de Marie, qui se détourna pour la cacher. Cependant l'amazone, qui était
entrée dans le jardin par une petite porte, s'approcha de
la terrasse au grand galop, et sauta légèrement par terre
sans attendre ni son Cosaque, ni Ipatoff, qui s'était empressé d'aller à sa rencontre. Ayant lestement relevé sa
longue jupe, elle franchit en courant les marches de la
terrasse, et s'écria gaiement : « Me voici!

— Soyez la bienvenue, s'écria Ipatoff; c'est aimable,
c'est charmant, c'est inespéré. Permettez-moi de vous
baiser la main.

— A votre aise. Seulement, ôtez mon gant vous-même....
Macha, imagine-toi que mon frère ne vient pas aujourd'hui.

— Je vois bien qu'il n'est pas venu, répondit Marie à
demi-voix.

— Il te fait dire qu'il est occupé; ne te fâche pas....
Bonjour, Yégor Kapitonitch; bonjour, les enfants; bon-
jour, tout le monde.... Vassa, dit-elle en se tournant vers
son petit Cosaque, fais bien promener *Krasavtchick* [1].
Macha, donne-moi une épingle pour rattacher ma jupe....
Aïe, je me suis piquée.... Michaïl Nicolaïtch, venez ici. »

Ipatoff s'approcha d'elle.

_____

1. Le petit coquet.

«Quel est ce nouveau personnage si grave? demanda-
t-elle d'une voix assez haute.

— C'est notre voisin Astakoff, vous savez, le propriétaire de Sassovo. Voulez-vous que je vous le présente?

— Bien, plus tard.... Ah! quel beau temps! Yégor
Kapitonitch, est-il possible que Matrona Markovna vous
gronde même par un aussi beau temps?

— Matrona Markovna ne me gronde jamais; seulement....

— Et les demoiselles Biruleff? Le lendemain elles savent tout, n'est-ce pas? »

Et elle partit d'un joyeux éclat de rire.

« Vous daignez toujours rire, repartit Yégor; du reste,
quand rirait-on, si ce n'est à votre âge? »

— Yégor, mon cher ami, ne vous fâchez pas, ou je
vous embrasse.... Ah! je suis fatiguée, permettez-moi
de m'asseoir. »

Elle se jeta dans un fauteuil, et enfonça d'un geste
mutin son chapeau jusque sur ses yeux.

« Permettez, Nadejda Alexeïevna, que j'aie l'honneur
de vous présenter notre voisin M. Astakoff, dont vous
avez certainement beaucoup entendu parler. »

Astakoff salua d'un air compassé, et Nadejda le regarda
sous le rebord de son chapeau.

« Nadejda Alexeïevna Vérétieff, continua Ipatoff en se
tournant vers son hôte. Elle vit ici avec son frère Piôtr
Alexeïtch, lieutenant aux gardes en retraite; grande
amie de ma belle-sœur, et très-bienveillante pour toute
notre maison.

— C'est un véritable état de services, » reprit la dame
en continuant à lancer de dessous son chapeau des regards malicieux sur M. Astakoff.

Astakoff se tenait tout roide, et néanmoins il se disait
intérieurement : « Mais celle-ci aussi est très-jolie

En effet, Nadejda était une charmante personne; svelte
et mince, elle paraissait plus jeune qu'elle ne l'était réel-
lement, car elle comptait déjà vingt-six ans sonnés. Elle
avait le visage rond, la tête petite, les cheveux longs, fins
et légers, un petit nez hardiment retroussé, et des yeux
où la malice et la gaieté semblaient s'allumer par étincelles. Tous les traits de son visage étaient extrêmement
mobiles et prenaient mainte fois une expression comique
avec laquelle alternait sur sa physionomie un air réfléchi,
un air de bonté, qui venait et passait comme un éclair.
Elle avait été très-gâtée dans son enfance, et cela se
voyait encore, car les enfants gâtés en gardent le cachet
toute leur vie. Elle saisissait facilement le côté ridicule
des gens, et même dessinait assez bien des caricatures.
Son frère l'aimait tendrement, bien qu'il eût coutume
d'assurer qu'elle piquait, non comme l'abeille, mais
comme la guêpe : car l'abeille meurt de sa piqûre et la
guêpe ne s'en porte que mieux; comparaison qui la fâchait toujours.

« Êtes-vous ici pour longtemps ? demanda-t-elle brusquement à Astakoff en baissant les yeux et tournant sa
cravache entre ses mains.

— Non, je me dispose à partir dès demain.

— Pour aller ?...

— Chez moi.

— Pour quoi faire, chez vous ?

— Comment, pourquoi ? J'y ai des affaires qui ne
souffrent aucun délai.

— Êtes-vous donc un homme si rangé ?

— Je tâche de l'être; dans notre temps positif, chaque
homme qui se respecte doit être positif et rangé. »

Nadejda souleva le bord de son chapeau, et Ipatoff
s'écria : « Dieu ! que c'est dit avec justesse ! n'est-ce pas,
Bodriakoff ? »

L'*Ame de poche* donna d'un regard son assentiment, et
Yégor ajouta : « C'est absolument l'opinion de Matrona
Markovna.

— Je regrette, reprit Nadejda, que cette vérité soit si
bien reconnue. Mais, franchement, vous feriez mieux de
rester ici ; il nous manque un jeune premier. Jouez-vous
la comédie ?

— Je vous avoue que ce genre d'occupation m'a toujours été pleinement étranger.

— Je suis sûre que vous joueriez bien. Vous avez l'air
si.... imposant ! C'est ce qu'il faut aujourd'hui pour les
jeunes premiers. Mon frère et moi nous avons l'intention
d'établir ici un théâtre ; mais ce ne sera pas seulement
pour jouer des comédies : nous jouerons tout, des drames,
des ballets et même des tragédies. Que manque-t-il à
Macha pour faire une Cléopatre ou une Phèdre ? Regar-
dez-la. »

Astakoff se retourna pour la voir. La tête appuyée
contre le chambranle de la porte, et les bras croisés sur
la poitrine, Marie, d'un air pensif, étendait son regard
dans le lointain. Ses traits, réguliers et harmonieux,
rappelaient en effet, dans ce moment, le contour des
figures antiques. Elle n'avait pas entendu les dernières
paroles de Nadejda ; mais, remarquant que tous les regards se dirigeaient soudainement sur elle, elle se douta
de leur sens, rougit et voulut s'éloigner. Nadejda saisit
sa main, et, avec la caresse coquette d'un petit chat, elle
l'attira vers elle et déposa un baiser sur cette main presque masculine. Marie devint plus rouge.

« Tu fais toujours des folies, Nadia.

— Mais n'ai-je pas dit la vérité ? Je le demande à tous.
Allons, calme-toi, je ne le ferai plus.... Je le répète,
continua-t-elle en se tournant vers Astakoff, c'est grand
dommage que vous partiez. Nous avons bien un jeune

premier qui se propose lui-même; mais il est trop mauvais.

— Qui est-ce ?

— Bodriakoff, le poëte. Et comment voulez-vous qu'un poëte soit bon jeune premier ? D'abord, il s'habille d'une façon à faire frémir; et puis, on dit qu'il écrit des épigrammes, et pourtant chaque femme lui fait peur; même moi, imaginez-vous. Il balbutie, il tient toujours une main plus haut que sa tête. Enfin.... dites-moi, monsieur Astakoff, est-ce que tous les poëtes sont ainsi ?

—Je n'ai jamais connu personnellement aucun d'eux, répondit Astakoff, en se redressant de toute sa taille, et je dois dire de plus que je n'ai jamais cherché à faire une telle connaissance.

— Oui, c'est vrai, vous êtes un homme positif.... Que faire ? Nous prendrons Bodriakoff. Les autres jeunes premiers sont encore plus mauvais. Celui-là du moins apprendra son rôle par cœur, il a de la mémoire; c'est grâce à cela qu'il fait des vers. Macha, outre les rôles tragiques, fera chez nous la *prima donna*. Vous ne l'avez pas entendue chanter?

— Non, reprit Astakoff d'un air agréable et surpris. Je ne savais pas....

— Qu'as-tu donc aujourd'hui, Nadia ? » interrompit Marie mécontente.

Nadejda se leva brusquement et jeta son chapeau sur un siége : « Au nom du ciel, Macha, chante-nous quelque chose, de grâce. Je ne te laisserai pas de repos que nous ne t'ayons entendue. Allons, Macha, mon âme, j'aurais chanté moi-même pour égayer ce monsieur, qui s'ennuie visiblement; mais tu sais combien ma voix est vilaine. En revanche, tu verras comme je t'accompagnerai.

— Il faut faire toutes tes volontés, reprit Marie après

un moment de silence. Tu es une enfant gâtée, habituée à
ce qu'on passe par tous tes caprices. Allons, je vais
chanter.

— Bravo, bravo! s'écria Nadejda en frappant des
mains. Messieurs, au salon! Et quant à mes caprices,
ajouta-t-elle en la menaçant du doigt, tu me les payeras
une autre fois. Est-il permis de dévoiler ainsi les fai-
blesses des gens devant des personnes inconnues? Yégor
Kapitonitch, est-ce ainsi que Matrona Markovna vous fait
rougir devant les étrangers?

— Matrona Markovna, murmura Yégor, est une femme
très-respectable; seulement....

— C'est bien, c'est bien, » reprit Nadejda, et elle se
dirigea en sautillant vers le salon.

Tous l'y suivirent. Elle s'assit devant le piano; Marie
s'arrêta à quelques pas d'elle, les mains derrière le dos,
et s'appuya à la muraille.

« Macha, dit Nadejda après un moment de réflexion,
chante-nous *Le paysan sème du blé.* »

Marie chanta. Sa voix était sonore et pure; elle chantait
simplement, mais avec expression. Tous l'écoutèrent avec
plaisir, et Astakoff ne put cacher son étonnement. A
peine eut-elle fini, qu'il s'approcha d'elle pour lui dire
qu'après avoir entendu tous les artistes de la capitale,
il n'aurait jamais pu croire....

. « Attendez, vous en verrez bien d'autres, interrompit
Nadejda. Macha, je vais contenter ton âme de Petite-Russienne; chante-nous : *Il s'élève un long bruit dans la forêt.*

— Vous êtes de ce pays-là, de la Petite-Russie? s'écria
Astakoff.

— C'est ma patrie, » répondit-elle, et sur-le-champ elle
se mit à chanter.

Elle prononça les premiers vers avec assez de calme;
mais bientôt cette mélodie mélancolique et pénétrante,

qui lui rendait le pays natal, la jeta dans une émotion profonde. Ses yeux brillèrent, son regard prit un sentiment de fierté, sa voix vibra fortement.

« Dieu! que tu as bien chanté! s'écria Nadejda; que mon frère aura de regrets de n'être pas venu! »

Marie baissa aussitôt sa tête, qu'elle avait relevée, et sourit de ce sourire amer qui lui était habituel.

« Encore quelque chose, dit Ipatoff.

— Oh! oui, ayez cette bonté, ajouta Astakoff.

— Excusez-moi, je ne chanterai plus aujourd'hui, » répondit Marie, qui sortit brusquement de la chambre. Nadejda la suivit du regard, sembla réfléchir un moment, sourit et se mit à jouer avec un seul doigt la chanson : *Le paysan sème du blé;* puis tout à coup elle commença une polka brillante, et, sans l'avoir achevée, ferma le piano et se leva.

« Quel dommage qu'on ne puisse pas danser en ce moment! car vous ne dansez pas, je suppose, monsieur? dit-elle en s'adressant à Astakoff.

— Marie Pavlovna a une très-belle voix, répondit-il d'un ton sentencieux.

— Vous aimez donc la musique? reprit Nadejda.

— Certainement.

— Un homme aussi savant qui aime la musique!

— Qui vous a dit, mademoiselle, que je suis...?

— Ah! pardon! c'est un homme aussi positif que j'aurais dû dire.... Mais qu'est devenue Macha? Attendez, je vais la ramener. »

Et Nadejda sortit en courant.

« Une étourdie, une folle, comme vous voyez, dit Ipatoff. Mais le cœur excellent! Et quelle éducation elle a reçue! On ne peut s'en faire l'idée. Elle parle toutes les langues. Mais ce sont des gens riches, cela se comprend.

— C'est une personne digne par son amabilité de figu-

rer dans les plus hauts cercles, reprit Astakoff. Mais,
pardon.... Votre femme était donc de la Petite-Russie?

— Oui, ma défunte était Petite-Russienne, et même
elle ne parlait pas le russe très-correctement. Quant à
Marie, c'est autre chose. Elle est venue fort jeune en
Russie. Mais le sang se montre toujours. Vous avez remarqué comme elle a chanté.... Ah! il ne faut pas dire
du mal de son pays en sa présence.

— Ce pays nous appartient, dit gravement Astakoff.
En dire du mal serait impolitique.

— Vous avez raison. Mais que sont-elles devenues? Il
est temps de prendre le thé. »

Les deux amies restèrent longtemps absentes. Ipatoff
fut obligé de les envoyer chercher plusieurs fois. Elles
revinrent enfin. Marie versa le thé, et Nadejda, s'approchant de la terrasse, se mit à regarder dans le jardin.
Une calme et sereine soirée avait succédé à la chaleur
d'un jour d'été. Le crépuscule embrasait le ciel. Sur le
lac, à demi empourpré par les feux du couchant, à demi
assombri par la nuit tombante, se réfléchissaient, immobiles et renversés, les arbres et les maisons. Tout se cal-
mait, tout se taisait alentour.

« Regardez un peu, dit Nadejda à Astakoff qui s'était
approché d'elle; regardez, que c'est joli! Là, dans l'étang,
une étoile se mire tout près d'une lumière allumée dans
la maison. L'une est dorée, l'autre rouge. Tiens! voilà la
grand'mère qui arrive, » ajouta-t-elle à haute voix.

Une petite calèche d'enfant apparut derrière une touffe
de lilas. Deux hommes la traînaient. Une petite vieille,
bien emmaillottée, et la tête tombant sur la poitrine, y
était assise. Les barbes de sa coiffe cachaient presque entièrement sa figure jaunie et ratatinée. La calèche s'arrêta
devant la terrasse, et la dame s'annonça par une petite toux
sèche. Ipatoff sortit aussitôt à sa rencontre, suivi de ses

deux filles, qui, durant toute la soirée, n'avaient cessé d'entrer et de sortir comme des souris.

« Je vous souhaite le bonsoir, ma mère, dit Ipatoff en élevant la voix autant que possible ; comment vous sentez-vous ?

— Je suis venue voir ce que vous faites, répondit la vieille dame avec effort et d'une voix sourde. Le temps est si beau ! J'ai dormi tout le jour, et mes jambes viennent de me réveiller. Oh ! ces jambes ! Elles ne me servent plus à rien qu'à me faire souffrir.

— Permettez-moi, ma mère, de vous présenter notre voisin, M. Astakoff.

— Enchantée, dit la vieille en jetant sur le visiteur un regard de ses grands yeux noirs, déjà ternes. Je vous prie d'avoir de la bonté pour mon jeune homme. C'est un bon jeune homme. Je lui ai donné l'éducation que j'ai pu, comme peut une femme. Il a encore beaucoup de légèreté ; mais il faut espérer qu'avec l'aide de Dieu, l'âge le rendra plus raisonnable. Je le désire beaucoup, car il est temps que je remette à un autre la conduite des affaires.... C'est vous, Nadia ?

— C'est moi, grand'mère.

— Que fait Macha ?

— Elle verse le thé.

— Hum ! S'en tire-t-elle bien ? Et qui est encore là ?

— Ivan Illiitch et Yégor Kapitonitch.

— Le mari de Matrona Markovna ?...

— Lui-même, grand'mère. »

La vieille murmura encore quelques paroles ininintelligibles.

« Allons, c'est bien, fit-elle. Écoute un peu, Micha [1].

1. Diminutif de Michail.

J'ai beau demander le starosta, il ne vient point. Dis-lui qu'il se présente demain de bonne heure ; j'ai une quantité d'ordres à lui donner. Je vois bien que, sans moi tout irait de travers. C'est assez ; je suis fatiguée. Traînez-moi, vous autres. Adieu, mon petit père, ajouta-t-elle en se tournant vers Astakoff ; j'ai oublié votre nom, excusez une vieille. Et vous, petites filles, ne me reconduisez pas, c'est inutile. Vous ne pensez qu'à courir. Restez assises, et apprenez vos leçons. M'entendez-vous ? Macha vous gâte.... Allons, marchez. »

La tête de la bonne dame, qu'elle avait relevée avec effort, retomba sur sa poitrine, et la calèche s'éloigna.

« Quel âge a votre mère ? demanda Astakoff.

— Elle n'a que soixante et quatorze ans ; mais il y en a déjà vingt-six qu'elle est entièrement perclue. Ce malheur lui est arrivé bien peu après la mort de mon père. C'était une beauté. »

Tous se turent un moment.

« Quelle horreur ! s'écria Nadejda. Une chauve-souris vient de passer. » Et, rentrant précipitamment dans le salon : « Il est temps que je m'en aille. Michaïl Nicolaïtch, faites seller mon cheval.

— Moi aussi, dit Astakoff.

— Comment, comment ! s'écria Ipatoff. Mais non, vous passerez ici la nuit. Il y a douze grandes verstes à faire. Et vous, Nadejda Alexeïevna, qui vous presse ? Attendez au moins que la lune se lève.

— Voilà une idée, répondit-elle ; il y a longtemps que je n'ai monté à cheval au clair de lune. C'est donc convenu. Et vous, Vladimir Sergeïtch, je vais vous faire préparer une chambre. »

On apporta des lumières. Ipatoff et Yégor se mirent à jouer à la préférence, et l'*Ame de poche* s'établit silencieusement auprès d'eux.

« Oui, c'est charmant, reprit Nadejda, de monter à
cheval au clair de lune, surtout en traversant des buissons de noisetiers. On a peur, et ça fait plaisir. Quel
étrange jeu de lumières et d'arbres! On croit toujours
que quelqu'un vous précède, ou vous suit, ou se glisse
auprès de vous. »

Astakoff l'encouragea par un sou' ' ᵃ protecteur.

« Encore autre chose, dit-elle. V ..ᵃ est-il arrivé d'être
assis, par une nuit bien chaude et bien sombre, sur la
lisière d'un bois ? Il me semble, à moi, que deux personnes se disputent en chuchotant tout contre mon
oreille.

— C'est le sang, dit Ipatoff en jetant sa carte.

— Vos descriptions sont très-poétiques, mademoiselle,
ajouta Astakoff.

— Vous trouvez? En ce cas, elles ne doivent pas plaire
à Macha.

— Pourquoi donc? Est-ce que Marie Pavlovna n'aime
pas la poésie ?

— Non; elle trouve que tout cela est composé, est
faux, et elle a l'horreur de tout ce qui n'est pas vrai.

— Quel étrange reproche! composé! Comment peuvent
faire autrement ceux qui composent des vers?

— Mais vous aussi, vous ne devez pas aimer la
poésie ?

— Au contraire; j'aime les vers quand, d'une part, ils
sont harmonieux, et que, de l'autre, ils expriment une
pensée.... comprenez-moi bien.... ce qu'en France on
nomme *une idée*.... une *idée*, entendez-vous ? »

Marie se leva.

« Où vas-tu? demanda Nadejda.

— Coucher les enfants ; il est bientôt neuf heures.

— On les couchera bien sans toi. Comment! voilà
monsieur qui devient éloquent, et tu veux t'en aller? »

Marie prit les deux petites par les mains, et s'é-
loigna.

« Elle n'est pas de bonne humeur aujourd'hui, fit
Nadejda, et j'en sais la raison ; mais cela passera.

— Permettez-moi de vous demander, lui dit Astakoff,
si vous avez l'intention de passer l'hiver à Saint-Pétersbourg ?

— Je ne sais ; je crains de m'y ennuyer.

— S'ennuyer à Saint-Pétersbourg ! Comment serait-ce
possible ! »

Et Astakoff se mit à lui décrire les charmes d'une vie
de capitale. Nadejda l'écoutait avec attention, sans le
quitter des yeux. Elle semblait étudier sa physionomie,
et souriait intérieurement.

« Vous ne vous en repentirez pas, dit Astakoff en ter-
minant sa description.

— Je ne me repens jamais. Quand on a fait une sottise, il faut tâcher de l'oublier aussi vite que possible ;
voilà tout.

— Permettez-moi de vous demander encore, reprit Astakoff, et cette fois en français, si vous connaissez depuis
longtemps Marie Pavlovna ? Quelle est sa famille ? Sont-
ce des gens riches, comme il faut ?

— Permettez-moi de vous demander à mon tour, repartit Nadedja, pourquoi vous m'avez adressé cette ques-
tion-là en français ?

— Mademoiselle.... je ne sais trop....

— Eh bien ! je le sais, moi. Marie est une charmante
fille.... qui parle mal le français, ajouta-t-elle après une
pause.

— Elle est assurément très-originale, murmura
Astakoff.

— Originale ! est-ce bien une louange dans votre bouche, dans la bouche d'un homme positif ? Moi aussi,

peut-être, je vous semble originale. Ah! je crois que la
lune s'est levée; oui, voici son reflet sur les peupliers. Il
faut partir; je vais dire qu'on selle *Krasavtchick*.

— Il est déjà sellé, dit le petit Cosaque de Nadejda, en
se montrant dans la bande de lumière qui tombait du salon sur le jardin.

— C'est bien. Macha, où es-tu? Viens me dire adieu. »

Marie sortit de la chambre voisine. Les hommes se levèrent de leur table de jeu.

« Vous partez déjà? dit Ipatoff.

— Oui, il est temps. » Et, s'avançant près de la porte
vitrée : « Oh! quelle nuit! Venez tous, avancez la tête.
N'est-ce pas que vous sentez comme la nuit respire? Quelle
odeur! Toutes les fleurs se sont éveillées, et nous allons
dormir, nous. A propos, Macha, j'ai dit à M. Astakoff
que tu ne peux pas souffrir la poésie. Voici mon cheval.
Adieu tous. »

Elle descendit en courant les marches du perron, sauta
légèrement en selle, dit : « A demain ; » et, donnant de
la cravache sur le cou de son cheval, elle partit au galop
par la digue. Tous la suivaient du regard. « A demain! »
fit-elle encore derrière les peupliers. On entendit longtemps le bruit des sabots, qui se perdit peu à peu dans le
silence de la nuit.

Ipatoff proposa de rentrer à la maison.

« Il est fort agréable d'être à l'air, dit-il, mais mieux
vaut encore reprendre notre partie. »

Ils rentrèrent. Astakoff interrogea de nouveau Marie.

« Pourquoi, lui dit-il, n'aimez-vous pas la poésie?

— Les vers ne me plaisent pas, répondit-elle.

— Peut-être en avez-vous lu fort peu?

— Je n'en lis pas moi-même; on m'en a lu quelques-
uns.

— Même ceux de Pouchkine ne vous plaisent pas!

— Même ceux de Pouchkine.

— Pourquoi ? »

Marie ne répondit rien. Mais Ipatoff, se penchant sur le dos de la chaise, fit remarquer avec un sourire bienveillant que ce n'étaient pas seulement les vers que Marie n'aimait pas ; qu'elle n'aimait pas non plus le sucre, et généralement rien de doux.

« Mais il y a des vers qui ne sont pas doux, s'écria Astakoff.

— Par exemple ! » fit Marie.

Astakoff se gratta l'oreille. Il savait lui-même peu de vers par cœur, et, demander un exemplaire de Pouchkine chez Ipatoff eût été folie.

« Voici, dit-il enfin. Connaissez-vous *Antchar*, *l'arbre de la mort*? Il est impossible de dire que cette poésie soit douce.

— Récitez, » dit Marie, baissant la tête.

Astakoff jeta les yeux sur le plafond, fronça les sourcils, prit une pose grave, et récita les vers suivants [1] :

« Au milieu d'un désert avare et maigre, sur un sol calciné par l'ardente chaleur, Antchar, comme une sentinelle terrible, se dresse, unique dans tout l'univers.

« La Nature, mère de ces steppes éternellement altérées, l'a procréé dans un jour de colère, et a imprégné d'un venin subtil la verdure morte de ses branches, et jusqu'à ses racines.

« Le venin suinte à travers son écorce, fondu par l'ardeur de midi, et, vers le soir, il reste figé en hideuses larmes à demi transparentes.

---

1. Ils ne sont pas cités dans l'original, tout Russe sachant par cœur cette pièce de vers, longtemps prohibée par la censure.

« Aucun oiseau ne vole alentour; aucun animal ne s'en approche; seul le noir tourbillon se heurte sur lui, et, quand il le dépasse, il fuit, déjà pestiféré.

« Si une nuée errante vient arroser son feuillage toujours somnolent, la pluie découle, déjà empoisonnée, de ses branches dans le sable brûlant.

« Mais un homme, par un simple regard de commandement, envoya vers l'arbre de la mort un autre homme, et celui-ci, docilement, se mit en route, et revint, le jour suivant, avec le poison.

« Il apporta la gomme mortelle, et une branche aux feuilles flétries. La sueur coulait en ruisselets glacés de son front pâlissant.

« Il l'apporta, fléchit et se coucha sur les nattes de la tente; et le pauvre esclave mourut aux pieds du seigneur invincible.

« Et le prince fit tremper dans le poison la pointe de ses flèches rapides, et, avec elles, envoya la mort à tous ses voisins paisibles. »

Après la première strophe, Marie avait levé lentement les yeux, et les avait fixés sur Astakoff. Quand il eut fini :

« De grâce, lui dit-elle, répétez encore. »

Astakoff récita de nouveau l'*Antchar*. Marie passa dans l'autre chambre, puis revint aussitôt avec une plume et du papier, et lui dit :

« Je vous en prie, écrivez-moi cela.

— Avec plaisir; mais je m'étonne, je vous l'avoue, que ces vers aient pu vous plaire. Je les avais cités uniquement pour vous prouver que tous les vers ne sont pas doux. Les voici, » ajouta-t-il en posant un grand point d'exclamation à la fin du dernier. Marie le remercia, et emporta la feuille.

Une demi-heure plus tard, on apporta le souper, et bientôt chacun gagna sa chambre. Vainement Astakoff,

pendant le souper, avait tâché de faire parler Marie ; il
était difficile de lier conversation avec elle, et les anecdotes qu'il contait n'intéressaient que médiocrement sa voisine, bien qu'il y employât les expressions les plus choi-
sies. En se couchant, Astakoff ne put se défendre de
penser à Marie et à Nadejda ; cependant il se serait en-
dormi bien vite, si son voisin Yégor Kapitonitch ne l'en
eût empêché. Le mari de Matrona Markovna, déjà désha-
billé et couché dans son lit, avait une longue conversation avec son domestique ; il lui faisait de la morale.
Chacune de ses paroles arrivait distincte aux oreilles
d'Astakoff ; une mince cloison séparait leurs apparte-
ments.

« Tiens la chandelle devant ta poitrine, disait Yégor Kapitonitch d'une voix larmoyante ; tiens-la de façon
que je voie ton visage. Tu m'as fait vieillir, homme sans
conscience, vieillir complétement.

— Par quoi, de grâce, ai-je pu vous faire vieillir, Yégor
Kapitonitch ? répondit la voix rauque et endormie du domestique.

— Par quoi ? je te dirai par quoi. Combien de fois
t'ai-je dit : « Mitka, te disais-je, quand tu viens avec moi
quelque part en visite, prends toujours pour moi deux
habillements de rechange, surtout.... tiens ta chandelle
devant ta poitrine.... surtout des habillements d'en bas. »
Et qu'as-tu fait aujourd'hui ?

— Quoi ?

— Quoi ? Demain, que mettrai-je ?

— Ce que vous avez mis aujourd'hui.

— Tu me fais vieillir, brigand, tu me fais vieillir.
Aujourd'hui déjà, je ne savais plus que devenir de la
chaleur.... tiens ta chandelle, et ne dors pas, quand ton
maître te fait l'honneur de converser avec toi.

— Mais Matrona Markovna m'a dit que c'était assez.

« Pourquoi, dit-elle, prendre tant de choses avec vous ? ça ne fait que les user. »

— Matrona Markovna ! Est-ce l'affaire des dames de mettre le nez dans ces choses-là, être grossier que tu es ? Tous, tous, vous me faites vieillir.

— Mais Yakhim a dit la même chose.

— Comment dis-tu ?

— Je dis que Yakhim l'a dit.

— Yakhim, Yakhim ! répéta Yégor d'un ton de reproche. Voyez-vous ces gens sans foi ni loi, qui ne savent pas même parler le russe ? Yakhim ! qu'est-ce que Yakhim ? Yéphim peut se dire, à la rigueur, parce que.... comprends-moi bien ; le nom de ce saint est Éphymus en grec, m'entends-tu ? quand on est pressé, je comprends que l'on dise Yéphim ; mais jamais Yàkhim. Yakhim ! Vous me faites tous vieillir, brigands. Tiens ta chandelle. »

Et longtemps encore Yégor Kapitonitch continua à morigéner son serviteur, malgré les soupirs et la petite toux d'impatience que faisait entendre Astakoff. Enfin le voisin renvoya son infortuné Mitka et s'endormit. Mais Astakoff n'en fut guère plus soulagé. Yégor avait l'habitude de ronfler si fort et si haut, avec de tels passages du grave à l'aigu, que la cloison elle-même semblait en gémir. De plus, l'air de la petite chambre où couchait Astakoff était lourd et renfermé, et pour couverture il avait un édredon ; il ne put y tenir, et se leva. Il ouvrit la fenêtre, et se mit à respirer avec bonheur l'air frais de la nuit ; sa fenêtre donnait sur le jardin. Le ciel était pur, et le disque de la pleine lune, tantôt se réfléchissait tout rond sur le lac, tantôt s'étendait en une longue gerbe de paillettes dorées qui s'agitait mollement. Dans un des petits sentiers du jardin, Astakoff aperçut une figure de femme, et l'ayant considérée attentivement, il reconnut Marie. Elle se tenait immobile, et son visage

pâli s'éclairait des rayons de la lune. Tout à coup elle se
mit à parler; Astakoff étendit la tête avec précaution ; il
entendit ces mots : « Un homme , par un simple regard
de commandement, envoya vers l'arbre de la Mort un
autre homme.... »

« Tiens, se dit-il, mes petits vers ont produit de l'effet. »

En fixant ses regards sur Marie, il pouvait distinguer
ses grands yeux sombres, ses sourcils sévères. A ce moment, elle tressaillit, tourna la tête comme si quelqu'un l'eût
appelée, et entra rapidement dans l'ombre épaisse d'une
charmille d'acacias. Astakoff resta encore quelque temps
à la fenêtre ; puis il finit par se recoucher. « Quel être
étrange ! disait-il en se tournant dans son lit; qu'on dise
ensuite qu'il n'y a rien d'intéressant dans la province !
Quel être étrange ! je lui demanderai demain ce qu'elle
faisait dans le jardin cette nuit. »

Et Yégor Kapitonitch continuait à ronfler.

II

Le lendemain, Astakoff s'éveilla fort tard, et, aussitôt
après le thé pris en commun dans la salle à manger,
il retourna à sa maison pour y achever les comptes, malgré toutes les instances de son hôte. Marie avait assisté
au déjeuner ; toutefois Astakoff ne crut pas devoir l'interroger sur sa promenade nocturne. C'était un de ces
hommes auxquels il est difficile de se livrer deux jours
de suite à des idées étrangères à leur vie ordinaire; il
aurait fallu parler poésie, et il trouvait que c'était assez
de s'être abandonné une fois à ces rêveries. Il passa

toute la journée dans les champs, dîna de très-bon appétit, fit la sieste, et, son sommeil fini, demanda les comptes. Mais, après avoir vérifié quelques additions, il fit atteler son *tarantass* et partit pour Ipatofka. On a beau être un homme positif, on n'a pas un cœur de pierre dans la poitrine, et l'on n'aime pas plus à s'ennuyer que le reste des mortels.

Astakoff était encore sur la digue lorsqu'il entendit des bruits de voix et d'instruments. Dans la maison d'Ipatoff on chantait des chansons russes en chœur; il retrouva toute la société du matin, augmentée de Nadejda. Tous étaient assis en rond par terre, autour d'un homme d'une trentaine d'années, au visage brun, aux yeux et aux cheveux noirs, vêtu d'une petite veste en velours, avec un mouchoir rouge négligemment attaché autour du cou, et une guitare à la main. C'était Piôtr Alexeïtch Vérétieff, le frère de Nadejda. En apercevant Astakoff, Ipatoff poussa une exclamation de joie, et le présenta aussitôt au nouveau musicien. Après l'avoir poliment salué, Astakoff s'inclina plus profondément devant sa sœur.

« Nous sommes à chanter à la villageoise des chansons en chœur, dit Ipatoff, et voilà celui qui nous donne le ton. Si vous saviez comme il s'en tire bien! mais vous allez l'entendre.

— Voulez-vous faire une partie dans notre chœur? demanda Nadejda.

— Je le ferais avec plaisir, mais je n'ai pas de voix.

— N'importe. Voyez : Yégor Kapitonitch chante bien! et moi aussi. Il faut seulement suivre les autres. Asseyez-vous; et toi, frère, commence.

— Voyons un peu, quelle chanson chanter? » dit Vérétieff en pinçant des arpéges sur sa guitare; et jetant un regard sur Marie, qui était assise à ses pieds : Je crois, dit-il, que c'est à votre tour de commencer.

— Non, chantez, vous, répliqua celle-ci.

— Il y a une Chanson : *En descendant notre mère la Volga* [1], dit Astakoff; je ne sais si vous la connaissez.

— Je crois bien, s'écria Vérétieff, mais nous la gardons pour la bonne bouche [2]. » Et, frappant sur ses cordes, il entonna d'une voix sonore une autre chanson populaire: *Le soleil est à son déclin.*

Il chantait fort bien, avec hardiesse et gaieté. Son visage, mâle et expressif, s'animait alors; il donnait à ses épaules de rapides secousses, appliquait toute sa main sur les cordes de la guitare, puis la levait brusquement, secouait sa chevelure bouclée, et, d'un regard d'autorité qu'il promenait autour de lui, il entraînait ses chanteurs. Souvent, à Moscou, il avait eu l'occasion d'entendre le célèbre Ilia [3], et il l'imitait parfaitement. La voix de Marie se détachait des autres comme une onde sonore; toutes les autres voix semblaient suivre la sienne; mais elle s'obstinait à ne pas vouloir chanter seule, et ce fut Vérétieff qui resta coryphée jusqu'à la fin, car on chanta beaucoup d'autres chansons.

Le soir s'avançait, et un orage avec lui. Dès midi l'on avait entendu de lointains tonnerres. Mais voilà qu'un large nuage, qui était resté couché à l'horizon comme une traînée de plomb, commença à s'étendre, à s'allonger par-dessus la cime des arbres. L'air se mit à frémir, ébranlé par les coups de tonnerre qui se rapprochaient; le vent s'éleva, secoua violemment les feuilles, puis se calma un moment, puis souffla plus fort en sifflement aigu. De lugubres ténèbres s'étendirent rapidement sur la terre, en éteignant les dernières lueurs du crépuscule; des nuées basses et longues s'élancèrent dans le ciel

1. Volga est féminin en russe.
2. Cette chanson est très-répandue en Russie.
3. Élie, chef d'un chœur de bohémiens.

comme si elles avaient soudainement rompu leurs chaînes ; la pluie tomba en larges gouttes ; un éclair rouge
déchira les ténèbres, et le tonnerre, en ligne verticale,
retentit avec fracas.

« Partons vite, dit Ipatoff, si nous ne voulons être
mouillés. »

Tous se levèrent. « Attendez, s'écria Vérétieff ; une
dernière chanson.... Ma maison, ma maisonnette, ma
maison neuve, » commença-t-il à pleine voix, en grattant
ses cordes des cinq doigts, et regardant, tête haute,
l'orage menaçant.

— Ma maison, ma maisonnette, ma maison neuve, » répéta le chœur involontairement entraîné.

La pluie se mit à tomber par torrents ; mais Vérétieff
chanta : « Ma maisonnette » jusqu'au bout. De temps en
temps étouffée par les coups de tonnerre, la vive chansonnette semblait encore plus vaillante au bruissement
de la pluie, aux rafales du vent. Enfin la dernière exclamation du chœur retentit, et toute la société, courant et
riant, rentra dans le salon. Les deux petites filles surtout riaient de bon cœur en secouant leurs robes mouil-
lées. Ipatoff, cependant, fit fermer toutes les fenêtres, et
Yégor Kapitonitch approuva fort cette précaution, disant
que, suivant l'opinion de Matrona Markovna, l'électricité
était plus capable d'agir dans le vide. L'*Ame de poche* le
regarda d'un air étonné, fit un pas en arrière, et jeta par
terre une chaise. C'étaient de petits malheurs qui lui
arrivaient à chaque instant.

L'orage passa vite ; les portes et les fenêtres se rou-
vrirent, et la maison se remplit d'un parfum humide. On
apporta le thé ; après quoi les gens âgés se mirent aux
cartes avec l'inévitable société de Bodriakoff. Astakoff
allait s'approcher de Marie, qui était assise à côté de Vérétieff ; mais Nadejda l'appela près d'elle, et entama aussi-

tôt une vive conversation sur Saint-Pétersbourg et la vie
qu'on y mène. Elle attaquait les usages de la capitale ;
Astakoff crut devoir les défendre. « Sur quoi disputez-
vous là ? » demanda Vérétieff en se levant et en s'avançant de leur côté. Sa démarche était nonchalante ; dans
tous ses mouvements, quand il n'était pas animé, se
voyait une sorte de paresse qui pouvait être de l'insouciance ou de la fatigue.

« Toujours sur Saint-Pétersbourg, répondit Nadejda;
M. Astakoff ne peut assez le louer.

— Une bonne ville, reprit Vérétieff. Du reste, à mon
avis, il fait bon partout. Qu'on trouve quelques femmes ,
et, pardonnez ma franchise, aussi quelques bouteilles,
et l'homme n'a plus rien à désirer.

— Vous m'étonnez, dit Astakoff. Est-il possible que vous
soyez de l'opinion que, pour un homme civilisé, il n'y a....

— J'en conviens, interrompit Vérétieff, qui, malgré sa
politesse, avait l'habitude de ne pas laisser achever les
phrases commencées. Ce n'est pas de ma compétence, je
ne suis pas un philosophe.

— Je ne suis pas non plus un philosophe, répliqua
l'autre, et n'ai pas la moindre envie de le devenir; mais
la question doit être autrement posée.... »

Vérétieff jeta un regard distrait sur sa sœur, qui lui
dit avec un léger sourire et à voix basse : « Pétroucha,
ma petite âme, contrefais Yégor Kapitonitch; fais-nous ce
plaisir. »

Le visage de Vérétieff changea soudainement, et, l'on
ne saurait dire par quel miracle, devint tout semblable à
celui de Yégor, bien qu'il n'y eût rien de commun entre
les deux figures, et que Vérétieff se fût borné à froncer
un peu le nez et à baisser le coin des lèvres. «Certainement, se mit-il à murmurer en imitant la voix d'Yégor,
Matrona Markovna est une dame d'excessive sévérité sur

les manières ; mais c'est une épouse exemplaire. Il est vrai, quoi que je dise....

— Que les demoiselles Biruleff savent tout, interrompit Nadejda, retenant à peine un éclat de rire.

— Elles savent tout, dès le lendemain, continua Vérétieff avec une grimace si comique et un regard si consterné, si suppliant, qu'Astakoff lui-même ne put s'empêcher de sourire.

— Vous avez, dit-il, un grand talent d'imitation. »

Vérétieff passa la main sur son visage, et ses traits reprirent aussitôt leur forme habituelle.

« C'est qu'il sait contrefaire tout le monde, s'écria Nadejda ; il y est passé maître.

— Même moi, vous auriez pu me contrefaire ? s'écria Astakoff.

— Certainement, reprit Nadejda.

— Ah ! de grâce, contrefaites-moi, nous sommes à la campagne, sans cérémonie.

— Vous l'avez crue ? dit Vérékieff, en donnant à sa voix l'inflexion de celle d'Astakoff, mais avec tant de discrétion que Nadejda seule put le remarquer, et qu'elle se mordit la langue. Ne vous avisez pas de la croire. Elle vous dirait de moi bien d'autres choses.

— Si vous saviez quel acteur c'est ! reprit Nadejda ; il joue tous les rôles ; c'est notre régisseur, notre souffleur ; il fait tout ce qu'il veut. Oh ! c'est dommage que vous partiez si vite !

— Ma sœur, ton affection t'aveugle, dit Vérétieff d'un air grave, mais conservant toujours l'inflexion de la voix d'Astakoff. Que pensera de toi monsieur ? Il te prendra pour une provinciale. »

Astakoff protesta. « Fais-nous voir, Pétroucha, reprit Nadejda, comment un homme ivre ne peut pas tirer son mouchoir de sa poche, ou plutôt comment que!qu'un

veut attraper une grosse mouche sur une vitre, et comment elle s'échappe de ses doigts en bourdonnant.

— Tu es un véritable enfant, » répondit Vérétieff.

Cependant il s'approcha de la fenêtre près de laquelle
se tenait Marie, et se mit à promener ses doigts sur la vitre
en imitant le bourdonnement de la mouche. On aurait
cru qu'une véritable mouche se débattait sous sa main.
Nadejda partit d'un éclat de rire, et tous l'imitèrent dans
la chambre. La seule Marie ne changea pas de visage,
et même ses lèvres prirent une expression plus sévère.
Elle leva les yeux qu'elle avait tenus baissés, et jetant
un regard sérieux sur Vérétieff : « C'est bien honorable,
dit-elle, de faire le bouffon. » Aussitôt Vérétieff retira sa
main de la vitre, tourna brusquement sur ses talons, et,
après avoir fait deux ou trois pas dans la chambre, il
sortit sur la terrasse, et de là dans le jardin, qui était
entièrement sombre.

« Quel homme plaisant que Piôtr Alexeïtch! s'écria
Yégor Kapitonitch, sans quitter ses cartes ; il faut que je
le fasse voir à Matrona Markovna. »

Nadejda se leva, et s'approchant de Marie : « Qu'as-tu
dit à mon frère? demanda-t-elle.

— Rien, répondit Marie.

— Comment, rien? c'est impossible. Viens. »

Et passant son bras sous celui de son amie, elle la fit
lever et l'entraîna dans le jardin. Astakoff les suivit du
regard avec surprise, et fit même entendre un *hum!*
désapprobateur. Mais comme personne ne fit attention
à sa mauvaise humeur, il s'approcha de la table, et se
mit à regarder le jeu avec un air encore plus grave et
plus digne que de coutume. Les deux amies ne rentrèrent qu'une demi-heure plus tard. Vérétieff les suivait
d'un air embarrassé. « Quelle belle nuit! s'écria Nadejda
en rentrant. Qu'il fait bon dans le jardin! »

— A propos, dit Astakoff, s'approchant de Marie, le
pouce dans l'entournure de son gilet, est-ce bien vous
que j'ai vue hier soir dans le jardin ?»

Marie le regarda fixement, et Vérétieff fronça le sourcil,
semblant interroger des yeux Marie et Astakoff.

« Il m'a semblé entendre, reprit celui-ci, que vous dé-
clamiez l'*Antchar*.

— C'était bien moi, répondit Marie ; seulement je n'ai
pas déclamé, car je ne déclame jamais.

— Mais pourtant, mademoiselle....

— Vous vous êtes trompé, dit-elle avec une froide brus-
querie.

— Qu'est-ce que c'est que cette poésie ? dit en s'inter-
posant Nadejda, qui semblait émue. Cet *antchar*, n'est-ce
pas un arbre vénéneux ?

— Oui, dit Astakoff.

— Oh ! comme les *daturas*.... Te souviens-tu, Macha,
comme les *daturas* étaient beaux sur notre balcon, au
clair de la lune, avec leurs longues fleurs blanches ? et
quelle odeur ils répandaient, douce, pénétrante et perfide !

— Une perfide odeur, mademoiselle ?

— Oui, perfide. De quoi vous étonner ? On dit qu'elle
est dangereuse, et pourtant elle vous attire. Pourquoi ce
qui est mauvais peut-il séduire ? pourquoi le mal peut-il
avoir la beauté ?

— Oh, oh ! nous tombons dans les abstractions philosophiques, dit Vérétieff.

— Monsieur a raison, reprit Astakoff. Vous détournez
la question. Je voulais dire que j'ai récité hier à Marie
Pavlovna des vers qui lui firent un effet, un effet.... malgré ce qu'on m'avait dit....

— Allons, dit Nadejda, pour en finir, récitez-nous-les
encore. »

Astakoff se remit en posture, et récita la pièce de Pouchkine.

« Trop emphatique, dit Vérétieff, comme involontairement.

— Vous trouvez ce morceau trop emphatique ? demanda Astakoff.

— Non pas le morceau. Excusez-moi, mais il me semble que vous ne récitez pas avec assez de simplicité. Les vers disent assez par eux-mêmes. Au reste, je puis me tromper.

— Non, tu ne te trompes jamais, interrompit Nadejda.

— Oh! c'est connu, reprit Vérétieff; je suis à tes yeux un génie, un homme comblé des dons de la nature, qui sait tout, qui pourrait tout faire. Par malheur, sa paresse s'y oppose, n'est-ce pas ?

— Je sais ce que je sais, dit Nadejda en hochant la tête.

— Pour moi, dit Astakoff d'un air légèrement boudeur, je ne dispute pas; vous devez vous y connaître mieux que moi; ce n'est pas de ma spécialité.

— Je vous ai prié de m'excuser, » reprit Vérétieff avec un mouvement d'impatience qu'il réprima aussitôt.

En ce moment le jeu finissait. « A propos, Vladimir Sergeïtch, dit Ipatoff en se levant, un de nos voisins, très-digne et très-excellent homme, M. Akiline, m'a chargé de vous prier de lui faire l'honneur d'assister à son bal. Je dis bal pour la beauté du style; c'est une soirée dansante, sans cérémonie. Il serait venu vous engager lui-même; mais il a craint de vous déranger.

— Excusez, répondit Astakoff, je dois retourner chez moi.

— Que croyez-vous donc ? reprit Ipatoff; c'est demain qu'il donne ce bal, pour sa fête. Vous lui ferez tant de plaisir! et ce n'est qu'à dix verstes d'ici. Si vous voulez, nous vous y mènerons.

— Et vous pourrez, interrompit Nadedja, m'engager

sur-le-champ pour la cinquième contredanse; les autres
sont déjà prises.

— Vous êtes bien aimable. Et pour la mazourke, êtes-
vous engagée?

— Oui.... non, non, je suis libre.

— En ce cas, j'aurai l'honneur....

— Vous allez donc au bal? très-bien, avec plaisir.

— Bravo! s'écria Ipatoff; Akiline sera dans l'enchan-
tement, bravo! Crie donc bravo, Bodriakoff. »

L'*Ame de poche* voulait, comme d'usage, répondre par
le silence; mais il crut convenable de faire entendre un
bravo sourd et flegmatique.

« Quelle idée avais-tu, disait une heure plus tard Vérétieff à sa sœur, assis auprès d'elle dans une légère voiture à deux roues qu'il conduisait lui-même, quelle idée
avais-tu de te jeter à la tête de ce fat, avec ta mazourke?

— J'avais mes intentions.

— Est-il permis de les connaître?

— C'est mon secret.

— Oh, oh! »

Et il frappa du fouet son cheval, qui serrait les oreilles
devant l'ombre d'un gros buisson qui tombait sur la
route faiblement éclairée par la lune.

« Et toi, danses-tu avec Macha? fit Nadejda à son tour.

— Oui, dit l'autre avec indifférence.

— Oui, oui, répéta Nadejda d'un ton de reproche.
Décidément, vous autres hommes, vous ne valez pas
l'amour d'une honnête fille.

— Tu crois? Et ce monsieur de Saint-Pétersbourg, te
vaut-il, lui?

— Plus que toi.

— Tiens, tiens ! « Et Vérétieff ajouta avec un soupir ces vers d'une comédie : « Quelle corvée, bon Dieu, que d'être frère d'une fille à marier ! »

— En vérité ! je te donne beaucoup de besogne ! C'est toi plutôt qui m'en donnes.

— Je ne m'en serais jamais douté.

— Ce n'est pas à propos de Macha que je te le dis.

— A propos de quoi donc ? »

Le visage de Nadejda prit une expression triste. « Tu le sais bien toi-même, dit-elle en baissant la voix.

— Ah ! je comprends. J'aime à boire avec des amis, Nadejda Alexeïevna ; j'en fais mon *mea culpa*, je l'aime fort.

— Finis, frère, je t'en prie. Il n'y a pas là de quoi plaisanter.

— Tam, tam, pum, pum ! marmotta Vérétieff entre ses dents.

— C'est ta perte, c'est ta ruine, et tu plaisantes !

— Le paysan sème du blé, sa femme dit que ce sont des pavots, » entonna Vérétieff à pleine voix ; et il frappa des rênes le dos de son cheval, qui partit au galop.

III

De retour à la maison, Vérétieff ne se déshabilla point ; et deux heures plus tard, quand l'aurore commençait à poindre, il sortit furtivement de chez lui.

A mi-chemin entre sa propriété et Ipatovka, sur les bords d'un ravin profond et escarpé, existait un petit

bois de bouleaux. Les jeunes arbres poussaient très-
serrés; aucune hache n'avait encore touché leurs tiges
élégantes. Une ombre, sinon épaisse, au moins continue,
tombait de leurs petites feuilles sur l'herbe fine et douce,
tout émaillée de coupes d'or, de clochettes d'argent et
des croix rouges de l'œillet sauvage. Le soleil, qui venait
de se lever, inondait le bois d'une lumière puissante et
discrète; les grosses gouttes de rosée s'allumaient çà et
là d'un feu passager; tout respirait la fraîcheur, la vie,
et cette innocente solennité des premiers instants du
matin, alors que tout est déjà si radieux et encore si
tranquille. On n'entendait que les voix perlées des alouettes
planant sur les champs éloignés, et, dans le bois même,
deux ou trois petits oiseaux essayaient de courtes modu-
lations, et se taisaient ensuite comme pour écouter si
l'essai leur avait réussi. Une odeur forte et salubre s'élevait de la terre humide, et l'air, pur et léger, l'embrasait de fraîches ondulations. C'était une splendide matinée d'été; c'était le sourire du matin, pareil à celui
d'un enfant qui s'éveille.

Non loin du ravin, dans une éclaircie du bois, Vérétieff était assis par terre sur un manteau; Marie se tenait près de lui, appuyée contre un bouleau, et les mains
derrière le dos, dans son attitude favorite.

Ils se taisaient tous deux. Marie regardait dans le loin-
tain; une écharpe blanche avait glissé de sa tête sur ses
épaules; un léger souffle de vent agitait ses cheveux re-
levés à la hâte. Vérétieff tenait la tête baissée, et frap-
pait l'herbe d'une branche qu'il avait à la main.

« Eh bien! fit-il enfin, vous êtes fâchée contre moi? »

Marie ne répondit rien. « Macha, vous êtes fâchée, »
répéta-t-il en levant les yeux sur elle.

Marie lui jeta un rapide regard, et, rencontrant ses
yeux, se détourna brusquement.

« Oui, dit-elle.

— Pourquoi ? » demanda Vérétieff en jetant la branche loin de lui.

Marie se tut de nouveau.

« Au reste, ajouta Vérétieff après un court silence, vous avez assurément le droit d'être fâchée contre moi. Vous devez me tenir, non-seulement pour un mauvais sujet, mais encore....

— Vous ne me comprenez pas, interrompit Marie ; si je suis fâchée contre vous, ce n'est pas à propos de moi.

— A propos de qui donc ?

— A propos de vous-même. »

Vérétieff sourit et haussa les épaules.

« Encore ! dit-il ; encore cette même pensée qui vous poursuit : Pourquoi ne fais-je rien, et n'essayé-je de rien faire ? Vous êtes, Macha, un être admirable ; vous prenez tant de souci des autres, et si peu de vous-même ! Pas le moindre égoïsme en vous ; sur l'honneur, il n'y a pas dans le monde entier une autre jeune fille comme vous. Le malheur est que je ne mérite pas décidément votre affection ; je le dis sérieusement.

— Tant pis ; vous vous connaissez, et ne faites rien. »

Vérétieff sourit de nouveau.

« Macha, tendez une de vos mains, et donnez-la-moi, » dit-il avec une inflexion de voix caressante.

Marie fronça le sourcil.

« Donnez-moi votre belle, votre pure et honnête main, que j'y dépose un baiser respectueux et tendre, comme un écolier étourdi baise la main de son maître indulgent. »

Et Vérétieff, se levant, étendit ses bras vers Marie.

« Finissez, dit-elle ; vous ne faites que rire et plaisanter et vous plaisanterez de la vie entière.

— Tiens, c'est une nouvelle expression que vous employez là ; vous voulez dire que j'userai ma vie en plaisantant. Eh bien, vous, vous faites plus mal encore ; vous perdrez votre vie en *sérieusant*, je fais mon expression aussi. Vous me rappelez, Macha, une scène du *don Juan* de Pouchkine. Avez-vous lu le *don Juan* de Pouchkine ?

— Non.

— Ah! j'oubliais que vous ne lisez rien. Il y a une scène.... Des jeunes gens de Séville sont en visite chez une certaine Laura, qui les renvoie tous, et reste seule avec l'un d'eux nommé Carlos. Ils sortent ensemble sur le balcon : la nuit est belle ; Laura l'admire, et voilà que Carlos se met à lui prouver qu'un temps viendra où elle sera vieille et délaissée. « Qu'importe ? répond Laura ; peut-être qu'en cet instant, à Paris, il fait froid et la pluie tombe ; tandis qu'ici :

> La nuit sent le citron et le laurier.

A quoi bon se préoccuper de l'avenir? » Jetez un regard autour de vous, Macha ; est-ce qu'ici tout n'est pas beau comme à Séville? Regardez comme tout semble heureux de vivre, comme tout est jeune et souriant. Et nous, ne sommes-nous pas jeunes aussi? » Et Vérétieff s'avança vers Marie. Elle ne recula point à son approche, mais ne se tourna point de son côté. « Souriez, Macha, continua-t-il ; mais de votre bon sourire, et non de ce sourire amer qui vous est habituel. Voyons, levez vos yeux si fiers et si sévères. Eh bien, vous vous détournez! tendez-moi du moins votre main.

— Ah! Vérétieff, vous savez que je ne sais pas parler. Mais cette Laura, c'est une femme ; il est pardonable à une femme de ne pas penser à l'avenir.

— Quand vous parlez, Macha, vous rougissez constamment de fierté et de pudeur : le sang monte à vos joues en flots rosés. J'aime beaucoup cela, c'est une beauté.

— Adieu, dit-elle, et elle releva son écharpe sur sa tête.

— Arrêtez, s'écria Vérétieff en la retenant : voyons, que voulez-vous ? ordonnez. Vous plaît-il que je reprenne du service ? que je me fasse agronome ? Vous plaît-il que je publie des romances avec accompagnement de guitare ? que j'imprime une collection de poésies ? que je me livre à la peinture, à la sculpture, à la danse sur la corde ? Je ferai tout, tout ce que vous ordonnerez, pourvu que vous soyez contente de moi. Je vous le jure, Marie, je ferai tout. »

Marie le regarda fixement. « Ce sont des paroles, dit-elle ; et les actions ?... Vous prétendez m'obéir....

— Certainement, reprit-il.

— Et pourtant, combien de fois vous ai-je prié....

— De quoi donc ?

— De ne plus boire, » dit-elle en baissant la voix.

Vérétieff partit d'un éclat de rire. « Vous aussi, Macha ! Déjà ma sœur ne me laisse sur ce sujet ni repos ni trêve. Mais d'abord, je ne suis pas un ivrogne ; et puis, savez-vous pourquoi j'aime à boire ? Regardez un peu cette hirondelle ; voyez-vous comme elle dispose hardiment de son corps mince et frêle ? comme elle le lance où il lui plaît ? Voyez-la ; elle s'élève, elle s'abaisse ; elle pousse un cri de joie. Eh bien, Macha, si je bois, c'est pour éprouver les sensations qu'elle éprouve, pour me jeter où je veux, pour m'élancer où le désir m'appelle.

— A quoi bon ? dit Marie.

— Comment ! à quoi bon ? Alors à quoi bon vivre ?

— Ne peut-on vivre sans vin ?

— Non ; toute notre génération est appauvrie, usée. Il n'y a qu'une seule chose qui produise le même effet que le vin, l'amour ; et c'est pour cela que je vous aime, Macha.

— Comme le vin ? grand merci.

— Non, non, Macha, pas comme le vin; je vous le prouverai quelque jour, quand nous serons mariés, et que nous irons voyager ensemble. Je pense dès à présent comment je vous mènerai devant une Vénus antique. Alors ce sera le cas de dire : « Se tient-elle, avec son grave regard, devant la Vénus de Milo? Elles sont deux, et le marbre, en sa présence, paraît ressentir une insulte [1]. » Qu'est-ce qui m'arrive aujourd'hui, que je parle toujours en vers? c'est cette matinée qui agit sur moi. Quel air! il enivre : à le respirer, on dirait du vin.

— Encore du vin ! murmura-t-elle.

— Eh bien, oui, je suis ivre. Comment ne le serais-je point, par une telle matinée, et vous seule avec moi? Un grave regard ! oui c'est bien cela. Et pourtant, je me souviens.... j'ai vu rarement, mais enfin je les ai vus, ces beaux yeux sombres, noyés de tendresse. Comme ils sont beaux alors! Ne détournez pas la tête, Macha ; riez au moins; montrez-moi vos yeux gais, si vous ne daignez pas me les montrer tendres.

— Allez, Vérétieff, laissez-moi; il est temps que je retourne à la maison.

— Mais je vous ferai rire ; vous verrez que je vous ferai rire. Voyez, un lièvre qui court.

— Où? demanda Marie.

— Là, dans les avoines, derrière le ravin. Quelqu'un l'a mis sur pied ; les lièvres ne se promènent pas de si bonne heure. Voulez-vous que je le fasse arrêter ? »

Et Vérétieff poussa un sifflement prolongé. Le lièvre s'assit aussitôt, croisa ses pattes de devant sur sa poitrine, dressa les oreilles et flaira l'air en remuant les lèvres comme s'il eût mangé. Vérétieff s'accroupit sur-le-

1. Vers de Pouchkine, dans une pièce adressée à ***,

champ comme le lièvre, fronça le nez, remua les lèvres et
flaira l'air comme lui. Le lièvre se frotta le museau, secoua ses pattes, coucha ses oreilles sur son cou et partit.
Vérétieff se frotta comme lui les joues, et se secoua comme
lui. Marie ne put tenir son sérieux, et éclata de rire.

« Bravo! s'écria Vérétieff en bondissant. Bravo! vous
n'êtes pas une coquette. Si quelque dame du monde avait
des dents comme les vôtres, elle ne ferait que rire du matin au soir. C'est précisément pour cela que je vous aime,
Macha, parce que vous n'êtes pas une dame du monde ;
parce que vous ne riez pas sans raison ; parce que vous ne
portez pas de gants sur vos mains, que j'aime justement
à baiser parce qu'elles sont hâlées, et qu'on y sent de la
force et de la vie. Je vous aime, parce que vous ne faites
pas la savante, parce que vous êtes fière, silencieuse, que
vous ne lisez pas de livres, que vous n'aimez pas les vers.

— Voulez-vous que je vous récite des vers ? dit Marie
avec une expression marquée.

— Des vers ! s'écria Vérétieff.

— Ceux-là mêmes qu'a récités hier ce monsieur de
Saint-Pétersbourg.

— Encore l'*Antchar!* Il est donc vrai que vous l'avez déclamé la nuit dans le jardin ? Cette poésie doit vous aller.
Mais vous a-t-elle donc tellement plu ? Voyons, récitez-la. »

Marie hésitait. « Récitez-la, de grâce, » dit-il en se
plaçant devant elle et se croisant les bras.

Marie commença. Au premier vers, elle leva les yeux
vers le ciel, craignant de rencontrer ceux de Vérétieff. Elle
prononçait de sa voix douce et égale, qui ressemblait au
son du violoncelle ; mais quand elle en fut au vers :

Et le pauvre esclave mourut aux pieds du seigneur invincible,

sa voix frémit, ses sourcils hautains et immobiles s'é-
levèrent naïvement comme ceux d'une petite fille, et ses

yeux s'arrêtèrent sur Vérétieff avec l'expression d'un dévouement infini.

Il se jeta soudain à ses pieds, et embrassa ses genoux. « C'est moi qui suis ton esclave, moi qui suis aux pieds de mon seigneur; tu es mon seigneur, ma déesse; tu es ma Junon aux yeux de génisse, ma Médée la magicienne.... »

Marie voulut le repousser; mais ses mains s'arrêtèrent sur la chevelure soyeuse de son amant. Un sourire ineffable entr'ouvrait ses lèvres, et sa tête tomba sur sa poitrine.... Elle se redressa tout à coup, d'une force virile sépara les mains de Vérétieff qui la tenait embrassée, et relevant son écharpe sur sa tête, elle partit en courant.

« Macha! Macha! » s'écria Vérétieff.

Elle était déjà loin.

« Mais elle court elle-même comme un lièvre, » pensa-t-il. Et lançant avec dépit sa casquette sur l'herbe foulée : « Brave fille, dit-il, et comme elle est forte! »

IV

Gavrila Stépanitch [1] Akiline, ce propriétaire chez qui se donnait le bal, était du nombre de ces seigneurs russes qui excitent l'étonnement de leurs voisins par le talent qu'ils ont de mener grande vie avec des ressources en apparence fort restreintes. Ne possédant que quatre cents âmes, il recevait toute la noblesse du gouvernement dans une vaste maison en briques, qu'il avait bâtie lui-

1. Gabriel fils d'Étienne.

même, avec des colonnes, une tour, et même un drapeau
qu'on hissait sur cette tour pour annoncer la présence du
maître. Il avait, chose assez étrange, hérité ce bien de son
père, et dans un état fort misérable. Mais ce qui explique
ce changement d'aspect, c'est qu'Akiline avait servi
longtemps, bien longtemps, à Saint-Pétersbourg, et dans
des emplois à larges manches. Enfin, un beau jour, il revint se fixer dans son pays natal, avec une femme et trois
filles, possesseur d'un rang fort modeste dans le *tchin*,
mais possesseur aussi d'une somme assez ronde; ce qu'il
fit bientôt voir par les améliorations qu'il introduisit, l'orchestre qu'il organisa dans sa maison, et les dîners qu'il
donna. Dans les premiers temps, tous ses voisins prédi-
saient sa ruine immédiate; on allait jusqu'à dire que son
bien allait être vendu à l'encan. Mais les années se passèrent; les bals, les dîners se suivirent, et le bien ne se
vendit pas. De nouvelles constructions poussaient de tous
côtés comme des champignons, et M. Akiline lui-même
ne faisait que s'arrondir. Alors les caquets des voisins
prirent une autre direction. « Si du moins c'était un bon
agronome! disaient-ils. Mais non; il a certainement
trouvé un trésor. » Un trésor! pourtant l'explication de
sa fortune était bien plus simple. Mais les explications
simples ne nous viennent guère à l'esprit, en Russie.

Quoi qu'il en fût, tout le monde allait avec empresse-
ment chez M. Akiline. Il recevait ses visiteurs avec beaucoup d'affabilité, et tenait aux cartes le jeu qu'on voulait.
C'était un petit homme grisonnant, avec une tête pointue,
le visage jaune et de petits yeux jaunes aussi. Il était toujours frais rasé et parfumé d'eau de Cologne. Les jours
ordinaires et les jours de fête, il portait un frac bleu,
très-propre, boutonné jusqu'en haut, du linge blanc et
une large cravate dans laquelle il aimait à cacher son
menton. Il prenait du tabac avec délicatesse, avait un

sourire pour tout ce qu'on lui disait, et parlait d'une voix
mielleuse, avec une humble politesse. Du reste, il ne bril-
lait point par la repartie, et n'avait pas l'air d'un homme
d'esprit, bien que, de temps à autre, la ruse perçât involontairement dans son regard. En un mot, il avait ce
qu'on appelle le physique de l'emploi. Ses deux filles aî·
nées s'étaient mariées avantageusement, et la cadette lui
restait encore dans la maison. C'était, ainsi que sa mère,
une personne timide, qui n'osait jamais ouvrir la bouche.

Astakoff se rendit chez Ipatoff à sept heures du soir,
en frac et en gants blancs. Il trouva tout le monde prêt à
partir. Les deux petites se tenaient immobiles, de crainte
de froisser leurs robes blanches empesées. Marie avait une
robe de couleur rose foncé, qui seyait bien à son visage.
A la vue du frac d'Astakoff, le bonhomme Ipatoff lui
adressa un reproche amical en lui montrant sa propre
redingote. Astakoff s'approcha de Marie et lui fit des
compliments sur sa toilette. La beauté de cette fille l'atti-
rait, bien qu'elle fût encore plus sauvage avec lui qu'avec
tout autre. Il eût, à la vérité, préféré Nadejda, si le sans-
gêne de ses manières ne l'avait un peu choqué. Dans les
paroles, dans les regards et jusque dans les sourires de la
sœur de Vérétieff, perçait une certaine raillerie, et c'est
là ce qui inquiétait son âme de gentilhomme péters-
bourgeois. Il n'était pas lui-même éloigné de se moquer
d'autrui, surtout s'il pouvait le faire sans danger ; mais
il lui était désagréable de penser qu'il pouvait être l'objet
de la moquerie d'un autre.

Le bal avait déjà commencé, et l'orchestre champêtre
hurlait et gémissait du haut des combles du salon, quand
la famille et les amis d'Ipatoff firent leur entrée. L'am-
phitryon les reçut sur le seuil de la porte, et, après avoir
remercié Astakoff de « lui procurer le sensible plaisir
d'une agréable surprise, » il conduisit Ipatoff aux tables

de jeu. M. Akiline n'avait pas reçu une éducation très-soignée. Tout dans sa maison, l'orchestre, les meubles, les mets et le vin, tout était de seconde qualité; mais tout était en abondance. Le maître du logis, d'ailleurs, ne faisait pas le fier, et c'est tout ce que demandaient les nombreux gentilshommes qui lui faisaient l'honneur de le fréquenter. A souper, l'on donnait du mauvais *caviar* coupé par tranches; mais personne ne s'opposait à ce qu'on le prît avec les doigts. Les meubles étaient durs; mais on s'emparait des nombreux coussins brodés par les mains de la maîtresse de maison, dont c'était l'occupation constante. Enfin l'on restait satisfait et sans gêne. En un mot, si M. Akiline n'était pas nommé d'une commune voix maréchal de la noblesse, il ne fallait attribuer son éloignement de ce poste qu'à sa propre modestie; il ne se présentait pas à l'élection.

On dansait une contredanse à dix couples. Les cavaliers étaient soit des officiers du régiment en garnison, soit des employés de la ville voisine. Tout allait comme de coutume au bal. Le maréchal de la noblesse en exercice, très-respectable major en retraite, qui avait seulement le défaut de tourner à la mélancolie dès qu'il avait dîné, jouait à la table d'honneur avec un conseiller d'État actuel et un gros seigneur riche de trois mille âmes. Le conseiller d'État actuel portait un gros diamant au doigt, un ruban tout neuf de l'ordre de Saint-Stanislas au cou, et un magnifique collet de velours à son habit. Et pourtant il se tenait fort immobile et parlait discrètement, ce qui ne l'empêchait pas d'avoir la réputation du plus fort *brochet* de la province, tandis que le riche seigneur ne cessait de rire à tout propos et de jeter autour de lui des regards protecteurs. Le poëte Bodriakoff, homme de manières gauches et d'apparence étrange, causait dans un coin avec le savant historien Efsukoff. Chacun d'eux se tenait à un bouton de l'habit de l'autre. A leur côté, un gentilhomme, serré dans son frac étriqué, émettait des opinions d'un hardi libéralisme, qu'un autre gentilhomme écoutait avec terreur et la bouche béante. Parmi ceux qui les entouraient, les jeunes gens avaient l'air embarrassé, et les vieillards, l'air hébété. De grosses mamans, avec leurs bonnets bariolés, faisaient tapisserie le long des murs; enfin, je le répète, ce bal se passait comme tous les bals de province.

Nadejda était arrivée avant la famille d'Ipatoff. Astakoff l'aperçut qui dansait avec un jeune homme d'un extérieur agréable, aux yeux expressifs, aux fines moustaches noires. Celui-ci était élégamment vêtu, et une lourde chaîne d'or pendait sur son gilet. Nadejda avait une robe bleu de ciel, relevée de marguerites, et une couronne des mêmes fleurs ceignait sa tête bouclée. Elle jouait avec son éventail, elle souriait, elle se sentait la reine du bal. Astakoff s'approcha d'elle, et, après l'avoir poliment saluée, il lui demanda si elle n'avait pas oublié sa promesse de la veille.

« Quelle promesse? demanda-t-elle.

— Vous dansez la mazourke avec moi?

— Certainement. »

Le jeune homme qui l'accompagnait rougit aussitôt.

. « Vous aviez oublié probablement, mademoiselle, dit-il, que j'avais depuis plus longtemps votre promesse.

— Ah! mon Dieu! comment faire? dit Nadejda troublée. Pardonnez-moi, monsieur Steltchinski, je suis si distraite.... »

Steltchinski baissa les yeux avec dignité; Astakoff se redressa d'autant.

« Soyez assez bon, monsieur Steltchinski; nous sommes d'anciennes connaissances, et monsieur est étranger. Permettez-moi de danser avec lui.

— Comme il vous plaira, fit le jeune homme.

—Merci, » dit Nadejda, en s'avançant à la rencontre de son vis-à-vis. La contredanse finit bientôt. Astakoff se promena quelque temps dans la salle de bal, puis il passa dans le salon, et s'arrêta près d'une table de jeu. Tout à coup il sentit une main se poser sur son épaule ; il se retourna : c'était Steltchinski. « Je vous serais obligé de vouloir bien passer dans la pièce voisine pour échanger deux mots, » dit celui-ci en français, et avec une prononciation qui n'était pas celle des Russes.

Astakoff le suivit dans l'embrasure d'une fenêtre.

« En présence d'une dame, continua l'autre dans la même langue, je n'ai pu répondre que comme je l'ai fait. Mais j'espère que vous ne vous imaginez pas que j'aie l'intention de vous céder mon droit à danser la mazourke avec Mlle Vérétieff.

—Comment l'entendez-vous ? dit Astakoff étonné.

—Comme j'ai l'honneur de vous le dire, reprit l'autre avec un calme affecté, tout en glissant sa main dans son gilet. Je n'ai pas cette intention ; voilà tout. »

Astakoff aussi glissa sa main dans son gilet.

« Permettez-moi, monsieur, de vous faire observer que vous pouvez exposer, par là, Mlle Vérétieff à un désagrément, et je suppose....

—Cela me serait fort désagréable à moi-même. Vous n'avez qu'à vous dégager, dire que vous êtes malade, vous éloigner enfin....

—Je ne le ferai pas ; pour qui me prenez-vous ?

—Dans ce cas, je suis forcé de vous demander satisfaction.

—En quel sens employez-vous ce mot de satisfaction ?

—Le sens est connu.

—Vous m'appelez en duel ?

—Assurément, si vous ne refusez de danser la mazourke. »

Steltchinski se frisa la moustache d'un air dégagé.
Pour Astakoff, le cœur lui bondit dans la poitrine.

« Ah! bon Dieu! quelle bêtise! se dit-il intérieurement, en regardant son adversaire improvisé.... Vous
ne plaisantez pas?

—La vie est une chose très-précieuse, monsieur, reprit l'autre; et je n'ai pas l'habitude de plaisanter, surtout
avec les personnes qui me sont inconnues. Vous persistez
à danser cette mazourke?

—Je persiste, dit Astakoff.

—Très-bien; nous nous battrons demain. Mon témoin
aura l'honneur de se présenter de bonne heure chez
vous. »

Et, ayant poliment salué, Steltchinski s'éloigna, fort
content de lui-même.

« Parbleu! s'écria Astakoff, resté près de la fenêtre, c'é-
tait bien la peine de faire de nouvelles connaissances! »

Cependant il fit un effort sur lui-même, et rentra dans
le bal.

On dansait déjà la polka. Marie passa rapidement devant lui, au bras de Vérétieff. Elle paraissait rêveuse, presque triste. Puis apparut Nadejda, gaie et rayonnante, en-
traînée par un petit officier d'artillerie, tout petillant d'ardeur. Elle revint au second tour avec Steltchinski, lequel
secouait sa chevelure en désespéré.

Eh bien! petit père, fit entendre derrière Astakoff la
voix d'Ipatoff, vous ne faites que regarder, vous ne dansez
pas vous-même. Convenez que, si nous sommes au bout
du monde, il ne fait pourtant pas mauvais chez nous.

—Au diable votre bout du monde! » pensa Astakoff;
et, après avoir murmuré une réponse inintelligible, il
alla se placer à l'autre bout de la salle. « Il faudra
trouver un témoin, continua-t-il dans ses réflexions; où
diable le trouverai-je? On ne peut pas prendre Vérétieff;

je ne connais personne autre. Le diable sait dans quelle
stupide position je me suis fourré. » Quand Astakoff se
fâchait, il invoquait volontiers le nom du diable. En ce
moment, les yeux d'Astakoff tombèrent sur l'*Ame de poche*,
qui se tenait tranquille et inactif près d'une fenêtre. « Serait-ce celui-là ? pensa-t-il. Ma foi, je n'ai pas le choix. »
Et il se dirigea vers Bodriakoff.

« Il vient de m'arriver une aventure étrange, dit notre
héros avec un sourire forcé. Imaginez-vous qu'un certain
jeune homme inconnu vient de me provoquer en duel. Je
ne puis m'y refuser. Il me faut un témoin ; voulez-vous
l'être ? »

Bien que Bodriakoff se distinguât, comme nous le savons, par un flegme à toute épreuve, cependant, à une
proposition si inat ndue, il ouvrit la bouche toute grande,
et resta comme pétrifié.

« Oui, répéta Astakoff, je vous en serai très-reconnais-
sant. Je ne connais personne ici ; vous seul....

— Non, non, non, s'écria Bodriakoff, comme si on l'eût
réveillé en sursaut ; non, non, je ne puis pas.

— Pourquoi donc ? Vous craignez du bruit , du désagrément ; mais j'espère que tout restera secret.

— Non, non, non, je ne puis pas, » répétait cependant
Bodriakoff, qui, toujours reculant, renversa une chaise.

C'était pour la première fois de sa vie qu'il répondait
par un refus à une proposition quelconque ; mais aussi
quelle proposition était-ce !

« Au moins, continua Astakoff en l'attrapant par la
main, faites-moi la grâce de ne parler à personne de ce
que je vous ai dit.

— Non, non.... c'est-à-dire, oui, oui, répondit Bodriakoff ; excusez-moi, je ne sais plus où j'en suis. »

Et il se perdit dans la foule.

« Je dirai demain à ce monsieur, se dit Astakoff, que

je n'ai pas pu trouver de témoin. Je suis étranger, qu'il
s'en tire comme il pourra, et que le diable les emporte. »

Cependant le bal continuait.

Astakoff aurait bien voulu partir sur-le-champ; mais
pas moyen de s'en aller avant la mazourke. Il ne pouvait
permettre que son adversaire triomphât. Pour le malheur
d'Astakoff, les danses étaient conduites par un jeune
homme à l'immense chevelure et à l'étroite poitrine, sur
laquelle se déployait en cascade une large cravate en soie
noire, traversée par une grosse épingle en or. Il avait
dans toute la province la réputation d'un gentilhomme
qui a pénétré jusqu'en leurs dernières profondeurs les
us et coutumes du grand monde, bien qu'il n'eût habité Saint-Pétersbourg que six mois, et qu'il n'y eût été
reçu que chez deux simples assesseurs de collége, Grecs
d'origine et enrichis dans le commerce des blés. C'est lui
qui menait les danses dans tous les bals du gouvernement de Toula; qui donnait le signal aux musiciens en
frappant dans ses mains; qui, au milieu des éclats de la
trompette et des grincements du violon, criait en voix de
fausset : « En avant deux! » ou : « Grande chaîne, » ou :
« A vous, mademoiselle! » qui volait incessamment à travers la salle, pâle et inondé de sueur. Il ne commençait
jamais la mazourke avant minuit; encore était-ce une
grâce. « A Saint-Pétersbourg, disait-il, je vous tiendrais
sur pied jusqu'à deux heures du matin. » Ce bal parut
bien long à Astakoff; il errait comme une ombre, du salon à la salle de bal, en échangeant de temps à autre de
froids regards avec son adversaire, qui ne laissait passer
aucune danse sans s'y mêler, et en répondant des mots
entrecoupés à son hôte empressé, qui semblait attristé de
l'ennui qu'il lisait sur le visage de son visiteur. Enfin la
mazourke tant désirée retentit. Astakoff alla trouver sa
dame, apporta deux chaises, et alla se placer avec elle

dans les derniers couples, presque en face de Steltchinski.

« Vous paraissez vous ennuyer, monsieur Astakoff, fit
Nadejda en se tournant vers son cavalier, pendant que le
jeune directeur des danses ouvrait la mazourke en traînant sa dame après lui, et en frappant du talon comme
un poulain échappé.

—Moi! dit Astakoff; point du tout; qui vous le fait
penser?

— L'expression de votre visage. Je vous ai observé;
depuis votre arrivée, vous n'avez pas souri une seule fois.
Vous, messieurs les hommes positifs, vous ne devriez pas
prendre des airs de Byron. Laissez cela aux écrivains.

—Je remarque, Nadejda Alexeïevna, que vous me
donnez souvent le titre d'homme positif, comme par moquerie; vous me tenez pour un être froid et raisonnable,
incapable d'aucun élan; mais je puis vous assurer que
ces hommes positifs ont souvent dans le cœur de profonds
mystères qu'ils dédaignent d'étaler devant les indiffé-
rents, et qu'ils préfèrent garder le silence de la dignité.

— Que voulez-vous dire?

— Rien; vous le saurez peut-être plus tard. »

En ce moment, la fille du maître de la maison s'approcha de Nadejda, tenant par la main Steltchinski et un
autre cavalier qui portait des lunettes bleues.

« La vie ou la mort! demanda-t-elle en français.

— La vie! s'écria Nadejda; je ne veux rien avoir à
faire avec la mort. »

Steltchinski s'inclina. C'était lui qui avait choisi ces
deux noms et qui se désignait par celui de la vie. Nadejda partit avec lui pour faire un tour de mazourke,
tandis que la mort, en lunettes bleues, les suivait en
sautillant avec Mlle Akiline.

« Dites-moi, je vous prie, quel est ce M. Steltchinski?

SCÈNES DE LA VIE RUSSE.   9

demanda Astakoff à Nadejda, quand elle revint s'asseoir à son côté.

— Il est attaché au gouverneur. C'est un charmant jeune homme; pas Russe, comme vous avez pu le remarquer, et un peu fat : ils ont cela dans le sang [1]. J'espère que vous n'avez pas eu de démêlés avec lui à propos de cette mazourke?

— Oh! non, dit Astakoff, après un moment d'hésitation.

— Je suis si oublieuse!

— Mais je ne saurais m'en plaindre, puisque autrement je n'aurais pas eu le plaisir de danser avec vous.

— Est-il donc vrai que vous ayez du plaisir à danser avec moi? »

Astakoff lui répondit par un compliment. Peu à peu, il se lança. La pensée du duel qu'il devait avoir le lendemain, en irritant ses nerfs, donnait un certain éclat à ses paroles, et le poussait à des exagérations de sentiment qu'il ne se serait jamais permises de sang-froid. D'ailleurs Nadejda était si jolie, avec ses œillades en dessous et ses sourires équivoques dont on ne pouvait saisir le sens précis! Les regards d'Astakoff prirent une expression voilée et mélancolique; ses paroles se parsemèrent d'allusions pleines d'une tristesse élégante; il finit par s'épancher sur le compte des femmes, des amours, de son avenir, de la façon de comprendre le bonheur.... A la veille d'une mort possible, Astakoff se décidait à une coquetterie allégorique avec Nadejda. Elle écoutait attentivement, en hochant la tête, en feignant la surprise, en glissant quelques objections timides; souvent interrompue par le retour des danseurs, la conversation commençait à prendre une tournure très-intime. Astakoff interrogeait

1. Les Polonais.

Nadejda sur ses propres sentiments, sur ses sympathies.
Elle répondait comme une rieuse, lorsque tout à coup, à
la grande surprise d'Astakoff, et au milieu d'un regard
mourant qu'il lui adressait, elle lui dit brusquement :

« Quand partez-vous?

— Comment? fit l'autre abasourdi.

— Je vous demande quand vous retournez chez vous ?

— A Sassovo ?

— Non, non, chez vous, dans cette autre campagne où
vous demeurez, à cent verstes d'ici.

— Je voudrais bien y retourner sans trop de retard,
dit-il en reprenant sa physionomie compassée. Et je pense
partir demain.... si je suis en vie. C'est que j'ai tant d'affaires ! Mais pourquoi l'idée de m'adresser cette question
vous est-elle venue ?

— Je ne sais.

— Cependant....

— Je suis étonnée de la curiosité d'un homme qui part
demain, et qui m'interroge aujourd'hui sur mon caractère.

— Mais permettez....

— Lisez cela, » dit en riant Nadejda ; et elle lui tendit
la devise d'un bonbon qu'elle venait de prendre sur une
table voisine. Puis elle se leva pour aller à la rencontre
de Marie, qui venait la chercher avec une autre dame
pour une figure de la danse. Astakoff jeta les yeux sur le
papier, où se lisait imprimé en mauvais caractères français : *Qui me néglige me perd.*

Quand il releva la tête, il rencontra le regard de Steltchinski, fixé sur lui avec une colère concentrée. Astakoff
s'appuya sur le dos de son fauteuil en affectant de sourire. Le petit officier d'artillerie ramena Nadejda devant
sa chaise, tourna avec elle, fit sonner ses éperons, et se
retira. Nadejda s'assit.

« Permettez-moi de vous demander, fit Astakoff, comment il faut que je comprenne ce que vous venez de me laisser ?

— Ah ! cette devise, dit Nadejda avec indifférence : *Qui me néglige me perd.* Eh bien ! c'est une excellente maxime, qui peut être fort utile. On ne doit rien négliger dans la vie. Il faut vouloir beaucoup pour obtenir un peu. Mais je suis folle de vouloir donner des conseils à un homme pratique de votre force. »

Nadejda partit d'un éclat de rire, et ce fut vainement que, jusqu'à la fin de la mazourke, Astakoff voulut essayer de renouer la conversation. Il parlait sentiment, elle répondait robes. Au moment de le quitter, elle lui répéta ironiquement :

« Vous partez demain ? Alors je vous souhaite un heureux voyage. »

Et Nadejda courut vers son frère pour lui dire :

« Tu me dois de la reconnaissance, j'espère ; sans moi, ce serait elle qu'il eût engagée pour la mazourke. »

Vérétieff haussa les épaules.

« Tu as beau faire, dit-il ; il n'en sortira rien. »

Cependant Astakoff s'était rapidement glissé dans l'antichambre, et déjà il mettait son paletot, lorsqu'un laquais vint lui dire que son cocher s'était grisé de telle sorte qu'on ne pouvait l'éveiller, et qu'il lui serait impossible de quitter la maison. Après avoir énergiquement exprimé son déplaisir, Astakoff rentra dans la maison, et pria l'intendant de le mener dans la chambre qui lui était destinée, sans attendre le souper. Une demi-heure plus tard, il était établi, tant bien que mal, sous la couverture d'un lit étroit, et tâchait de s'endormir.

Mais le sommeil ne venait point. La figure de Steltchinski se dressait incessamment devant lui. « Le voilà qui vise. Astakoff est tué, disait une voix.... Se battre

avec des dispositions pacifiques, avec des pensées de
mariage avantageux! » Et il refermait avec dépit ses yeux
qui s'étaient largement ouverts, et enfonçait sa tête dans
les oreillers; mais le sommeil ne venait point. L'aurore
s'allumait déjà dans le ciel; accablé par la fièvre d'in-
somnie, Astakoff venait de tomber dans une espèce de
somnolence, lorsqu'il sentit tout à coup un poids sur ses
pieds. Il ouvrit les yeux; au pied de son lit était assis
Vérétieff. L'étonnement d'Astakoff fut au comble, lorsqu'il
aperçut l'accoutrement de Vérétieff. Il était sans redingote;
sa poitrine nue se montrait à travers une chemise débrail-
lée; ses cheveux en désordre lui tombaient sur les sourcils, et son visage avait changé d'expression.

« Oserais-je vous demander.... fit Astakoff en se soulevant dans son lit.

— Je suis venu, dit Vérétieff d'une voix enrouée, dans
un costume un peu.... Nous avons bu là-bas. J'ai voulu
vous tranquilliser. Je me suis dit : « Il y a là un gentil-
« homme qui n'a pas le sommeil calme. » Eh bien! vous
pouvez dormir, vous ne vous battrez pas demain.

— Que me dites-vous là? murmura Astakoff de plus en
plus stupéfait.

— Oui, tout est arrangé. Ce monsieur des bords de la
Vistule, il s'excuse. Vous recevrez demain une lettre. Tout
est fini; ronflez. »

Vérétieff se leva, et s'avança d'un pas incertain vers la
porte.

« Permettez, permettez, s'écria Astakoff. Comment savez-vous.... et comment puis-je vous croire?

— Ah! vous pensez, parce que je suis.... dans les vignes.... Mais je vous le dis, il vous enverra demain une
lettre. Vous ne m'inspirez pas beaucoup de sympathie,
monsieur; mais je suis en veine de générosité. Avouez
pourtant que vous avez eu un peu peur.

— Mais, monsieur.... reprit Astakoff qui commençait à se fâcher.

— C'est bon, c'est bon, interrompit Vérétieff. Ne vous échauffez pas. Voyez-vous, chez nous, en province, il n'y a point de bal qui se passe sans duel. Cela n'a jamais de mauvaises suites ; mais cela donne occasion de vexer un nouveau venu. *In vino veritas.* Mais vous ne savez pas le latin, ni moi non plus. Je vois sur votre physionomie que vous désirez dormir ; je vous souhaite bonne nuit, monsieur l'homme positif, grand employé futur. Acceptez ce dernier souhait d'un homme qui, soit dit en toute sincérité, ne vaut pas la monnaie d'un sou, surtout aujourd'hui. »

Cela dit, Vérétieff s'éloigna en trébuchant.

« Le diable sait ce que c'est ! s'écria Astakoff en frappant du poing ses oreillers. C'est impardonnable. J'éclaircirai tout cela. »

Et, cinq minutes après, il dormait profondément. Il n'est pas de plus souverain baume que le sentiment du péril passé.

Voici ce qui avait amené la conversation nocturne entre Astakoff et Vérétieff :

Dans la maison de M. Akiline, un de ses neveux habitait une petite chambre de garçon. Pendant les bals, les jeunes gens profitaient de l'intervalle des danses pour y venir fumer en toute hâte une pipe de *joukoff*[1]. C'était encore chez lui qu'on se rassemblait après souper pour vider quelques bouteilles. Ce soir-là, il y vint beaucoup de monde. Steltchinski et Vérétieff étaient au nombre des convives ; l'*Ame de poche* s'y traîna derrière les autres. Bolriakoff avait promis à Astakoff de ne point répéter leur conversation ; et probablement il eût tenu parole, si Vérétieff n'avait eu l'idée de lui demander ce qu'il avait dit

---

1. Nom d'un fabricant de tabac commun.

avec ce fat (il n'appelait pas autrement le *gentleman* de Saint-Pétersbourg), Bodriakoff raconta tout. Vérétieff se mit à rire, puis il devint pensif.

« Tu ne sais pas avec qui le combat? demanda-t-il.

— Non, fit l'autre; il ne me l'a pas dit.

— Sais-tu du moins avec qui il a parlé?

— Avec Yégor Kapitonitch. »

Vérétieff pirouetta sur ses talons.

On fit une *jonka* [1], et l'on se mit à boire. Vérétieff fut acclamé président. Gai, spirituel, vrai boute-en-train, il tenait le haut bout dans toutes les réunions de jeunes gens. Il jeta bas sa redingote, se fit un siége d'une pile des *Lois de l'Empire*, prit une guitare et se mit à chanter. Les têtes s'enflammèrent au son de cette voix hardie, qu'animèrent encore les premières rasades. On porta des toasts. Et quels toasts ! Ce n'est pas pour rien que le proverbe russe dit : « A l'homme ivre, la mer elle-même ne monte qu'au genou. » Steltchinski, rouge comme un coquelicot, s'élança sur la table, et, levant son verre pardessus sa tête, il s'écria :

« A la santé ... je ne dirai pas à la santé de qui. » Puis, vidant son verre, il le brisa sur le plancher. « Que l'ennemi, dit-il, soit brisé en menus éclats comme ce cristal ! »

Vérétieff, chez lequel, en bon Russe, le don d'observation ne se perdait pas au milieu des fumées du vin, et qui, depuis quelque temps, ne quittait pas Steltchinski du regard, releva la tête.

« Steltchinski, dit-il, descends d'abord de la table; c'est indécent, et tes bottes sont sales. Et puis, viens ici que je te dise quelque chose. Écoute, frère, je sais

1. Bol de rhum chaud, mêlé de sucre et de fruits, où l'on verse du vin de Champagne.

que tu dois te battre demain avec ce *gentleman* de la capitale.

— Comment! qui te l'a dit?

— Je l'ai deviné, et je sais aussi fort bien pour qui tu te bats.

— Par exemple.... ce serait curieux à savoir.

— Ah ! Talleyrand, voyez-vous le Talleyrand ! C'est pour ma sœur. Allons, n'ébauche pas un sourire d'étonnement ; ça te donne l'air bête. Je sais qu'il y a longtemps que tu lui fais la cour.

— Tout cela ne prouve point....

— Finis, je te prie, et écoute ce que je vais te dire. Je ne permettrai ce duel à aucun prix ; toute cette sottise retomberait sur ma sœur. Aussi longtemps que je serai en vie, je ne le permettrai pas. Toi et moi.... notre compte sera bientôt fait; et ce sera justice. Mais elle, je veux qu'elle vive longtemps et heureuse. Oui, ajouta-t-il avec une chaleur subite, je trahirai, j'abandonnerai tous les autres, même ceux qui ont pu se sacrifier pour un vaurien comme moi ; mais elle, je ne permettrai pas qu'on touche à un cheveu de sa tête. »

Steltchinski partit d'un éclat de rire forcé.

« Tu es ivre, mon cher, et tu radotes.

— Ivre ou non, peu importe. Je maintiens ce que j'ai dit : tu ne te battras pas avec ce seigneur. Et sur quoi diable lui as-tu cherché noise? Par jalousie, peut-être. On a bien raison de dire que tous les amoureux sont stupides. Mais si elle a dansé avec lui, c'était pour l'empêcher d'engager.... mais ce n'est pas la question. Je le répète, ce duel ne se fera pas.

— Hum ! dit l'autre, je voudrais bien voir comment tu t'y prendras pour l'empêcher.

— Voici comment : si tu ne me donnes sur-le-champ ta parole de ne pas te battre, c'est avec moi que tu te battras.

— Vraiment?

— Mon cher Magnat, n'en doutez pas un instant. Je vous insulterai devant tout le monde de la façon la plus fantastique, et puis nous nous battrons à la longueur d'un mouchoir. Et je pense que cela te serait désagréable pour beaucoup de raisons, eh ! »

Steltchinski s'emporta, protesta que c'était une intimidation, qu'il ne permettrait à personne de s'immiscer dans ses affaires, et finit par se soumettre. Il se résigna à ne pas attenter à la vie du *gentleman* de Saint-Pétersbourg. Vérétieff l'embrassa d'un air goguenard, et, une demi-heure après, ils buvaient ensemble, pour la dixième fois, le *Brüderschaft* [1]. Le jeune directeur des danses se mit à boire aussi le *Brüderschaft* avec eux. Il tint bon quelque temps, mais il finit par s'endormir sur le dos, de la façon la plus innocente.

Le lendemain, Astakoff retourna de très-bonne heure à Sassovo; il passa toute la matinée dans une grande agitation, faillit prendre un marchand qui venait acheter du blé pour le témoin de son adversaire, et ne respira librement qu'après avoir reçu la lettre tant désirée.

« *La nuit porte conseil*, monsieur, » disait en commençant Steltchinski. Et il finissait par déclarer qu'il se tenait à la disposition d'Astakoff, mais que lui-même ne demandait aucune réparation.

Ayant écrit sur-le-champ une réponse où il essayait de donner à sa dignité un air d'enjouement, Astakoff se mit à table en se frottant les mains, dîna de bon appétit, et, aussitôt après, partit pour sa résidence. Le chemin qu'il devait suivre passait à petite distance d'Ipatofka.

« Adieu, paisible retraite! » dit-il avec un sourire railleur.

---

1. Manière de fraterniser des étudiants allemands.

Les images de Marie et de Nadejda se présentèrent un moment à son imagination. Mais il secoua la main, et passa outre.

———————————

V

Trois mois avaient passé. L'automne était venu. Les bois se dépouillaient ; les mésanges commençaient à s'y fixer, et, pour indice plus certain de l'approche de l'hiver, le vent y faisait entendre ses longs gémissements. Mais il n'y avait pas encore eu de grandes pluies, et la boue n'avait pas rendu les routes impraticables. Profitant de cette circonstance, Astakoff partit pour le chef-lieu du gouvernement, où l'appelaient quelques affaires. Il passa la matinée en visite, et, le soir venu, se rendit au club de la Noblesse. Dans l'immense et sombre salon de ce club, il rencontra, entre autres personnes, un certain M. Flitch, vieux capitaine en retraite, homme d'affaires, diseur de bons mots, joueur, et, comme on dit en France, grand faiseur de *cancans*.

« A propos, s'écria-t-il au milieu de la conversation, une dame de votre connaissance vient de passer par cette ville, et m'a chargé de vous saluer.

— Qui est-ce ?

— Mme Steltchinska.

— Je ne connais personne de ce nom.

— Vous l'avez connue demoiselle ; elle est née Vérétieff, Nadejda Alexeïevna. Son mari servait chez notre gouverneur. Vous avez dû le voir aussi : un petit freluquet avec

des moustaches. Il a attrapé là une jolie figure et un joli
magot.

— Tiens! elle l'a donc épousé? Où allait-elle?

— A Saint-Pétersbourg. Elle m'a même dit de vous rappeler une certaine devise de bonbon. Qu'est-ce que cela
veut dire?

— Oh! c'est une plaisanterie. Et son frère, comment
va-t-il?

— Piôtr! Mal, mal. » Et M. Flitch leva au ciel ses petits yeux de renard, et soupira. « C'est un homme perdu.
Il est retombé dans ses folies. On ne sait pas même ce
qu'il est devenu. Le plus probable, c'est qu'il est parti à
la suite de quelque Bohémienne. Ce qui est sûr, c'est
qu'il n'est plus dans le gouvernement.

— Et le vieil Ipatoff? demeure-t-il toujours dans sa
maison de campagne?

— Ce petit original? certainement. A propos, pourquoi
n'épousez-vous pas sa belle-sœur? Ce n'est pas une femme,
en vérité, c'est un monument. On parlait déjà de vous à
propos d'elle. »

En ce moment, quelqu'un vint proposer à Flitch une
partie de cartes, et la conversation finit là.

Astakoff avait l'intention de retourner chez lui, lorsqu'un exprès, envoyé par le starosta de Sassovo, vint lui
donner la nouvelle que six maisons de ce village avaient
été détruites par un incendie. Il se décida à s'y rendre
sur-le-champ. D'ailleurs, de la ville à cette propriété, il
n'y avait pas plus de soixante verstes. Astakoff arriva le
lendemain soir dans la petite maison seigneuriale déjà
connue du lecteur, et se rendit aussitôt sur le lieu de l'incendie; une vieille femme l'avait allumé en passant une
chandelle sous le ventre de sa vache pour la préserver du
mauvais œil. Après avoir fait éclater sa colère sur le dos
des coupables, Astakoff prit ses mesures pour la répara-

tion du sinistre. Cela l'occupa jusqu'au dîner du lendemain. Alors il se décida, après quelque hésitation, à revoir Ipatofka. Il n'en aurait pas eu l'envie, si Flitch ne
l'eût informé du départ de Nadejda : il craignait de la
rencontrer ; mais il n'était pas fâché de revoir Marie.

Comme à la première visite, Astakoff trouva Ipatoff
jouant aux dames avec l'*Ame de poche*. Le vieillard lui
témoigna la même joie de sa visite ; mais son visage était
soucieux, et ses paroles n'offraient plus la même abondance et la même facilité d'élocution.

« Tous les vôtres se portent bien ? demanda Astakoff
en prenant un siége.

— Bien, grâce à Dieu ; je vous remercie beaucoup.
Marie seule n'est pas tout à fait.... Elle se tient habituel-
lement dans sa chambre.

— Elle aura pris un refroidissement ?

— Non, c'est plutôt.... Mais elle va descendre pour le
thé.

— Et que fait Yégor Kapitonitch ?

— Ah ! Yégor Kapitonitch est un homme enterré ; sa
femme est morte.

— Matrona Markovna !

— Morte en un jour, du choléra. Vous ne pourriez plus
le reconnaître. Il est si changé, si maigre ! « Sans Ma-
« trona Markovna, dit-il, la vie m'est un fardeau. Je vais
« mourir, dit-il, et j'en remercie Dieu, car je ne désire
« plus vivre, » dit-il. Oui, le pauvre homme est enterré.

— Pauvre Yégor Kapitonitch ! dit Astakoff.

— Nous sommes tous pauvres, » ajouta l'*Ame de poche*.
Tous se turent.

« Votre voisine, à ce que j'ai ouï dire, s'est mariée, reprit Astakoff en rougissant légèrement.

— Oui, elle est mariée, et déjà partie.

— Pour Saint-Pétersbourg ?

— Pour la capitale de Saint-Pétersbourg.

— Marie Pavlovna doit la regretter beaucoup? Elles semblaient si grandes amies.

— Certainement elle la regrette; mais à propos de leur amitié, je vous dirai, monsieur, que l'amitié des jeunes filles est encore moins solide que celle des hommes. On s'aime tant qu'on se voit, et puis.... te souviens-tu de mon nom?

— Vraiment?

— Comme j'ai l'honneur de vous le dire. Par exemple, Nadejda Alexeïevna, depuis qu'elle est partie, ne nous a pas écrit une seule petite lettre. Et pourtant, combien de fois l'avait-elle juré devant Dieu?

— Y a-t-il longtemps qu'elle est partie?

— Depuis plus de six semaines. Dès le lendemain de son mariage, elle est partie au galop, à la façon étrangère.

— On dit encore que son frère n'est plus ici?

— Certainement, il n'est plus ici. Ce sont des gens de la capitale. Est-ce qu'ils resteraient longtemps à la campagne?

— Et vous ignorez complétement où il est allé?

— Je l'ignore.

— Il a fait comme le singe, dit Bodriakof; la noisette mangée, il a jeté la coquille.

— Justement, reprit Ipatoff, la noisette mangée, il a jeté la coquille. Et vous-même, Vladimir Sergeïtch, qu'avez-vous fait de bon tout ce temps-ci? » ajouta le vieillard en s'efforçant de sourire.

Astakoff raconta quelques détails; mais Ipatoff, dont la contenance trahissait une inquiétude inaccoutumée, l'interrompit tout à coup:

« Mais, bon Dieu, pourquoi donc Macha ne vient-elle point? Ivan Illiitch, va la chercher. Dis-lui.... tu sais... »

Bodriakoff sortit un moment de la chambre, et rentra en annonçant que Marie Pavlovna le suivait.

« A-t-elle toujours mal à la tête? demanda le vieillard à voix basse.

— Oui, » dit-il.

La porte s'ouvrit, et Marie parut. Astakoff se leva pour la saluer et resta immobile d'étonnement, tant elle avait changé depuis qu'il ne l'avait vue. La couleur avait disparu de ses joues maigries, un large cercle noir entourait ses yeux, et ses lèvres se serraient dans une étreinte amère. Tout son visage, morne et sombre, semblait pétrifié. Elle leva les yeux sur Astakoff; ils n'avaient plus ni éclat ni regard.

« Comment te sens-tu? lui demanda Ipatoff.

— Je suis très-bien portante, » répondit-elle en s'asseyant à la table sur laquelle était dressé le *samovar*.

La soirée fut pour Astakoff bien longue et peu gaie; personne n'était en veine; la conversation prenait à tout moment une tournure mélancolique.

« Entendez-vous? dit Ipatoff en prêtant l'oreille aux gémissements du vent; entendez-vous quelle note il nous chante? Ah! l'été a passé; l'automne passe aussi, et voilà que l'hiver arrive. Nous serons bientôt enterrés sous la neige. Et Dieu veuille que ce soit bientôt! Car maintenant, sort-on dans le jardin, c'est l'angoisse qui vous prend. Ce sont des ruines; les branches des arbres s'entre-choquent comme des ossements. Ah! les beaux jours sont passés.

— Ils sont passés, » fit Bodriakoff.

Marie croisa les mains silencieusement, et regarda par la fenêtre.

« Mais Dieu est bon, reprit Ipatoff; ils reviendront. » Personne ne lui fit écho.

« Rappelez-vous, dit Astakoff, comme on chantait ici des chansons.

— Rappelez-vous, rappelez-vous, dit Ipatoff; non, il vaut mieux ne pas se rappeler.

— Pourquoi ne chanteriez-vous pas encore? continua Astakoff en s'adressant à Marie; vous avez un si beau talent! »

Elle ne lui répondit rien.

« Comment va Mme votre mère? dit à Ipatoff Astakoff, qui ne savait plus comment entretenir la conversation.

— Tout doucement, grâce à Dieu, malgré toutes ses infirmités. Encore aujourd'hui elle s'est promenée dans sa petite calèche. Elle est, je pourrais dire, comme un arbre à demi cassé, qui se plaint au moindre souffle du vent. Et voyez : un autre arbre jeune et fort est là par terre, et l'arbre cassé toujours debout. C'est ainsi. Cependant sa vie n'est pas bien enviable; le proverbe a bien raison : la vieillesse n'est pas le bonheur.

— Et la jeunesse ne donne pas le bonheur, » ajouta Marie à demi-voix.

Astakoff avait eu le projet de retourner coucher chez lui; mais la nuit devint si sombre, qu'il n'osa pas se risquer par cette obscurité dans les mauvaises routes. On le mena dans la même chambre où, trois mois auparavant, il avait passé une si mauvaise nuit, grâce au voisinage d'Yégor Kapitonitch. « Ronfle-t-il maintenant? » se demanda Astakoff. Et il se rappela ses remontrances au domestique, puis l'apparition de Marie dans le jardin. Il s'approcha de la fenêtre, et appuya son front contre la froide vitre. Son propre visage sembla le regarder du dehors, ses yeux se perdirent dans un voile noir, et ce ne fut qu'après quelques instants qu'il put distinguer sur un ciel sans étoiles les branches d'arbres qui s'agitaient dans le vide, tourmentées sans relâche par le vent. Tout à

coup Astakoff crut voir comme autrefois se glisser sur le
sol une figure blanche. Il redoubla d'attention; mais ne
voyant plus rien, il haussa les épaules. « Ce que c'est
que l'imagination ! » dit-il, et il se coucha.

Il s'endormit bien vite; mais, cette fois encore, il était
dit qu'il ne passerait pas une nuit tranquille. Un bruit
confus qui s'élevait dans la maison le réveilla. Il souleva
la tête. C'étaient des voix inarticulées, des exclamations, des pas précipités, des portes qui se fermaient
avec violence. Voilà qu'un sanglot de femme se fit entendre. Des cris s'élevèrent dans le jardin ; d'autres, plus
éloignés, leur répondirent. Dans la maison, l'agitation
croissait et devenait plus bruyante. « C'est un incendie ! »
Cette pensée traversa l'esprit d'Astakoff. Il eut peur, sauta
de son lit, et courut vers la fenêtre. Aucun reflet de
flamme ne se voyait; mais dans le jardin, le long des
allées, sous les arbres, se mouvaient de petites taches
rouges. C'étaient des gens qui couraient avec des lanternes. Astakoff gagna la porte qu'il ouvrit rapidement,
et donna contre Bodriakoff qui, pâle, échevelé et à demi
vêtu, courait comme un insensé.

« Qu'est-ce? qu'est-il arrivé? s'écria Astakoff en le saisissant par le bras.

— Elle est perdue, elle est morte, elle s'est jetée à
l'eau, répondit Bodriakoff d'une voix haletante.

— Qui est perdu? qui s'est jeté à l'eau?

— Marie Pavlovna. Qui pourrait-ce être? Il l'a perdue,
la pauvre enfant, le malheureux! Au secours! mes petits
pères, courons vite, courons. » Et il se précipita le long
de l'escalier. Astakoff parvint à se chausser, jeta un manteau sur ses épaules, et s'élança à sa suite.

Il ne trouva plus personne à la maison; tous étaient
sortis. Seules, à demi mortes de peur, les deux petites
filles d'Ipatoff se tenaient dans le corridor, près de l'an-

tichambre; enveloppées de leurs jupons blancs, les mains croisées et les pieds nus, elles étaient accroupies auprès d'une chandelle posée par terre. Par le salon et au milieu des tables renversées, Astakoff sortit en courant sur la terrasse. On voyait à travers les branchages, dans la direction de la digue, se mouvoir des ombres et des feux. « Des crocs, des crocs! » disait la voix d'Ipatoff. « Un filet! un bateau! » criaient d'autres voix. Astakoff courut dans la direction de ces cris. Il trouva Ipatoff sur le bord de l'étang. Une lanterne, accrochée à une branche de saule, éclairait vivement la tête grise du vieillard. Il se tordait les mains, et chancelait comme un homme ivre. Près de lui, une femme, étendue sur l'herbe le visage contre terre, sanglotait convulsivement. Bodriakoff était entré dans l'eau jusqu'à la ceinture, et tâtait le fond avec une perche. Un cocher ôtait ses habits de livrée, en tremblant de tous ses membres; deux hommes traînaient une vieille barque le long du rivage; on entendait le galop d'un cheval lancé ventre à terre dans la rue du village; et le vent passait avec un sifflement sinistre, comme s'il eût voulu éteindre les lumières des lanternes, tandis que les vagues de l'étang clapotaient sourdement dans les ténèbres.

« Qu'ai-je entendu? est-ce possible? s'écria Astakoff en s'approchant de son hôte.

— Des crocs, des crocs! disait le vieillard pour toute réponse.

— Non, non, vous vous trompez, reprit Astakoff.

— Ah! que ne se trompe-t-il! dit en sanglotant la femme couchée par terre, et qui était la servante de Marie; moi-même, malheureuse que je suis, je l'ai entendue se jeter à l'eau, ma pauvre petite colombe; je l'ai entendue se débattre dans l'eau et crier : *Sauvez-moi....* et encore une autre pauvre petite fois : *Sauvez....*

SCÈNES DE LA VIE RUSSE.   10

— Mais comment ne l'en as-tu pas empêchée, misérable? dit Astakoff.

— Et comment l'empêcher, mon petit père? Quand je me suis dit : « Où est-elle? » elle n'était plus dans la chambre. Mais mon cœur devinait.... Tous ces jours-ci, elle était si triste! elle ne disait mot. Mais moi je savais tout, moi. Je me suis mise à courir droit au jardin, comme si quelqu'un m'en eût donné le bon conseil. Et tout à coup quelque chose tombe à l'eau. J'entends : *Sauvez-moi, sauvez....* O mes amis, mes pauvres amis!...

— Voilà donc, pensa Astakoff, ce qui m'a paru blanc dans l'ombre. »

Cependant des gens étaient accourus avec des crocs; d'autres avaient apporté un filet et l'étendaient sur l'herbe. Une foule était réunie; on se pressait, on se heurtait. Le cocher et le starosta prirent chacun un croc, se jetèrent dans la barque, la poussèrent au large et se mirent à sonder l'eau; on les éclairait du rivage. Leurs mouvements et les mouvements de leurs ombres paraissaient étranges et terribles au-dessus de l'étang agité et à la lueur incertaine et rougeâtre des lanternes.

« J'accroche quelque chose, » s'écria tout à coup le cocher.

Tous restèrent pétrifiés.

Le cocher tira sa perche en se courbant. On vit paraître un objet noirâtre et coudé. « Une racine! dit-il en arrachant son crochet.

— Reviens, reviens, lui cria-t-on du bord. On ne peut rien faire avec des crocs. Il faut prendre un filet.

— Oui, un filet, un filet, dirent les autres.

— Arrêtez, arrêtez! cria le starosta. Moi aussi, j'ai accroché quelque chose.... et quelque chose de mou, » ajouta-t-il au bout d'un instant.

Une tache blanche parut près du bateau.

« La demoiselle ! cria le starosta ; c'est elle ! »

Il ne se trompait pas. Le crochet avait pris Marie par
la manche de sa robe. Le cocher la saisit aussitôt, la sortit hors de l'eau, et en deux secousses poussa la barque
près du bord. Ipatoff, Bodriakoff, tous se jetèrent à l'encontre, saisirent Marie, la portèrent en courant à la maison. Elle fut aussitôt couchée, déshabillée ; on la secoua
en tous sens, on essaya de la réchauffer ; mais tout fut
inutile. Marie ne revint plus à elle ; déjà la vie l'avait
abandonnée.

Astakoff, le lendemain de bonne heure, quitta Ipatofka.
Cependant, avant de partir, il alla, pour se conformer à
l'usage, dire le dernier adieu au corps de la défunte. Elle
était couchée sur la table du salon, vêtue d'une robe
blanche. Son épaisse chevelure était encore humide ; son
pâle visage, que la mort n'avait pas encore défiguré, exprimait une sorte de tristesse stupéfaite. Ses lèvres entr'ouvertes semblaient vouloir parler et demander quelque
chose ; ses bras croisés serraient sa poitrine. Mais, quelles
que fussent les pensées dans lesquelles était morte la
pauvre fille, la mort avait déjà posé sur elle le cachet
de son éternel silence et de sa morne résignation. Qui
peut comprendre ce qu'exprime le visage d'un mort dans
les courts moments où il reçoit encore les regards des
vivants, avant d'aller se dissoudre dans la terre et disparaître à jamais ?

Astakoff se tint quelques minutes devant le corps de
Marie, en se donnant l'air mélancolique exigé par la circonstance, fit trois fois le signe de la croix, et se retira
sans avoir remarqué Bodriakoff, qui, agenouillé dans un
coin et les mains sur les yeux, sanglotait comme un
enfant.

Il n'était pas le seul à pleurer ce jour-là. Tous les domestiques de la maison pleuraient aussi ; Marie avait

toujours été pour eux bonne et douce ; elle laissait après
elle un bon souvenir.

Quelques jours après, voici ce qu'écrivait le vieux Ipatoff à une lettre enfin reçue de Nadejda :

« Une semaine avant la présente date, ma très-chère
dame Nadejda Alexeïevna, mon infortunée belle-sœur,
votre amie, Marie Pavlovna, a volontairement mis fin à
son existence en se jetant la nuit dans le lac, et nous
avons déjà confié ses restes à la terre. Elle s'est décidée
à cette triste et terrible action, sans me dire adieu, sans
laisser même une lettre, un petit billet, pour y déclarer
ses dernières volontés. Mais vous, Nadejda Alexeïevna,
vous devez savoir mieux que personne sur quelle âme
doit tomber un si grand et mortel péché. Que le Seigneur
Dieu juge votre frère ! Ma belle-sœur ne pouvait ni ces-
cer de l'aimer, ni supporter son abandon. »

Nadejda ne reçut cette lettre qu'en Italie, où elle était
allée avec son mari le comte de Steltchinski, comme on
le nommait dans tous les hôtels. Du reste, il ne fréquen-
tait pas seulement les auberges de l'Italie ; on le voyait
aussi fort souvent aux eaux, dans les salons de conversation. D'abord, il y perdait beaucoup d'argent ; puis,
tout à coup, il cessa de perdre. Sa figure prit cette expression à demi soupçonneuse et à demi effrontée, particulière aux hommes qui doivent s'attendre à de méchantes
aventures. Il voyait rarement sa femme, qui supportait
facilement son absence. Une passion subite pour les arts
s'était emparée d'elle ; de sorte qu'elle aimait à disputer
sur le beau avec de jeunes artistes. La lettre d'Ipatoff
l'affligea profondément, sans l'empêcher toutefois d'aller,
ce jour même, visiter la grotte des chiens, près de Naples,
pour y voir comment ces pauvres animaux se débattent
dans les vapeurs du soufre, et d'y aller en compagnie de
M. Popelina, Français, peintre manqué, qui chantait avec

une petite voix de ténor grasseyant, portait des *saule-en-barque* bigarrés, et racontait sans beaucoup de gaze des anecdotes de la chronique scandaleuse.

VI

C'était par une journée de janvier, claire et glacée. Il y avait beaucoup de monde sur la Perspective-Newski à Saint-Pétersbourg. L'horloge de la tour de la *Douma*[1] venait de sonner trois heures. Sur les larges dalles sablées marchait, au milieu d'autres promeneurs, notre vieille connaissance M. Astakoff. Depuis que nous nous sommes séparés de lui, il avait pris de l'embonpoint, sans pourtant vieillir. D'épais favoris encadraient son visage. Il s'avançait à travers la foule avec lenteur et gravité, jetant de temps à autre des regards dans la rue. Il attendait sa femme, qui devait arriver en voiture avec sa belle-mère. Depuis cinq années déjà M. Astakoff était marié, et, comme il l'avait toujours désiré, sa femme était riche et avait de hautes relations. Tout en soulevant d'un air aimable son chapeau soigneusement brossé à la rencontre de ses nombreuses connaissances, M. Astakoff continuait sa promenade avec cette démarche calme et assurée qui dénote un homme content de lui-même. Tout à coup, près du passage Stenbok, il faillit être heurté par un monsieur enveloppé d'un manteau à l'Almaviva et coiffé d'un bonnet de velours, dont le visage passablement flétri offrait des moustaches teintes sous des yeux

[1] Hôtel de ville.

gonflés et endormis. Astakoff recula avec dignité. Alors le monsieur en bonnet, jetant son regard sur lui, s'écria : « Ah ! bonjour, monsieur Astakoff. » Celui-ci ne répondit rien, et s'arrêta stupéfait. Il ne pouvait comprendre qu'un homme coiffé d'un bonnet sur la Perspective-Newski pût connaître son nom.

« Vous ne me connaissez pas ? continua l'autre. Je vous ai vu, il y a huit ans de cela, dans le gouvernement de Toula, chez les Ipatoff. On me nomme Vérétieff.

— Mon Dieu, pardonnez-moi, dit Astakoff. Comme vous avez changé depuis ce temps !

— Oui, j'ai vieilli, reprit Vérétieff, en passant sur son visage une main non gantée. Pour vous, vous n'êtes pas changé. »

Ce n'est pas que Vérétieff eût beaucoup vieilli, mais tous ses traits s'étaient déformés ; une foule de petites rides sillonnaient tout son visage, et, quand il parlait, ses joues et ses lèvres s'agitaient en convulsion. Tout en lui dénotait que cet homme avait largement usé de la vie.

« Où vous étiez-vous égaré tout ce temps, qu'on ne vous a vu nulle part ? demanda Astakoff.

— J'ai erré par-ci par-là. Et vous, êtes-vous toujours resté dans la capitale ?

— La plupart du temps ; je suis au service, monsieur.

— Vous êtes marié ?

— Oui, et.... » La figure d'Astakoff prit une expression sévère, comme s'il eût voulu dire à Vérétieff : « Ah çà, ne t'avise pas de me demander que je te présente à ma femme. »

Vérétieff parut le comprendre. Un sourire d'indifférence effleura ses lèvres. Astakoff fit un pas pour s'éloigner :

« Où est votre sœur ? demanda-t-il en se ravisant.

—Je ne puis vous le dire avec certitude, mais probablement à Moscou. Il y a longtemps que je n'ai reçu de ses nouvelles.

— Son mari vit encore?

— Probablement.

— Et M. Ipatoff?

— Je ne sais pas ; peut-être est-il en vie, peut-être est-il mort.

— Et ce monsieur si drôle, ce provincial, Bodriakoff?

— Ah! celui auquel vous avez demandé d'être votre témoin quand vous avez eu si peur? Le diable sait ce qu'il est devenu. »

Astakoff crut devoir prendre un air encore plus majestueux : « Je me suis toujours rappelé avec plaisir, dit-il, ces soirées où j'eus.... (il allait dire l'honneur, il se reprit) l'occasion de faire votre connaissance et celle de votre sœur. C'était une très-agréable personne. Et vous, chantez-vous toujours aussi agréablement?

— Non, j'ai perdu la voix. Ah! c'était là un bon temps !

— J'ai, une fois encore, visité Ipatofka, ajouta Astakoff en élevant ses sourcils d'un air mélancolique, le jour même d'une bien terrible aventure.

— Oui, c'est affreux, c'est horrible, interrompit précipitamment Vérétieff; oui, oui, je vois que vous vous souvenez....

— C'est-à-dire, il s'est écoulé un si long temps depuis ces aventures, que tout cela se représente à moi comme une espèce de rêve.

— Comme un rêve, répéta Vérétieff, dont les pâles joues rougirent; non, pour moi ce ne fut pas un rêve. C'était le temps de la jeunesse, de la gaieté, du bonheur; c'était le temps des espérances infinies et des forces indomptables. Si ce fut un rêve, il était bien beau. Mais que nous soyons tous deux devenus vieux, tristes, bêtes;

que nous teignions nos moustaches ; que nous nous traî-
nions à flâner sur les trottoirs de la Perspective ; que nous
ne soyons plus bons à rien, comme des chevaux fourbus ;
que nous soyons usés, pelés, éreintés ; que, d'entre nous,
les uns fassent les importants ridicules, tandis que les
autres se vautrent dans la fainéantise, en noyant leurs
chagrins par le gosier : voilà ce qui est un rêve, un rêve
hideux, abominable. La vie est passée sans laisser de
traces, platement, bêtement. Voilà ce qui est amer, voilà
ce qu'il faudrait pouvoir chasser comme un rêve. Et puis,
par-dessus tout, à travers tout, une apparition terrible,
incessante.... Adieu. »

Vérétieff s'éloigna rapidement ; mais, arrivé devant la
porte d'un des principaux cafés de la Perspective, il s'arrêta, et tourna le bouton. Après avoir bu au buffet un
verre d'eau-de-vie à l'orange amère, il traversa la salle
du billard, assombrie d'un nuage de fumée, pour gagner
un cabinet où l'attendaient plusieurs de ses habituels
compagnons, le prince S., deux officiers de cavalerie et
deux autres individus qu'on ne désignait que par leurs
noms de baptême au diminutif. Ils étaient tous déjà d'un
certain âge, quoique tous garçons. Les uns grisonnaient,
les autres étaient chauves ; ils avaient tous le double menton ; et pourtant leur vie continuait à se passer dans les
cafés. Ils s'obstinaient aussi à voir dans Vérétieff un homme
extraordinaire, appelé à étonner le monde ; mais lui, qui
avait plus d'esprit qu'eux, sentait bien sa complète et
irrémédiable inutilité. Du reste, il faut le dire, même
hors de son cercle d'amis, beaucoup de gens croyaient
que, s'il n'avait pas lui-même ruiné sa vie, on n'eût pu
prévoir tout ce qu'il serait devenu. Ces gens-là se trom-
paient : les Vérétieff ne deviennent jamais rien.

Ses amis le reçurent avec leurs exclamations ordinaires. Il les frappa d'abord par son aspect farouche et

ses discours pleins de fiel. Mais de nouvelles bouteilles parurent sur la table, et tout reprit son train accoutumé. Pour Astakoff, dès que Vérétieff l'eut quitté, il se redressa de toute sa hauteur et fronça les sourcils. Cette rencontre inopinée l'avait froissé dans sa dignité de *gentleman* et d'employé supérieur. « Nous sommes devenus bêtes, nous buvons du vin, nous teignons nos moustaches ! *Parlez pour vous, mon cher* [1], » dit-il enfin presque à haute voix. Et après avoir exhalé ainsi l'indignation qui débordait, il allait continuer sa promenade.

« Qui parlait avec vous ? » dit tout à coup derrière lui une voix forte et assurée.

Astakoff se retourna, et reconnut une de ses hautes connaissances, M. Pomponski. Ce Pomponski, homme de grande et grosse taille, occupait une place très-importante, et, dès sa plus tendre jeunesse, n'avait jamais douté de lui-même.

« C'est une espèce d'original, je le connais à peine, murmura Astakoff en prenant Pomponski sous le bras.

— Mais permettez, Vladimir Sergéïtch, est-il permis à un homme qui se respecte de converser en pleine rue avec un homme coiffé d'un bonnet ? C'est indécent, et vous m'en voyez tout interdit. Où avez-vous pu faire la connaissance d'un pareil sujet ?

— A la campagne.

— A la campagne ! En ville on ne salue pas ses voisins de campagne. *Ce n'est pas comme il faut.* Un *gentleman*, combien de fois vous l'ai-je dit ? doit toujours se comporter en *gentleman*, s'il ne veut que...

— Voici ma femme, s'empressa de dire Astakoff en l'interrompant. Allons la retrouver. »

Et les deux *gentlemen* se dirigèrent vers une petite

---

[1] En français.

voiture basse, fort élégante, à la portière de laquelle se montrait le visage pâle et plein de hautaine irritabilité d'une femme encore jeune, mais déjà vieillie. Derrière elle se voyait une autre dame, dont le visage aussi paraissait constamment fâché. Astakoff ouvrit la portière, offrit le bras à sa femme, Pomponski présenta le sien à la belle-mère, et les deux couples mesurèrent la Perspective, suivis d'un chétif petit laquais porteur d'une livrée à l'anglaise, de longues guêtres et d'un chapeau orné d'une énorme cocarde.

LE

PAIN D'AUTRUI

PERSONNAGES.

PAVEL NICOLAITCH YÉLETSKI, employé dans un ministère
   à Saint-Pétersbourg, 32 ans.

OLGA PÉTROVNA, sa femme, 21 ans.

VASSILI SÉMÉNITCH KOUSOFKINE, gentilhomme pauvre,
   leur commensal, plus de 50 ans.

FLÉGONTE ALEXANDRITCH TROPATCHOFF, gentilhomme
   du voisinage, 36 ans.

IVAN KOUZMITCH IVANOFF, ami de Kousofkine, 45 ans.

KARPATCHOFF, autre voisin, 40 ans.

TREMBINZKI, maître d'hôtel.

YÉGOR KARTACHOFF, intendant.

PRASKOVIA, femme de charge.

MACHA, femme de chambre.

ANPADISTE, tailleur, 70 ans.

PIÒTR, domestique.

VASCA, groom.

La scène se passe à la campagne, dans la propriété
de Mme Yéletski.

LE
PAIN D'AUTRUI.

ACTE PREMIER.

Le théâtre représente une salle à manger dans la maison de campagne d'un riche gentilhomme. A droite, deux fenêtres et une porte vitrée donnant sur le jardin ; à gauche, la porte du salon ; au fond, celle de l'antichambre. Entre les fenêtres, une table à rallonges portant un damier. A gauche, sur le devant, une autre table et deux fauteuils. Entre la porte du salon et celle de l'antichambre, l'entrée ouverte d'un corridor. On entend derrière les coulisses la voix de Trembinzki.

SCÈNE PREMIÈRE.

TREMBINZKI, *au dehors.* Encore du désordre ; je trouve du désordre partout ici, c'est impardonnable ! (*Il entre avec Piótr et Vasca.*) J'ai l'ordre formel de la maîtresse ; tout le monde ici doit m'obéir. (*A Piótr.*) Me comprends-tu ?

PIÓTR. Je vous écoute [1].

TREMBINZKI. La maîtresse daigne arriver aujourd'hui avec son époux. Elle m'a fait prendre les devants. Et qu'est-

---

[1]. Expression consacrée, qui veut dire en même temps : « Je vous obéis. »

ce que nous faisons ici ? Rien. (*A Vasca*.) Que fais-tu là,
toi? tu aimes à flâner, toi (*le prenant par l'oreille*), à
manger ton pain sans le gagner. Vous aimez à faire ça,
vous autres domestiques; nous vous connaissons. Va-
t'en, retourne à ton poste. (*Vasca se sauve, Trembinzki
se jettedans un fauteuil.*) Je suis sur les dents, devant
Dieu! (*Il se relève.*) Et le tailleur, pourquoi ne me pré-
sente-t-on pas le tailleur ?

PIÓTR, *regardant dans l'antichambre.* Le tailleur est là.

TREMBINZKI. Eh bien, pourquoi n'entre-t-il pas? qu'at-
tend-il? Viens ici, frère. Comment t'appelle-t-on, toi,
là-bas?

SCÈNE II.

LES MÊMES, ANPADISTE.

(*Anpadiste resteprès de la porte, les mains derrière le dos.*)

TREMBINZKI, *à Piótr.* C'est ça le tailleur ?

PIÓTR. C'est bien lui.

TREMBINZKI, *à Anpadiste.* Mais quel âge as-tu, frère?

ANPADISTE. J'arrive, mon petit père, à mes petits soixante-dix ans.

TREMBINZKI, *à Piótr.* Et vous n'avez pas d'autre tailleur ?

PIÓTR. Pas d'autre. Il y en avait bien un autre, mais
on l'a renvoyé, il bégayait.

TREMBINZKI, *en levant les mains au ciel.* Oh! quel désordre! (*A Anpadiste.*) Eh bien, vieux, as-tu fait ce que
je t'avais commandé ?

ANPADISTE. Oui, mon petit père.

TREMBINZKI. Tu as cousu les collets aux livrées ?

ANPADISTE. Je les ai cousus, père. Seulement le drap
jaune a manqué.

TREMBINZKI. Alors qu'as-tu fait ?

ANPADISTE. Oh ! père, on m'a donné, de la friperie, un petit jupon jaune.

TREMBINZKI. Tais-toi , tais-toi. Qu'y faire? On ne peut plus envoyer chercher du drap à la ville. Va-t'en. Seulement, écoute bien : j'exige de la promptitude, de la prestesse; sinon.... va-t'en. (*Anpadiste sort. Trembinzki s'assied de nouveau, puis se relève.*) A propos, ratisse-t-on les allées dans le parc?

PIÔTR. Certainement on les ratisse. On a fait venir du village tous les paysans qui ne sont pas de corvée aux champs.

TREMBINZKI, *s'avançant sur Piôtr.* Mais qui es-tu, toi ?

PIÔTR. Plaît-il ?

TREMBINZKI, *plus près.* Qui es-tu, je te le demande, qui es-tu ?

PIÔTR, *étonné.* Moi ?

TREMBINZKI, *lui parlant sur le nez.* Oui, toi, toi. (*Piôtr garde le silence.*) Mais parle donc, qui es-tu ?

PIÔTR. Je suis Piôtr.

TREMBINZKI. Pas du tout ; tu es un laquais. La maison, c'est ton affaire, et aussi de nettoyer les lampes ; mais le jardin ne te regarde pas. Qu'on ait fait venir des paysans ou d'autres, je ne te l'avais pas demandé, c'est l'affaire de l'intendant. Toi , tu aurais dû aller le chercher, et sans rien dire.

PIÔTR, *tournant la tête.* Mais le voici qui vient.

SCÈNE III.

LES MÊMES, YÉGOR.

TREMBINZKI. Ah ! Yégor Alexéïtch, vous arrivez fort à propos. Dites-moi, avez-vous pris vos mesures pour le jardin ?

YÉGOR. Elles sont prises, ne vous inquiétez pas. (*Lui offrant sa tabatière.*) En usez-vous?

TREMBINZKI, *après avoir pris du tabac.* Vous ne sauriez croire, Yégor Alexéïtch, dans quelle anxiété je me trouve depuis ce matin. Je vous avoue franchement que, dans une si grande propriété, je ne m'attendais pas à trouver un tel désordre. Ce n'est pas pour vous que je le dis, ni pour ce qui touche à vos attributions; c'est pour la maison que je le dis.

YÉGOR. Ah! vraiment?

TREMBINZKI. Imaginez-vous.... je demande, par exemple : « Y a-t-il des musiciens? » Vous comprenez, il en faut pour recevoir les maîtres.... « Il y en a, me dit-on.—Eh bien, dis-je, qu'on me les amène.... » Que croyez-vous? Tous les musiciens ont des métiers. L'un est jardinier, l'autre fait des bottes; la contre-basse mène les bœufs. A quoi cela ressemble-t-il? Et les instruments sont dans le plus piteux état. C'est à grand'peine que j'y ai mis un peu d'ordre. (*Il prend du tabac.*)

YÉGOR. Vous avez reçu là une mission très-épineuse.

TREMBINZKI. Oui; j'ose dire que je mange mon pain à la sueur de mon front. Les musiciens sont sur le perron, n'est-ce pas?

YÉGOR. Certainement. Parce qu'il pleuvait un peu, ils s'étaient réfugiés dans l'office, disant que la pluie gâterait les instruments; mais je les ai bien vite renvoyés dehors. La sentinelle placée sur la route n'aurait qu'à manquer d'attention, et les maîtres nous tomberaient sur le dos comme la neige. Quant aux instruments, qu'ils les tiennent sous les pans de leurs habits.

TREMBINZKI. Vous avez parfaitement raison. Ah! je crois que maintenant tout se trouve en ordre.

YÉGOR. Soyez bien tranquille, Narcisse Constantinitch. (*Jetant un regard à Piôtr.*) Qu'as-tu à écouter ce que disent tes supérieurs, toi ? Va-t'en, mon cher. (*Piótr sort par l'antichambre. Macha entre en courant par le corridor.*) Là, là, là, mademoiselle, où courez-vous si vite ?

MACHA. Ah ! Yégor Alexéïtch, laissez-moi; Praskovia Ivanovna nous a toutes mises sur les dents. (*Elle sort. Yégor la suit du regard et cligne de l'œil à Trembinzki.*)

YÉGOR. A propos, quelle heure avez-vous ?

TREMBINZKI, *regardant sa montre.* Dix heures trois quarts. Nous devons attendre les seigneurs à chaque instant. (*Kousofkine paraît sur la porte de l'antichambre, s'arrête et fait des signes à quelqu'un derrière lui.*)

YÉGOR. Il faut que j'aille au comptoir; je suis sûr que le starosta ne s'est pas peigné la barbe, et pourtant il voudra aussi donner aux maîtres le baiser d'arrivée.

SCÈNE IV.

(*En s'en allant, Yégor heurte Kousofkine qui lui dit :*)
Bien le bonjour, Yégor Alexéïtch.

YÉGOR. Ah bah ! Vassili Séménitch, j'ai bien autre chose à faire qu'à donner des bonjours. (*Il s'éloigne. Kousofkine s'approche d'une fenêtre, lentement et sur la pointe du pied. Trembinzki tourne la tête et l'aperçoit.*)

TREMBINZKI. Ah ! celui-là.... (*Kousofkine salue Trembinzki, qui lui rend un petit signe de tête.*) Vous voilà; vous venez aussi recevoir nos jeunes seigneurs ?

KOUSOFKINE. Certainement; mon devoir....

TREMBINZKI. Vous êtes contents qu'ils arrivent ?... Vous êtes habillé ?

KOUSOFKINE. Oui, c'est-à-dire....

TREMBINZKI, *l'interrompant.* C'est bien, c'est bien, asseyez-vous dans ce coin-là. (*Kousofkine salue.*) Ah ! mon

Dieu! j'oubliais.... Piôtr, Pétrouska.... Comment, personne dans l'antichambre!

IVANOFF, *se montrant à la porte de l'antichambre.* Que désirez-vous?

TREMBINZKI, *étonné.* Mais.... permettez.... Qui êtes-vous?

IVANOFF, *sans s'avancer.* Ivanoff, Ivan Kouzmitch, l'ami de monsieur (*désignant Kousofkine*).

KOUSOFKINE, *à Trembinzki.* Un voisin, près d'ici.... Il est venu me rendre visite.

TREMBINZKI. Eh! messieurs, ce n'est ni le temps ni l'endroit de se faire des visites. (*Ivanoff se retire, Piôtr entre.*) Pourquoi m'as-tu quitté? Suis-moi, je veux voir comment tu as arrangé le salon. Je suis sûr qu'il est tout autrement que je ne t'ai ordonné. On n'a qu'à se fier à vous autres! (*Ils sortent tous deux.*)

SCÈNE V.

KOUSOFKINE, *d'abord seul, après un moment de silence.* Vania[1], Vania!

IVANOFF, *de l'antichambre.* Eh bien! quoi?

KOUSOFKINE. Entre, Vania, entre sans crainte.

IVANOFF, *entrant.* Il vaut mieux que je m'en aille.

KOUSOFKINE. Non, reste. Quel mal y a-t-il à cela? Tu es venu me voir. Viens ici, mets-toi là, c'est mon coin.

IVANOFF. Allons plutôt dans ta chambre.

KOUSOFKINE. Nous ne pouvons y aller maintenant. C'est là qu'on range tout le linge. On y a aussi porté les édredons. Nous serons bien ici.

IVANOFF. Non, j'aime mieux retourner à la maison.

---

1. Diminutif caressant d'Ivan.

KOUSOFKINE. Reste, Vania, reste. Assieds-toi là. *(S'asseyant.)* Tu vois bien qu'on peut s'y asseoir. Les nôtres vont arriver ; tu les regarderas.

IVANOFF. Qu'y a-t-il à regarder ?

KOUSOFKINE. Comment, qu'y a-t-il ? Olga Pétrovna s'est mariée à Saint-Pétersbourg. N'es-tu pas curieux de voir son petit mari ? Et puis, elle aussi, il y a longtemps que nous ne l'avons vue, il y a plus de six ans. Assieds-toi.

IVANOFF. Non, en vérité, Vassili Séménitch.

KOUSOFKINE. Assieds-toi donc, je t'en prie. Ne fais pas attention si le nouveau maître d'hôtel crie et tempête ; c'est pour cela qu'il a des gages.

IVANOFF, *s'asseyant.* Olga Pétrovna a sans doute épousé un richard ?

KOUSOFKINE. Je ne saurais te le dire, Vania ; mais il paraît que c'est un employé de haut grade. Olga Pétrovna ne pouvait pas en prendre un autre. Et puis, elle ne pouvait pas non plus vivre toujours avec sa tante.

IVANOFF. Mais, Vassili Séménitch, si le nouveau maître allait prendre envie de nous chasser ?

KOUSOFKINE. Pourquoi nous chasser ?

IVANOFF. C'est pour toi que je parle.

KOUSOFKINE, *avec un soupir.* Je le sais, Vania, je le sais. Toi, frère, quoi qu'on en puisse dire, tu es enfin un propriétaire. Quant à moi, mes habits mêmes ne sont jamais coupés dans une pièce de drap. Ils viennent toujours d'une autre épaule sur la mienne.... Oh non ! le nouveau maître ne me chassera pas ; le défunt luimême ne m'a pas chassé. Et cependant, était-il méchant, hein !

IVANOFF. Mais, Vassili Séménitch, tu ne connais pas ces gaillards de Saint-Pétersbourg ?

KOUSOFKINE. Eh quoi ! Ivan Kouzmitch, seraient-ils donc si...?

IVANOFF. Ils sont terribles. Je ne les connais pas non plus, moi; mais je l'ai ouï dire à des gens sûrs.

KOUSOFKINE, *après un silence*. Nous verrons.... je me fie à Olga Pétrovna; elle ne me livrera pas, elle.

IVANOFF. Elle ne te livrera pas.... mais elle t'a complétement oublié. C'était une enfant quand elle est partie d'ici après la mort de sa mère, avec sa tante; elle n'avait pas quatorze ans. Tu as joué aux poupées avec elle.... la belle affaire! Elle ne daignera pas seulement te regarder.

KOUSOFKINE. Oh! ne dis pas cela, Vania.

IVANOFF. Tu verras, tu verras....

KOUSOFKINE. Tais-toi, je t'en prie; jouons plutôt aux dames; veux-tu? (*Ivanoff se tait.*) Allons, frère, une petite partie. (*Il prend le damier et range les dames.*)

IVANOFF, *les rangeant de son côté*. Tu as trouvé là le bon moment.... le maître d'hôtel nous permettra de jouer, hein! tu n'as qu'à t'y attendre.

KOUSOFKINE. Faisons-nous du tort à quelqu'un?

IVANOFF. Mais les seigneurs vont arriver.

KOUSOFKINE. Eh bien! quand ils arriveront, nous laisserons la partie.... La droite ou la gauche?

IVANOFF. On finira par nous chasser de la maison.... La gauche.... C'est à toi de commencer.

KOUSOFKINE. Voilà comme je commence aujourd'hui, frère.

IVANOFF. Et moi comme cela.

KOUSOFKINE. Et moi je vais ici.

IVANOFF. Et moi je vais là.

SCÈNE VI.

(Un grand bruit s'élève tout à coup dans l'antichambre Le groom Vasca entre en courant et criant.) Ils arrivent, Narcisse Constantinitch, ils arrivent! *(Kousofkine et Ivanoff se lèvent en sursaut.)*

KOUSOFKINE. Ils arrivent?

VASCA, *criant à tue-tête.* La sentinelle a donné le signal, ils arrivent. *(On entend dans le salon la voix de Trembinzki.)* Qu'est-ce que c'est? les seigneurs, les seigneurs! *(Il entre en courant avec Piôtr.)*

TREMBINZKI. Les musiciens! les musiciens à leur poste! *(Il s'élance dans l'antichambre, suivi de Piôtr et de Vasca. Macha entre par le corridor.)*

MACHA. Les seigneurs arrivent?

KOUSOFKINE, *qui s'est blotti dans un coin, cachant Ivanoff derrière lui.* Ils arrivent.

MACHA, *rentrant dans le corridor et criant.* Ils arrivent. *(Praskovia vient du corridor, et Trembinzki de l'antichambre.)*

TREMBINZKI. Les filles! appelez les filles!

PRASKOVIA, *appelant dans le corridor.* Filles! filles!

YÉGOR, *venant par l'antichambre.* Où est le pain et le sel! Narcisse Constantinitch?

TREMBINZKI, *criant à plein gosier.* Piôtr, le pain et le sel. *(Six servantes très-parées entrent par le corridor.)* A l'antichambre, filles, à l'antichambre! *(Les filles et Macha rencontrent Piôtr qui apporte un pain en couronne, et une salière sur un grand plat.)*

PIÔTR. Doucement, écervelées.

TREMBINZKI *lui enlève le plat et le passe à Yégor.* C'est à vous comme intendant.... sur le perron, allez. *(Il le*

*pousse vers la porte avec Piôtr et Praskovia, et les suit en
criant.)* Les autres domestiques, où sont-ils?

LA VOIX DE PIÔTR, *au dehors.* Appelez Anpadiste.

UNE AUTRE VOIX. Le dizenier lui a ôté ses bottes pour
qu'il travaille.

LA VOIX DE TREMBINZKI. Qu'on appelle les cochers.

DES VOIX DE FILLES. Ils arrivent, ils arrivent!

LA VOIX DE TREMBINZKI. Silence maintenant, et silence
de mort! *(Un profond silence s'établit. Kousofkine écoute
avec anxiété. La musique joue l'ancien air :* Le tonnerre
de la victoire retentit. *On entend une voiture s'approcher.
La musique cesse, et laisse entendre des bruits confus de
voix et d'embrassements. Un moment après, entrent Olga
Pétrovna et son mari, qui tient à la main le pain offert.
Derrière eux, Trembinzki, Yégor avec le plat, Praskovia,
et enfin les domestiques, qui s'arrêtent à la porte de l'antichambre.)*

SCÈNE VII.

OLGA, *souriant.* Nous sommes enfin chez nous, Paul[1].
Que j'en suis heureuse! *(Se retournant.)* Merci, mes amis,
merci. Voici votre nouveau maître. Je vous prie de l'aimer.
*(A Yéletski.) Rendez cela, mon ami .(Yéletski rend le pain à
Yégor très-incliné.)*

TREMBINZKI. Ne daignerez-vous pas ordonner quelque
chose?... peut-être du thé?

OLGA. Non, plus tard. *(A Yéletski.)* Je veux te montrer
toute la maison, ton cabinet de travail.... Il y a six ans
que je ne suis venue ici, six ans.

YÉLETSKI. Volontiers.

PRASKOVIA, *prenant d'Olga son chapeau et sa mantille.*
Ah! notre petite mère, notre colombe....

1. Les mots soulignés sont en français dans i'original.

OLGA *lui sourit et regarde autour d'elle.* Elle a bien vieilli, notre maison, et les chambres me paraissent plus petites.

YÉLETSKI. C'est ce qui arrive toujours quand on a quitté un endroit tout enfant.

KOUSOFKINE, *s'approchant timidement.* Olga Pétrovna, permettez....

OLGA, *après un peu d'hésitation.* Ah! Vassili.... Vassili Pétrovitch, je ne vous avais pas reconnu.... Comment allez-vous?

KOUSOFKINE, *lui baisant la main.* .... de vous félicite.....

OLGA, *à Yéletski.* Notre vieil ami, Vassili Pétrovitch.

YÉLETSKI, *saluant.* Très-charmé. (*Ivanoff salue aussi de loin.*)

KOUSOFKINE, *saluant Yéletski.* .... sur votre arrivée.... nous sommes tous si ravis.

YÉLETSKI, *à sa femme, à demi-voix.* Qui est ça?

OLGA, *également à voix basse.* Un pauvre gentilhomme. Il demeure chez nous. (*A haute voix.*) Je veux te montrer toute la maison. C'est ici que je suis née, Paul, que j'ai grandi....

YÉLETSKI. Avec plaisir, allons. (*A Trembinzki.*) Vous, je vous prie, mon valet de chambre est là, avec mes effets.

TREMBINZKI, *empressé.* J'écoute, j'écoute.

OLGA. Viens donc, Paul. (*Ils sortent tous deux par le salon.*)

TREMBINZKI, *à voix basse, à tous les domestiques.* Maintenant, mes chers amis, allez tous à vos postes. Vous, Yégor Alexéïtch, restez dans l'antichambre, le seigneur pourrait vous demander. Doucement, doucement....(*Yégor et les domestiques s'éloignent sur la pointe du pied par l'antichambre; Praskovia et les servantes par le corridor.*)

PRASKOVIA, *en sortant, et très-bas.* Marchez, marchez.... et toi, Machka, qu'as-tu à rire? (*Tous s'éloignent.*)

TREMBINZKI. Vous, messieurs, est-ce que vous restez ici?

KOUSOFKINE. Oui, nous restons.

TREMBINZKI. Allons ; soit. Mais.... je vous prie.... (*faisant des gestes*) .... au nom du ciel.... vous savez.... pas de bruit.... c'est sur nous.... (*Il s'éloigne avec précaution.*)

SCÈNE VIII.

KOUSOFKINE, *avec vivacité*. Hein! que dis-tu d'elle, Vania? Comme elle a grandi, comme elle est devenue belle! Elle ne m'a pas oublié. Tu vois, Vania, que j'avais raison.

IVANOFF. Elle ne t'a pas oublié! Pourquoi donc te nomme-t-elle Vassili Pétrovitch? Est-ce que ton père ne s'appelait pas Sémène?

KOUSOFKINE. Qu'importe? Pétrovitch, Séménitch, n'est-ce pas la même chose? Tu dois le comprendre, tu es un homme d'esprit. Elle m'a présenté à son mari; c'est un bel homme, et il y a sur son visage quelque chose.... ce doit être un homme d'importance.... Qu'en penses-tu, Vania?

IVANOFF. Je n'en sais rien; je vais plutôt m'en aller.

KOUSOFKINE. Que t'arrive-t-il aujourd'hui, Vania? Tu ne te ressembles plus; tu veux toujours t'en aller. Dis-moi plutôt comment tu trouves notre jeune maîtresse.

IVANOFF. Elle est bien, je ne dis pas le contraire.

KOUSOFKINE. Rien que son sourire.... et puis sa voix. C'est un canari, une fauvette. Elle aime son mari, cela se voit sur-le-champ. N'est-ce pas, Vania, que cela se voit?

IVANOFF. Dieu sait ce qui se passe dans l'âme des maîtres, Vassili Séménitch.

KOUSOFKINE. C'est mal, ce que tu fais là, Ivan Kouzmitch. Tu vois qu'un homme est heureux, gai, et tu
l'avises.... Mais les voilà qui reviennent.

SCÈNE IX.

LES MÊMES, OLGA et YÉLETSKI, *venant par le salon.*

OLGA. Elle n'est pas grande, notre maison, comme
tu vois; mais, ainsi que dit le proverbe, on donne ce
qu'on a.

YÉLETSKI. Comment! la maison est très-bien; elle est
distribuée avec intelligence.

OLGA. Allons maintenant au jardin.

YÉLETSKI. Volontiers. J'aurais pourtant voulu dire deux
mots à ton intendant.

OLGA. A *ton intendant?*

YÉLETSKI. A notre intendant.

OLGA. Comme tu voudras. Je vais prendre Vassili Pétrovitch. Allons au jardin, Vassili Pétrovitch; voulez-
vous?

KOUSOFKINE, *ravi.* Oh! certainement.... me voici.

YÉLETSKI. Mets ton chapeau, Olga.

OLGA. Ce n'est pas nécessaire. (*Elle lève son écharpe sur
sa tête.*) Allons.

KOUSOFKINE. Permettez, Olga Pétrovna, que je vous
présente, à cette heureuse occasion.... un voisin....
Ivanoff....

OLGA. Je suis charmée de faire votre connaissance.
Voulez-vous venir à la promenade avec nous? (*Ivanoff
s'incline.*) Donnez-moi le bras, Vassili Pétrovitch.

KOUSOFKINE, *comme abasourdi.* Le bras!... Comment?

OLGA. Comme cela. (*Elle passe son bras sous le sien.*) Vous souvenez-vous, Vassili Pétrovitch.... (*Ils sortent. Ivanoff les suit.*)

SCÈNE X.

YÉLETSKI, *seul, après s'être promené dans la chambre.* Holà! quelqu'un!

PIÒTR, *entrant.* Que daignez vous commander?

YÉLETSKI. Comment te nomme-t-on, mon cher?

PIÒTR. Piôtr.

YÉLETSKI. Eh bien, Piôtr, va chercher l'intendant. C'est Yégor qu'on l'appelle, n'est-ce pas?

PIOTR. Comme vous daignez le dire.

YÉLETSKI. Va le chercher. (*Il s'assied. Piôtr sort. Un instant après, entr Yégor, qui s'arrête près de la porte.*)

SCÈNE XI.

YÉLETSKI, YÉGOR.

YÉLETSKI. Yégor, j'ai l'intention de visiter demain les biens d'Olga Pétrovna.

YÉGOR. J'écoute.

YÉLETSKI. Y a-t-il beaucoup d'âmes ici?

YÉGOR. Dans le village de Timoféievo, trois cent quatre-vingt-quatre âmes du sexe masculin, d'après le recensement. D'âmes effectives, il y en a davantage.

YÉLETSKI. Et combien davantage?

YÉGOR, *après avoir toussé dans sa main.* Une vingtaine d'âmes à peu près.

YÉLETSKI. Hum!... je demande qu'on s'en informe avec exactitude, et qu'on me présente le chiffre. Y a-t-il des terres morcelées?

YÉGOR. Non, un seul tenant.

YÉLETSKI, *après l'avoir regardé sans comprendre.*
Hum!... Y a-t-il beaucoup de terres à culture ?

YÉGOR. Suffisamment. Deux cent soixante-quinze déciatines[1], dans chaque sole.

YÉLETSKI, *regarde encore.* Et combien de terres en
friches ?

YÉGOR, *avec hésitation.* Comment dire à Votre Seigneurie ?... sous les broussailles, il y a aussi des ravins,
et puis sous les dépendances de l'habitation.... mais on
fauche tout cela.

YÉLETSKI, *avec sévérité.* Je demande le nombre précis.

YÉGOR. Mais qui peut le savoir ? C'est du terrain non
mesuré.... à moins qu'il ne soit désigné sur un plan. Il
peut bien avoir une cinquantaine de déciatines.

YÉLETSKI, *à voix basse.* Tout cela, c'est du désordre.
(*Haut.*) Y a-t-il des bois ?

YÉGOR. Vingt-huit déciatines et demie.

YÉLETSKI. Ainsi donc, cela fait en tout à peu près cinq
cents déciatines ?

YÉGOR. Cinq cents ! Il y en a plus de mille.

YÉLETSKI. Comment donc ! Toi-même.... Oui, c'est ce
que je voulais dire.... Tu me comprends, n'est-ce pas ?

YÉGOR. J'écoute.

YÉLETSKI, *avec gravité.* Et les paysans d'ici, ont-ils
une bonne conduite ? de la docilité ?

YÉGOR. Le peuple est bon ; il aime que le seigneur se
fasse craindre.

YÉLETSKI. Hum!... ils ne sont pas ruinés ?

YÉGOR. Comment serait-ce possible ? pas le moins du
monde. Ils sont très-contents de Votre Grâce.

YÉLETSKI. Je verrai moi-même tout cela demain ; tu

---

1. La déciatine vaut un peu plus de deux hectares.

peux t'en aller. A propos, qu'est-ce que c'est que ce monsieur qui vit céans ?

YÉGOR. Kousofkine, Vassili Séménitch, un gentilhomme. Il vit de notre pain. Il est ici depuis le temps
du vieux maître, qui le tenait auprès de lui.... en quelque sorte pour s'en divertir.

YÉLETSKI. Y a-t-il longtemps qu'il est établi dans la
maison ?

YÉGOR. Oui, longtemps. Il y a plus de vingt ans que
le vieux maître est mort, et c'était de son vivant qu'il est
venu dans la maison.

YÉLETSKI. C'est bien. Vous avez un comptoir, n'est-ce
pas ?

YÉGOR. Comment ferions-nous sans comptoir ?

YÉLETSKI. Je verrai tout cela demain. Va-t'en. (*Yégor
s'éloigne*).

SCÈNE XII.

YÉLETSKI. Cet intendant me semble une bête. Nous
verrons. (*Il se lève et se promène.*) Me voilà à la campagne, à la campagne chez moi. C'est un peu étrange, mais
ce n'est pas mal. (*On entend dans l'antichambre la voix
de Tropatchoff qui dit :* Il est arrivé? aujourd'hui ?)

PIÓTR *entrant*. Tropatchoff, Flégonte Alexandritch,
vient d'arriver et désire vous voir. Que daignez-vous ordonner?

YÉLETSKI. Ce nom ne m'est pas inconnu. Prie-le
d'entrer. (*Piótr sort. Entre Tropatchoff*).

SCÈNE XIII.

TROPATCHOFF. Bonjour, Pavel Nicolaïtch, bonjour.
(*Yéletski salue avec embarras.*) Vous semblez ne pas me

reconnaître. Ne vous souvenez-vous plus, à Saint-Pétersbourg, chez le comte Kounzoff....

YÉLETSKI. Ah! certainement. Soyez le bienvenu. (*Il lui
serre la main.*)

TROPATCHOFF. Je suis votre plus proche voisin, je demeure à deux verstes d'ici. Quand je vais à la ville, il faut
que je passe tout auprès de votre maison. Je savais que
vous étiez attendu. « Voyons, me suis-je dit, s'il serait arrivé! » Mais si je viens mal à propos, dites-le-moi de
grâce. *Entre gens comme il faut*, vous comprenez, pas
de cérémonies.

YÉLETSKI. Au contraire, et j'espère bien que vous res-
terez à dîner avec nous, bien que je ne sache pas ce que
notre cuisinier de village nous aura préparé.

TROPATCHOFF, *en faisant jouer un gros jonc à pomme
d'or.* Oh! je sais que tout est sur un grand pied chez
vous. J'espère que vous me ferez aussi l'honneur de dîner
un de ces jours chez moi. Vous ne sauriez croire combien je suis ravi de votre arrivée. Il y a dans ce pays si
peu de *gens comme il faut!* Et *Madame*, comment va-
t-elle? je l'ai connue enfant. Oh! je connais très-bien
votre femme. Je vous félicite, Pavel Nicolaïtch, et du
fond de mon âme. Seulement, je crains fort qu'elle ne
m'ait oublié.

YÉLETSKI. Elle sera charmée de vous revoir. Elle est
allée faire un tour au jardin avec ce monsieur qui demeure ici.

TROPATCHOFF. Ah! avec celui-là? c'est, il me semble,
une espèce de niais. Du reste, pas méchant. A propos,
j'ai amené un autre gentilhomme, qui est là, dans l'antichambre. Vous permettez?

YÉLETSKI. Comment, dans l'antichambre!...

TROPATCHOFF. *Ne faites pas attention.* Ce n'est rien
non plus. Il vit aussi chez moi par pauvreté. Je le prends

avec moi. En route, vous savez, on s'ennuie seul. Mais
restez, restez donc. (*S'approchant de l'antichambre.*) Karpatchoff, entre, frère.

SCÈNE XIV.

LES MÊMES, KARPATCHOFF, *entre et salue.*

TROPATCHOFF. Tenez, Pavel Nicolaïtch, je vous présente un gentilhomme.

YÉLETSKI. Je suis charmé.... (*Tropatchoff le prend par
le bras et l'emmène, tandis que Karpatchoff va se mettre
dans un coin.*)

TROPATCHOFF, *à Yéletski.* C'est bien, c'est bien, c'est
tout ce qu'il faut. Êtes-vous pour longtemps des nôtres,
Pavel Nicolaïtch ?

YÉLETSKI. J'ai pris un congé de trois mois.

TROPATCHOFF. C'est peu, fort peu; mais je comprends
qu'on n'ait pu se passer de vous plus longtemps. Il faut
vous reposer. Aimez-vous la chasse?

YÉLETSKI. Je n'ai jamais tenu de fusil. Cependant,
avant de partir, je me suis acheté un chien. Avez-vous
beaucoup de gibier?

TROPATCHOFF. Énormément. Vous deviendrez chasseur, j'en fais mon affaire. (*A Karpatchoff.*) Avons-nous
des coqs de bruyère à Mirlinik ?

KARPATCHOFF, *sans quitter son coin.* Trois compagnies,
et à la Greda, quatre.

TROPATCHOFF. C'est bien.

KARPATCHOFF. Et puis le forestier Fédoul m'a dit hier
qu'à Goreli....

SCÈNE XV

Entrent OLGA, KOUSOFKINE *et* IVANOFF *par la porte vitrée du jardin.* KARPATCHOFF *se tait et salue.*

OLGA. Ah! Paul, que notre jardin est joli.... (*Elle s'arrête en voyant Tropatchoff*).

YÉLETSKI. Permets-moi de te présenter.....

TROPATCHOFF, *l'interrompant.* Pardon, nous sommes de vieilles connaissances. Olga Pétrovna ne me reconnaît pas sans doute; ce n'est pas étonnant, je l'ai connue pas plus haute que cela.... Tropatchoff Flégonte, vous rappelez-vous le voisin Tropatchoff, qui vous rapportait des joujoux de la ville? Vous étiez alors une charmante enfant, et aujourd'hui.... (*Il salue.*)

OLGA. Ah! monsieur Tropatchoff, je vous reconnais maintenant. (*Elle lui tend la main.*) Vous ne pouvez croire combien je suis heureuse depuis que je suis ici.

TROPATCHOFF. Seulement depuis que vous êtes ici?

OLGA. Mon enfance m'est si bien revenue à la mémoire! Paul, je veux te montrer dans le jardin un acacia que j'ai planté moi-même. Il est plus grand que moi maintenant.

YÉLETSKI, *à Olga, en désignant Karpatchoff.* Monsieur Karpatchoff, un voisin. (*Karpatchoff salue de son coin, où sont déjà venus le rejoindre Kousofkine et Ivanoff.*)

TROPATCHOFF, *à Olga.* Ne faites pas attention. Enfin vous voilà chez vous, à la campagne, en propriétaire. Comme le temps passe!

OLGA. Vous dînez avec nous?

YÉLETSKI. J'ai déjà invité Flégonte Alexandritch. Je crains seulement que le dîner....

TROPATCHOFF. Voulez-vous bien finir?

OLGA, *prenant à part Yéletski*. Ce monsieur est venu mal à propos.

YÉLETSKI. Oui, mais il me semble assez bien.

TROPATCHOFF *s'est approché en dandinant de Kousofkine.* Ah! vous voilà! Comment allez-vous?

KOUSOFKINE. Bien, grâce à Dieu.

TROPATCHOFF, *montrant Karpatchoff du coude.* Vous connaissez cet être-là?

KOUSOFKINE. Oui, nous nous connaissons.

TROPATCHOFF, *à Ivanoff.* Hé, hé, vous aussi?

IVANOFF. Moi aussi.

OLGA. Monsieur Tropatchoff....

TROPATCHOFF. Madame!

OLGA. Vous me permettrez d'entrer chez moi. Nous venons d'arriver....

TROPATCHOFF. De grâce, Olga Pétrovna, et vous, Pavel Nicolaïtch, faites comme chez vous. Pendant ce temps, je bavarderai avec ces intéressants personnages.

OLGA. Et puis, quoique nous soyons d'anciennes connaissances, cette robe de voyage me fait un peu honte.

TROPATCHOFF. Je n'aurais pas, certes, accepté une pareille excuse, si je ne savais que pour les dames.... la toilette... c'est toujours très agréable....

OLGA. Vous êtes méchant. Je vous laisse, messieurs; au revoir. (*Elle passe au salon.*)

TROPATCHOFF. Savez-vous ce que je vais vous dire, Pavel Nicolaïtch, moi qui ne mens jamais? que vous êtes le plus fortuné mortel.... Mais je vous retiens peut-être.

YÉLETSKI. Au contraire. Savez-vous à mon tour ce que je vais vous proposer? quelque chose qui, en votre qualité d'agronome, ne doit pas vous être désagréable.

TROPATCHOFF. Disposez de moi, Pavel Nicolaïtch, disposez de Flégonte Tropatchoff.

YÉLETSKI. C'est d'aller ensemble, avant de déjeuner,

voir les meules de blé. Vous pourriez me donner de bons
conseils. Elles sont à deux pas.

TROPATCHOFF. *Enchanté, enchanté.*

YÉLETSKI. Eh bien, prenez votre chapeau. Quelqu'un !
(*Entre Piôtr.*) Qu'on nous prépare à déjeuner.

TROPATCHOFF. Karpatchoff viendra avec nous, si vous
le permettez. Il se tiendra derrière.

YÉLETSKI. Très-bien. (*Ils sortent. Karpatchoff et Piôtr
les suivent.*)

SCÈNE XVI.

KOUSOFKINE *et* IVANOFF.

KOUSOFKINE. Voyons, Vania, dis toi-même; n'est-ce
pas que notre Olga est charmante?

IVANOFF. En ai-je dit du mal?

KOUSOFKINE. Comme elle est affable, bienveillante !

IVANOFF. Oui, c'est vrai; elle n'est pas comme lui.

KOUSOFKINE. Eh ! que lui reproches-tu? Réfléchis, Vania; c'est un homme important, habitué à se tenir ainsi.
Il aurait bien voulu se relâcher un peu ; mais comprends
donc, c'est impossible; l'État, le gouvernement l'exige.
As-tu remarqué, frère, quels yeux elle a ?

IVANOFF. Je n'ai rien remarqué, Vassili Séménitch.

KOUSOFKINE. Ah ! tu m'affliges, frère; ce n'est pas bien.

IVANOFF. Peut-être. Mais ce que je remarque, c'est
que voilà le maître d'hôtel.

KOUSOFKINE, *baissant la voix.* Eh bien, nous ne faisons
pas de mal.

SCÈNE XVII.

Entrent TREMBINZKI *et* PIÓTR , *qui porte un déjeuner sur un plateau.* TREMBINZKI *avance la table à rallonges sur le milieu de la scène.*

TREMBINZKI. Pose cela ici, et ne casse rien, imbécile. (*Piótr pose le plateau et prend la nappe; Trembinzki la lui arrache.*) Donne, je la mettrai moi-même. Va chercher du vin. (*Piótr sort; Trembinzki met le couvert, après avoir regardé Kousofkine.*) Il faut avouer qu'il y a des gens qui naissent coiffés. Un pauvre diable comme nous se cogne la tête comme un poisson contre la glace pour un morceau de pain. Et à ceux-là, tout leur tombe dans la bouche. Où est à présent, je vous le demande, la justice en ce monde?

KOUSOFKINE *époussette doucement l'épaule de Trembinzki.* Vous vous êtes sali contre la muraille.

TREMPINZKI. Voulez-vous bien me laisser tranquille? (*Entre Piótr avec des bouteilles et un vase à rafraîchir qu'il pose sur l'autre table.*) Allons, dépêche, et ôte-moi ce damier. Voyez un peu quel moment ont choisi pour jouer ces messieurs! Et quel jeu est-ce là? est-ce un jeu de gentilshommes?

IVANOFF, *bas à Kousofkine.* Adieu, frère.

KOUSOFKINE. Où vas-tu?

IVANOFF. A la maison.

KOUSOFKINE. Reste, reste.

YÉGOR, *passant la tête hors de l'antichambre.* Narcisse Constantinitch!

TREMBINZKI. Quoi?

YÉGOR. Où est allé le seigneur?

TREMBINZKI. Voir les meules de blé. Vous n'êtes pas avec lui?

YÉGOR. Voir les meules.... Grand Dieu! s'il s'aperçoit.... (*Il veut sortir, mais se range pour laisser passer Yéletski, qui rentre accompagné de Tropatchoff et suivi de Karpatchoff.*)

SCÈNE XVIII.

YÉLETSKI, TROPATCHOFF, KARPATCHOFF, KOUSOFKINE, IVANOFF, TREMBINZKI, YÉGOR ET PIÔTR.

YÉLETSKI, *à Tropatchoff.* Ainsi vous êtes content?

TROPATCHOFF. Très-bien, tout est très-bien. Ah! Yégor, bonjour. (*Il lui frappe sur l'épaule.*) Vous avez là un homme d'or, Pavel Nicolaïtch; vous pouvez vous fier entièrement à lui. (*Yégor salue et sort.*) Voilà le déjeuner! Mais c'est un dîner complet. *Comme c'est bien servi!* Holà! des doubles bécassines! Tout comme chez Saint-Georges[1]! Quel fripon que ce Saint-Georges! J'ai mangé bien des centaines de roubles chez lui. Aussi l'on m'y sert comme l'empereur en personne.

YÉLETSKI. Des chaises! (*Yéletzki et Tropatchoff s'assoient.*)

TROPATCHOFF, *à Karpatchoff.* Assieds-toi aussi, Karpatché[2]. C'est ainsi que je l'appelle en français, *vous permettez?*

YÉLETSKI. Sans doute. (*A Kousofkine et Ivanoff.*) Et vous aussi, messieurs.

KOUSOFKINE. Nous vous remercions humblement, mais nous préférons rester debout; nous y sommes habitués.

---

1. Ancien restaurateur à Saint-Pétersbourg.
2. Diminutif méprisant du nom de famille.

YÉLETSKI. Je vous en prie. *(Ils s'assoient tous deux à la table.)* A présent, prenons ce que Dieu nous envoie[1].

TROPATCHOFF, *mangeant.* Parfait, parfait. Vous avez un excellent cuisinier. *(Se versant à boire.)* A votre santé ! Karpatché, tu ne bois pas à la santé de Pavel Niko-laïtch ?

KARPATCHOFF, *se levant en sursaut.* De longues années à notre digne hôte *(il avale son verre d'un trait)*, et toutes sortes de prospérités !

YÉLETSKI. Je vous remercie.

TROPATCHOFF, *désignant Yéletski à Karpatchoff.* Voilà l'homme qu'il nous faudrait pour maréchal[2].

KARPATCHOFF. Je crois bien, diable !

TROPATCHOFF. Tais-toi. En effet, Pavel Nicolaïtch, si ce n'était le service de l'État qui vous réclame.... Quel excellent fromage !... c'est vous qui seriez notre maréchal. Oui, oui.... *(Se tournant vers Kousofkine et Ivanoff.)* Hé ! vous deux là-bas , vous ne buvez pas à la santé de Pavel Nicolaïtch ?

KOUSOFKINE. Je n'ai pas l'habitude....

TROPATCHOFF. Karpatché , verse-leur à pleins bords. Voyons , buvez vite ; vous n'êtes pas faits pour faire des cérémonies.

KOUSOFKINE, *se levant.* A la santé de notre respectable maître de maison, et de son épouse ! *(Il boit et se rassied; Ivanoff l'imite en silence.)*

TROPATCHOFF. Bravo ! *(A Yéletski.)* Attendez , *nous allons rire.* Il est assez drôle, mais il faut le griser. *(A Kousofkine.)* Eh bien, comment menez-vous cette pauvre vie, vous, monsieur, dont je ne sais plus le nom ? Tout doucettement, hein ?

1. Formule pour commencer un repas.
2. Maréchal de la noblesse , élu par les nobles dans chaque gouvernement et dans chaque district.

KOUSOFKINE. Tout doucement, comme vous daignez le dire.

TROPATCHOFF. C'est bien. Et cette fameuse terre de Vétrovo, vous est-elle enfin restituée?

KOUSOFKINE. Il vous plaît de plaisanter.

TROPATCHOFF. Pas le moins du monde. Qui plaisante ici? Je prends à vos affaires le plus vif intérêt.

KOUSOFKINE. Toujours aucune décision.

TROPATCHOFF. Vraiment! Alors prenez patience. (A Yéletski.) Vous ne savez peut-être pas, Pavel Nicolaïtch, que dans la personne de M. Kousofkine, ici présent, vous voyez un propriétaire, un vrai propriétaire, le possesseur.... non, mais l'héritier légitime du village de Vétrovo. Il n'en a pas l'air, mais c'est ainsi. Voyons, combien possédez-vous d'âmes?

KOUSOFKINE. On compte quarante-deux âmes, d'après le huitième recensement, dans le village de Vétrovo; mais je ne l'ai pas tout entier.

TROPATCHOFF, à Yéletski, bas. Ce Vétrovo, c'est son idée fixe. (A Kousofkine.) Combien donc avez-vous d'âmes dans votre part d'héritage?

KOUSOFKINE. Je ne le sais pas au jus. · beaucoup d'âmes sont en fuite.

YÉLETSKI. Pourquoi n'êtes-vous pas en possession de votre bien, s'il est à vous?

KOUSOFKINE. Il y a un procès.

YÉLETSKI. Un procès! Avec qui?

KOUSOFKINE. Il y a d'autres héritiers; et puis des dettes envers la couronne.... et puis des dettes particulières....

YÉLETSKI. Y a-t-il longtemps que ce procès dure?

KOUSOFKINE, s'animant par degrés. Longtemps, bien longtemps. Il a commencé dès le temps du défunt, Dieu veuille qu'il soit au royaume des cieux! Je l'aurais bien gagné, mais je n'ai pas d'argent.... et le temps me manque aussi.... Il faudrait aller à la ville, demander, prier, intercéder... Que voulez-vous ? je ne puis. Il est cher, le papier timbré, et je suis pauvre.

TROPATCHOFF. Karpatché, verse à ce gentilhomme pauvre un verre de vin.

KOUSOFKINE. Je vous remercie humblement.

TROPATCHOFF. Ah ! par exemple ! puisque je bois moi-même à votre santé ! (*Kousofkine se lève, salue et vide son verre.*) Mais de ce train-là, mon brave homme, vous perdrez votre procès.

KOUSOFKINE. Que faire? Voilà plus d'une année que je n'ai pas même pu rassembler mes pièces. Il est vrai que j'ai à la ville un certain petit homme, et que j'ai bien confiance en lui. Mais Dieu seul connaît son cœur.

TROPATCHOFF. Et qui est ce petit homme? peut-on le savoir?

KOUSOFKINE. Il m'a défendu de le nommer.... mais enfin, devant des seigneurs comme vous.... C'est Ivan Artemiitch Litchkoff. Daignez-vous le connaître?

TROPATCHOFF. Non, je ne le connais pas ; qui est-il?

KOUSOFKINE. Comment! mais c'est le procureur du district, c'est-à-dire, il l'était avant son désagrément.... Maintenant il s'occupe de commerce.

TROPATCHOFF. Et ce M. Litchkoff a promis de vous venir en aide ?

KOUSOFKINE. Il me l'a promis. J'ai tenu son second fils au baptême, et c'est alors qu'il me l'a promis. « Attends, Vassili, m'a-t-il dit; je vais t'arranger cela en un tour de main. » Et Ivan Artemiitch est un maître homme en son genre.

TROPATCHOFF. En vérité !

KOUSOFKINE. C'est la première tête de la province.

TROPATCHOFF. Mais puisque vous dites qu'il a perdu

sa place, et qu'il s'occupe de commerce, comment peut-il.... en justice....

KOUSOFKINE. Vous avez raison, ç'a été son malheur; mais il a des mains d'or, et si vous saviez comme on le respecte! Par malheur, il y a longtemps que je ne l'ai vu.

TROPATCHOFF. Depuis quand?

KOUSOFKINE. Il y a bien deux années.

YÉLETSKI. Mais racontez-nous en quoi consiste votre procès.

KOUSOFKINE, *après avoir toussé.* Voici en quoi il consiste, Pavel Nicolaïtch.... Excusez ma hardiesse, mais c'est vous qui l'exigez. Le village de Vétrovo.... j'avoue que je n'ai de ma vie parlé devant un haut personnage, et si mes expressions....

YÉLETSKI. Parlez, parlez sans crainte.

TROPATCHOFF à *Kousofkine.* Encore un petit verre, hein?

KOUSOFKINE. Non, excusez-moi.

TROPATCHOFF. Pour vous donner du courage.

KOUSOFKINE. A la bonne heure. (*Il boit, et s'essuie le front avec son mouchoir.*) Ainsi donc, comme j'ai l'honneur de vous le dire, le village de Vétrovo, ce village en question, est échu, par ligne descendante directe, de mon grand-père Kousofkine Maxime, à deux frères germains, fils dudit Maxime, à savoir : mon géniteur Sémène et mon oncle Nictopolion. Durant sa vie, mon père laissa le bien indivis entre lui et son frère, c'est-à-dire mon oncle; et cet oncle est mort sans enfants, ce que je vous prie de remarquer; et il est mort après le décès de mon père Sémène; et ils avaient encore une sœur Catherine, laquelle Catherine avait épousé Porphyre Yagouchkine, gentilhomme; lequel Porphyre avait d'une première femme, Polonaise, un fils, Élie, ivrogne fieffé et

franc-maçon, auquel Élie, mon oncle Nictopolion, probablement sous l'obsession de sa sœur Catherine, avait
donné une lettre de change de mille sept cents roubles ;
et, d'un autre côté, Catherine elle-même avait fait signer
à mon père une autre lettre de change, et cette fois de
deux mille roubles, par l'entremise du juge de district
Golouchkine, à laquelle transaction la femme dudit juge
Golouchkine avait criminellement participé. Sur ces en-
trefaites, mon père, Dieu veuille qu'il soit au royaume des
cieux ! vient à mourir inopinément. (Il se lève.) Les lettres
de change sont présentées au payement. Nictopolion perd
la tête. Il répond :« Le bien est indivis avec mon neveu. »
Catherine, à son tour, demande la quatorzième part [1]. Des
arriérés d'intérêts dus à la couronne sont réclamés en
même temps. Tout à coup la femme de Golouchkine nous
flanque au nez sa lettre de change. Tous les malheurs ensemble ! Nictopolion s'écrie : « C'est mon neveu qui doit
répondre de tout. » De quoi, je vous le demande, pouvait
répondre un mineur ? Et Golouchkine le traîne en justice.
Le fils de la Polonaise se joint au juge ; il n'épargne pas
même sa belle-mère Catherine. « Je ne veux pas lui pardonner, dit-il ; elle a jeté des charmes sur ma servante
Akoulina. » Bagarre générale ! Requêtes sur requêtes !
Requêtes au tribunal de district ! Requêtes à la cour du
gouvernement ! Retour des requêtes avec l'inscription de
blâme [2] ! Nictopolion meurt ; tout s'écroule.... Je demande
qu'on me mette en possession de mon bien, et voilà qu'un
oukase nous tombe dessus, ordonnant que, pour cause
d'arriéré dans les intérêts échus, le village de Vétrovo soit

---

1. C'est la portion que la loi donne à la fille dans l'héritage du père ;
la femme a la septième part dans l'héritage du mari ; l'une et l'autre pour
les biens reçus par héritage.

2. Cette inscription se met sur les requêtes que le juge rejette comme
non fondées.

vendu aux enchères. L'Allemand Ganginmeister surgit avec ses hypothèques, et cependant les paysans s'enfuient, s'enfuient comme des pigeons. Le maréchal de la noblesse me lit une admonestation sur le seuil du tribunal[1], en me criant à tue-tête : « Je te mettrai sous tutelle, sous tutelle. » Sous tutelle, bon Dieu! quand le légitime héritier n'est pas saisi de son bien! La belle-mère Catherine présente une supplique contre le fils de la Polonaise jusqu'au très-haut sénat dirigeant, à sa propre personne,.... (*Interrompu par un rire général, Kousofkine s'arrête interdit. Le seul Ivanoff, qui l'avait souvent tiré par le pan de son habit, garde son sérieux.*)

YÉLETSKI, *à Kousofkine.* Mais continuez donc, continuez donc; pourquoi vous êtes-vous arrêté?

TROPATCHOFF. Faites-nous la grâce, monsieur dont j'oublie toujours le nom, d'achever votre récit.

KOUSOFKINE. Excusez.... J'ai peut-être dit quelque chose d'impropre?

TROPATCHOFF. Ah! je devine, vous êtes intimidé. Avouez que vous êtes intimidé.

KOUSOFKINE, *d'une voix éteinte.* Sans doute, monsieur,....

TROPATCHOFF. Il est facile de remédier à ce malheur. Garçon, donne du vin. (*A Yéletski.*) Vous permettez?

YÉLETSKI. Certainement! (*A Trembinzki.*) Y a-t-il du champagne?

TREMBINZKI. Comment n'y en aurait-il pas? (*Il apporte le vase à rafraîchir.*)

TROPATCHOFF, *à Kousofkine.* C'est très-mal d'avoir peur, mon cher; ce n'est plus reçu en société. (*A Yéletski, désignant le vase.*) Comment! déjà frappé! Mais c'est magnifique. (*Il verse du vin dans les verres, et une grande ra-*

---

1. Punition humiliante pour un gentilhomme, qui est ordonnée par une cour supérieure.

sade à Kousofkine.) Cela, c'est pour vous, pour soutenir votre éloquence. Allons, ne refusez pas. Eh bien! vous vous êtes un peu embarbouillé, la belle affaire! Ordonnez-lui de boire, Pavel Nicolaïtch.

YÉLETSKI. A la santé du futur propriétaire de Vétrovo! Mais buvez donc, Vassili.... Vassili.... Alexéitch. (*Kousofkine boit.*)

TROPATCHOFF. A merveille! (*Il se lève de table avec Yéletski, et s'approche sur l'avant-scène. Tous les suivent.*) Voyons un peu; avec qui donc avez-vous votre procès?

KOUSOFKINE, *que le vin commence à émouvoir.* Naturellement, avec Ganginmeister.

TROPATCHOFF. Quel est ce monsieur?

KOUSOFKINE. Un Allemand, c'est tout dire. Il achète les lettres de change, et d'autres disent qu'il les prend de force. Je suis de la même opinion. Il aura fait peur aux sottes femmes.

TROPATCHOFF. Et Catherine, et le fils de la Polonaise, Élie?

KOUSOFKINE. Hé! hé! ils sont tous morts, et même le fils de la Polonaise a été brûlé vif dans une auberge, étant ivre, sur le grand chemin, à propos d'un incendie. (*A Ivanoff.*) Veux-tu bien cesser de me tirer par mon habit? Je m'explique comme il faut devant ces seigneurs, je crois. Puisqu'ils l'exigent.... Quel mal y a-t-il à cela?

YÉLETSKI. Laissez-le dire, monsieur Ivanoff: il nous est très-agréable d'écouter votre ami.

KOUSOFKINE, *à Ivanoff.* Tu vois bien. (*Aux autres.*) Qu'est-ce que je demande, messieurs? Je demande la justice, l'ordre légal des choses. Ce n'est pas l'ambition.... l'ambition, que le diable l'emporte! Jugez-nous. Si je suis coupable, eh bien, punissez-moi. Mais si je suis dans mon droit, si je suis dans mon droit....

TROPATCHOFF. Un petit verre encore.

KOUSOFKINE. Non, merci.... Je demande formellement.....

TROPATCHOFF. Dans ce cas, permettez-moi de vous em-
brasser.

KOUSOFKINE, *étonné.* C'est trop d'honneur.... en vérité.

TROPATCHOFF. Non, vous me plaisez beaucoup. (*Il la
tient quelque temps serré dans ses bras.*) Je vous aurais
donné un baiser, mon petit pigeonneau. Mais non, une
autre fois.

KOUSOFKINE. Comme il vous plaira.

TROPATCHOFF, *à Karpatchoff.* A toi, maintenant, Karpatché.

KARPATCHOFF. Permettez-moi, Vassili Séménitch, de
vous serrer contre mon cœur. (*Il l'embrasse et le fait
tourner.*)

KOUSOFKINE, *s'arrachant de ses bras.* Voulez-vous bien
me laisser.

KARPATCHOFF. Allons, ne fais pas le fier. (*A Tropatchoff.*) Ordonnez-lui de chanter une petite chanson. Il
s'y entend fort bien.

TROPATCHOFF. Vous chantez, mon ami? Ah! faites-nous
la grâce de nous montrer votre talent.

KOUSOFKINE, *à Karpatchoff.* Quelle baliverne inventez-
vous sur mon compte? Est-ce que je suis un chanteur?

KARPATCHOFF. Comment! est-ce que vous ne chantiez
pas à table, du temps du défunt?

KOUSOFKINE, *baissant la tête.* Du temps du défunt! J'ai
eu le temps de vieillir depuis.

KARPATCHOFF, *à Tropatchoff.* Il a chanté, il a dansé....

TROPATCHOFF. Vraiment! Vous êtes un gaillard, à ce
que je vois. Faites-nous l'amitié, hein? (*A Yéletski.*) Ce
n'est pas très *comme il faut;* mais à la campagne.... (*A
Kousofkine.*) Allons, commencez. (*Chantant lui-même une
chanson populaire.*) « Dans la rue.... » Eh bien!

KOUSOFKINE. Tenez-moi quitte.

TROPATCHOFF. Quel homme obstiné! Yéletski, ordonnez-lui de chanter.

YÉLETSKI, *avec indécision*. Pourquoi donc ne voulez-
vous pas chanter, Vassili Séménitch?

KOUSOFKINE. Ce n'est plus de mon âge; tenez-moi
quitte.

TREMBINZKI, *s'avançant*. Et pourtant, il n'y a pas longtemps que monsieur a daigné se distinguer à la noce du
frère de monsieur. (*Désignant Ivanoff.*) Il a daigné traverser toute la chambre en faisant le pas de la *Prisatka*.

TROPATCHOFF. Dans ce cas, il vous est impossible de
nous refuser. Pourquoi voulez-vous faire à Pavel Nicolaïtch et à moi une injure mortelle?

KOUSOFKINE. L'autre fois, c'était librement.

TROPATCHOFF. Et cette fois, nous vous prions. Prenez
bien en considération que l'on pourrait découvrir dans
votre refus de l'ingratitude, et l'ingratitude.... Ah! quel
vilain péché?

KOUSOFKINE. Mais je n'ai plus de voix du tout, et, quant
à l'ingratitude, je me tiens pour obligé jusqu'au tombeau
et prêt à me sacrifier.

TROPATCHOFF. Mais nous ne vous demandons aucun sacrifice. Nous vous demandons une chansonnette. Voyons!
(*Kousofkine se tait.*) Voyons donc!

KOUSOFKINE. (*Il commence à chanter :* « Dans la rue.... »
mais à la seconde parole sa voix s'éteint.) Je ne puis pas;
devant Dieu, je ne puis pas.

TROPATCHOFF. Allons, courage.

KOUSOFKINE, *le regardant fixement*. Non, je ne chanterai pas.

TROPATCHOFF. Non?

KOUSOFKINE. Non.

TROPATCHOFF. Alors, savez-vous ce que je vais faire?

Voilà un verre de champagne ; je vais vous le verser dans
le gilet.

KOUSOFKINE. Vous ne ferez pas cela, je ne l'ai pas mé-
rité. Personne encore.... avec moi.... C'est une honte,
monsieur.

YÉLETSKI, *à Tropatchoff*. Finissez, vous voyez qu'il se
fâche.

TROPATCHOFF, *à Kousofkine*. Vous ne voulez pas chanter ?

KOUSOFKINE. Non.

TROPATCHOFF, *en s'approchant*. Une fois....

KOUSOFKINE, *à Yéletski, d'une voix suppliante*. Ah!
Pavel Nicolaïtch....

TROPATCHOFF. Deux fois....

KOUZOFKINE, *en reculant*. Mon Dieu, monsieur, pourquoi me traitez-vous ainsi? Je n'ai pas l'honneur de vous
connaître.... et puis, je suis gentilhomme, après tout....
Daignez vous en souvenir. Et je ne puis pas chanter,
vous l'avez vu vous-même.

TROPATCHOFF, *toujours s'approchant*. Trois fois....

KOUSOFKINE. Finissez, vous dis-je. Je ne suis pas votre
bouffon.

TROPATCHOFF. Oh! comme si ce rôle vous était nouveau!

KOUSOFKINE. Allez vous chercher un autre bouffon,
monsieur.

YÉLETSKI, *à Tropatchoff*. En effet, laissez-le.

TROPATCHOFF. Mais je vous assure qu'il n'a pas fait
autre chose du temps de votre beau-père; c'était son emploi.

KOUSOFKINE. Non, non, non.... Et puis, je n'ai plus la
tête à moi, je vous assure.

YÉLETSKI. Monsieur, nous nous passerons parfaitement
de votre chanson.

KOUSOFKINE. Pavel Nicolaïtch, ne vous fâchez pas contre moi. Une autre fois, devant Dieu, je le ferai avec plaisir. Pour aujourd'hui, excusez-moi généreusement. Je me suis un peu échauffé, messieurs. Que faire? je suis devenu vieux, voilà le malheur; et puis j'ai perdu l'habitude....

TROPATCHOFF. Au moins, buvez ce verre.

KOUSOFKINE. Oh! pour cela, avec le plus grand plaisir. (*Il prend le verre.*) A la santé de notre respectable visiteur.

TROPATCHOFF. Et la chansonnette, c'est impossible, hein?

KOUSOFKINE, *dont l'ivresse devient plus évidente.* Devant Dieu, je ne puis pas. (*Il rit.*) Oui, oui, il fut un temps où je chantais, je ne chantais pas mal.... Autre temps, autres chants.... Aujourd'hui, que suis-je? Un homme bon à rien (*montrant Ivanoff*).... comme lui. (*Il rit.*) Vous êtes des seigneurs généreux.... Vous excuserez.... le propre à rien. Par exemple, qu'ai-je bu aujourd'hui? deux ou trois petits verres, et déjà (*montrant son front*), brrrt!

TROPATCHOFF, *qui avait donné un ordre à voix basse à Karpatchoff.* Vous ne pensez pas ce que vous dites. (*Karpatchoff s'éloigne avec Piôtr.*) Et votre procès, vous ne l'avez pas achevé.

KOUSOFKINE. C'est vrai, je ne l'ai pas achevé. Mais je suis prêt.... seulement, ayez la bonté de me laisser asseoir. Ce n'est pas moi, ce sont mes pieds qui sont bêtes; ils ne veulent plus me tenir debout.

TROPATCHOFF, *lui donnant une chaise.* Asseyez-vous, mon brave.

KOUSOFKINE, *assis.* Où diable en étais-je resté?... Ah! oui.... Ganginmeister.... Ce Ganginmeister, c'est un Allemand.... Il a servi à l'armée.... dans les fournitures....

il a volé des millions.... et il dit maintenant : « La lettre
de change est à moi. » Mais moi, je suis un gentilhomme....
Qu'est-ce que je voulais dire?.... Ah! oui.... Il me dit :
« Ou paye-moi, ou je te prends ton bien. »

TROPATCHOFF. Vous dormez, camarade; réveillez-vous.

KOUSOFKINE, *de plus en plus ivre.* Qui, moi?... Vous
dites des bêtises.... C'est-à-dire.... ma foi, ça m'est égal,
je l'ai dit.... je ne dors pas.... on dort la nuit.... et il fait
jour. Est-ce qu'il fait nuit?... Je parle de l'Allemand
Gan.... gin.... meister.... Voilà mon véritable ennemi.
On me dit ceci et cela.... Non, je dis, Gan.... gin....
meister.... Voilà. (*En ce moment, Karpatchoff entre, tenant
un bonnet de papier en pain de sucre, et s'approche par
derrière de Kousofkine. Ivanoff veut aller à sa rencontre,
mais Tropatchoff le retient.*) Il m'a nui tout le long de ma
vie, ce Ganginmeister, depuis ma malheureuse enfance....
(*Karpatchoff lui met doucement le bonnet sur la tête.*) Mais
je lui pardonne, je pardonne à tous mes ennemis.... (*Interrompu par un rire général, il se tait, et regarde hébété.*)

IVANOFF, *le saisissant par la main.* Mais, regarde donc,
malheureux, ce qu'on t'a mis sur la tête. On fait de toi
un bouffon, un jouet....

KOUSOFKINE. (*Il porte la main à sa tête, touche le bonnet, se cache le visage, et fond en larmes.*) Pourquoi, pourquoi, pourquoi?...

YÉLETSKI. Voyons, finissez, Vassili Séménitch. N'avez-
vous pas honte de pleurer pour une telle misère?

KOUZOFKINE, *ôtant les mains de ses yeux.* Une misère!...
Oh! non, ce n'est pas une misère. (*Il se relève, et lance
son bonnet par terre.*) Le premier jour de votre arrivée....
voilà comme vous traitez un vieillard.... un vieillard,
Pavel Nicolaïtch! Pourquoi me foulez-vous aux pieds dans
la boue? Que vous ai-je fait? Moi, qui vous attendais, qui

me réjouissais de votre arrivée.... Pourquoi, Pavel Nicolaïtch ?

TROPATCHOFF. Cessez donc de bavarder.

KOUSOFKINE. Je ne vous parle pas, monsieur. On vous
a permis de vous jouer de moi, c'est ce qui vous rend si
fier. Je vous parle, à vous, Pavel Nicolaïtch. Comment!
parce que votre défunt beau-père, pour un méchant morceau de pain et de vieilles bottes qu'il me donnait, se
jouait de moi jusqu'à satiété, voilà ce qui a éveillé votre
émulation. Ces beaux présents, je les ai rendus en larmes amères. C'est ce qu'on a exprimé de moi en m'oppres-
sant. Voudriez-vous faire la même chose? C'est honteux,
Pavel Nicolaïtch, c'est honteux, mon père.... Vous qui
êtes un homme civilisé, un homme de Saint-Pétersbourg !

YÉLETSKI. Ah çà! vous vous oubliez. Rentrez chez
vous, et dormez. Vous êtes ivre, vous ne vous tenez pas
sur vos jambes.

KOUSOFKINE, *d'une voix entrecoupée par la colère.* Je
dormirai à mon heure. Il est possible que je sois ivre;
mais qui m'a fait boire? Au reste, il ne s'agit pas de cela.
Voici ce que je vous prie de remarquer : Vous avez fait
de moi la risée de toute la maison ; vous m'avez roulé
dans la boue le premier jour de votre arrivée.... et si je
voulais, si je disais un seul mot....

IVANOFF, *à voix basse.* Vassili, prends garde, prends
bien garde....

KOUSOFKINE. Laisse-moi.... Oui, monsieur, si je voulais....

YÉLETSKI. Il est complétement ivre, il ne sait ce qu'il
dit.

KOUSOFKINE. Pardon, je suis ivre, mais je sais fort
bien ce que je dis. Voici ce que nous sommes : Vous, un
grand seigneur, un employé de la capitale, un homme
civilisé.... et moi un bouffon, un sot, qui n'a pas le sou

vaillant, un parasite, un mangeur du pain d'autrui, n'est-ce pas? Et savez-vous bien qui je suis? Vous êtes marié.... qui avez-vous épousé?

YÉLETSKI, *voulant emmener Tropatchoff.* Excusez-moi, je vous prie; je ne m'attendais pas à une pareille scène.

TROPATCHOFF. J'avoue que c'est un peu ma faute.

YÉLETSKI, *à Trembinzki.* Emmenez-le. (*Il veut entrer au salon.*)

KOUSOFKINE, *avec autorité.* Attendez, monsieur; vous ne m'avez pas encore dit qui vous avez épousé. (*Olga se montre à la porte du salon, et s'arrête étonnée; son mari lui fait des signes pour qu'elle s'éloigne, mais elle ne les comprend pas.*)

YÉLETSKI, *à Kousofkine.* Sortez, sortez donc.

TREMBINZKI, *prenant Kousofkine par la main.* Venez, monsieur.

KOUSOFKINE, *le repoussant.* Ne me touche pas, maraud. (*A Yéletski.*) Vous êtes d'une noble famille, sans doute? Vous avez épousé Olga Pétrovná Korine; les Korine, c'est aussi une ancienne et noble famille. Eh bien, savez-vous qui est Olga Pétrovna?... C'est ma fille. (*Olga s'enfuit.*)

YÉLETSKI, *comme frappé de la foudre.* Elle!... Vous êtes fou....

KOUSOFKINE, *se frappant la tête dans les mains.* Oui, j'ai perdu la tête.... (*Il s'éloigne en trébuchant, suivi par Ivanoff.*)

YÉLETSKI, *à Tropatchoff.* Il est fou, n'est-ce pas?

TROPATCHOFF. Oh!... Certainement. (*Ils se dirigent vers le salon; Trembinzki et Karpatchoff se regardent dans un muet étonnement. — La toile tombe.*)

ACTE SECOND.

La théâtre représente un salon richement orné à l'antique dans la maison d'Olga. Une porte à droite mène à la salle à manger; une autre, à gauche, au cabinet de toilette d'Olga. Olga est assise sur un sofa; Praskovia se tient debout près d'elle.

SCÈNE PREMIÈRE.

PRASKOVIA. Ainsi, notre mère, quelles femmes de chambre daignez-vous ordonner qu'on place près de votre personne?

OLGA. Celles que tu voudras.

PRASKOVIA. Akoulina, la Louche, est une bonne fille; Marfa aussi, la fille de Martchouk. Voulez-vous ces deux-là?

OLGA. Je veux bien. Mais quel est le nom de cette jeune fille assez jolie, qui portait une robe bleue?

PRASKOVIA. Une robe bleue!... Ah! oui, c'est de Machka que vous daignez parler. Que la volonté de Votre Grâce s'accomplisse! mais je dois vous dire que c'est une insolente, une vraie révoltée, et d'une très-mauvaise conduite.

OLGA. Sa figure m'avait plu; mais si elle se conduit mal....

PRASKOVIA. Mal, très-mal; elle ne mérite pas d'être vue de vos yeux. Ah! notre mère, comme vous avez daigné embellir! Comme vous êtes devenue semblable à votre mère! Notre petite colombe, donnez-moi votre main à baiser.

OLGA. C'est bien, Praskovia; laisse-moi seule.

PRASKOVIA. J'écoute. Je vais donc prévenir Akoulina et Marfa. Vous n'ordonnez rien de plus?

OLGA. Rien. Fais dire à Pavel Nicolaïtch que je désire le voir.

PRASKOVIA. J'écoute. (*Elle sort.*)

SCÈNE II.

OLGA, *seule*. Qu'est-ce que cela signifie, ce que j'ai entendu hier? Je n'ai pu dormir de toute la nuit. Ce vieillard est fou. (*Elle se lève et marche dans la chambre.*) Elle est.... oui, c'est ce mot là.... Il est fou. Paul ne soupçonne rien encore.... le voilà!

SCÈNE III.

OLGA, YÉLETSKI.

YÉLETSKI. Tu m'as demandé, Olga?

OLGA. Oui, je voulais savoir....

YÉLETSKI. Quoi?

OLGA. Pourquoi n'a-t-on pas ratissé les allées près de l'étang comme devant la maison?

YÉLETSKI. Ce n'est que cela? J'ai déjà donné mes ordres.

OLGA. Merci. Dis aussi qu'on achète à la ville des clochettes pour mettre au cou de mes vaches.

YÉLETSKI. Tout sera fait ponctuellement. Tu n'as plus rien à me dire?

OLGA. Est-ce que tu as des affaires?

YÉLETSKI. On m'a remis les comptes de l'intendance.

OLGA. Alors je ne te retiens plus. (*Yéletski s'éloigne ; quand il est près de la porte, elle l'appelle.*) Paul !

YÉLETSKI. Quoi ? (*Il revient*).

OLGA. Dis-moi, je te prie.... je n'ai pas eu le temps de te le demander.... Quelle est cette scène, hier, au déjeuner ?

YÉLETSKI. Oh ! rien, absolument rien. Seulement il est désagréable que cela se soit passé le jour de notre arrivée. Du reste, c'est un peu ma faute. On a eu l'idée de griser ce vieillard, tu sais, Kousofkine. Cette belle idée est venue à notre voisin, ce monsieur Tropatchoff. En effet, au commencement, il était assez drôle ; il a bavardé, il nous a raconté son procès ; mais ensuite, il s'est mis à faire du tapage, à dire mille folies.... Mais encore une fois, ça n'est rien ; ça ne vaut pas la peine qu'on en parle.

OLGA. C'est qu'il m'avait semblé....

YÉLETSKI. Oh ! non. Seulement il faudra être mieux sur ses gardes à l'avenir. J'ai déjà pris mes mesures.

OLGA. Lesquelles ?

YÉLETSKI. Oui.... Ce n'est rien, vois-tu ; mais il y avait des témoins. C'est inconvenant dans une maison honnête. J'ai expliqué à ce vieillard qu'il lui serait désagréable à lui-même de rester ici après une pareille scène, comme tu dis toi-même. Il en est convenu sur-le-champ, quand l'ivresse a été passée. Certainement, c'est un homme pauvre, qui n'a pas de quoi vivre.... On pourra lui donner une chambre dans quelqu'un de tes villages éloignés, lui fixer des gages, lui fournir des provisions. Il sera parfaitement satisfait.

OLGA. Paul, il me semble que tu le punis trop durement pour une si petite faute. Il y a si longtemps qu'il est dans la maison ! Il y est habitué.... Il m'a connue dès l'enfance.... Je crois vraiment qu'on pourrait le laisser ici.

YÉLETSKI. Non, Olga, il y a des raisons.... graves. Je te prie de ne pas entraver mes résolutions Il y a, je le répète, des raisons graves. Au reste, je crois qu'il a déjà fait ses paquets.

OLGA. Mais il ne partira pas sans me voir.

YÉLETSKI. Je crois qu'il viendra te faire ses adieux. Si pourtant cela ne t'est pas agréable, tu peux fort bien ne pas le recevoir.

OLGA. Non, au contraire, je désire lui parler.

YÉLETSKI. Comme il te plaira. Mais je ne te le conseillerais point. Un vieillard.... qui t'a connue enfant.... tu prendras compassion de lui.... et moi, je ne veux pas revenir sur ma résolution.

OLGA. Ne crains rien Mais je serais fâchée qu'il partît sans me dire adieu. Fais demander, je te prie, s'il est encore ici.

YÉLETSKI. A l'instant. (*Il sonne.*) Vous êtes jolie comme un ange, aujourd'hui.

PIÓTR, *entrant.* Que daignez-vous ordonner?

YÉLETSKI. Va savoir si M. Kousofkine est encore à la maison. En ce cas, qu'il vienne prendre congé de madame. (*Piótr sort*).

OLGA. Paul, j'ai une prière à t'adresser.

YÉLETSKI. Qu'est-ce?

OLGA. Quand viendra ce Kousofkine, laisse-moi seule avec lui.

YÉLETSKI. Vraiment.... Mais il me semble.... au contraire.... que tu seras plus embarrassée.

OLGA. Non, je t'en prie. Il faut, il faut que je lui parle en tête-à-tête.

YÉLETSKI. Mais.... est-ce que.... hier.... tu aurais entendu?

OLGA. Quoi ?

YÉLETSKI. C'est bien, c'est bien; fais comme tu voudras. Le voici qui vient.

SCÈNE IV.

LES MÊMES, KOUSOFKINE.

OLGA. Bonjour, Vassili Pétrovitch. (*Kousofkine salue en silence.*) Bonjour. (*A Yéletski.*) *Eh bien! mon ami, je vous en prie.*

YÉLETSKI. *Oui, oui.* (*A Kousofkine.*) Vous avez fini tous vos paquets ?

KOUSOFKINE, *d'une voix sourde.* Tous mes paquets.

YÉLETSKI. Olga Pétrovna désire vous parler, vous dire adieu. Si vous avez besoin de quelque chose, vous pouvez le lui demander. (*A Olga.*) *Au revoir.* Tu ne resteras pas longtemps avec lui.

OLGA. Je ne sais. (*Yéletski sort*).

SCÈNE V.

OLGA, KOUSOFKINE.

OLGA, *s'asseyant sur un sofa et montrant une chaise à Kousofkine.* Prenez place, Vassili Pétrovitch. (*Kousofkine salue et reste debout*). Asseyez-vous, je vous prie. (*Kousofkine s'assied.*) J'ai ouï dire que vous nous quittez ?

KOUSOFKINE, *sans lever les yeux.* C'est la vérité.

OLGA. Cela m'est très-pénible, croyez-le bien.

KOUSOFKINE. Ne vous inquiétez pas. Je suis reconnaissant, quoi qu'il arrive.

OLGA. Dans votre nouvelle habitation, vous serez aussi

bien, et même mieux qu'ici. Soyez tranquille, j'en don-
nerai l'ordre.

KOUSOFKINE. C'est trop de bonté. Je sens bien que je
ne mérite pas tout cela. Un morceau de pain dans un
coin, c'est tout ce que je mérite. (*Il se lève.*) Maintenant,
permettez-moi de prendre congé.... J'ai été coupable, je
le sais; pardonnez-moi. Vous pardonnerez à un vieillard.

OLGA. Pourquoi tant vous presser ? Attendez un peu.

KOUSOFKINE. Comme vous l'ordonnerez. (*Il se rassied.*)

OLGA. Écoutez, Vassili Pétrovitch, répondez franchement. Que vous est-il arrivé hier matin ?

KOUSOFKINE. Je suis coupable, Olga Pétrovna, coupable
de toutes façons.

OLGA. Cependant, comment avez-vous pu...?

KOUSOFKINE. Ne m'interrogez pas, Olga Pétrovna; je
suis coupable. Pavel Nicolaïtch a parfaitement raison. Il
devrait me punir encore plus sévèrement. Je prierai Dieu
pour lui toute ma vie.

OLGA. Je ne trouve pas que votre faute soit si grande.
Vous n'êtes plus jeune, vous avez perdu l'habitude du
vin, la tête vous a un peu tourné.

KOUSOFKINE. Ne prenez pas la peine de m'excuser, Olga
Pétrovna. Je vous remercie humblement, mais je sens ma
faute.

OLGA. N'auriez-vous pas dit.... peut-être.... quelque
chose d'offensant pour mon mari, ou pour ce M. Trepat-
choff ?

KOUSOFKINE. Je suis coupable.

OLGA. Écoutez, Vassili Pétrovitch; vous souvenez-vous
bien de toutes vos paroles ?

KOUSOFKINE, *tressaillant.* Quelles paroles ?

OLGA. Il paraîtrait que vous auriez dit....

KOUSOFKINE, *l'interrompant.* J'en ai menti, Olga Pé-

trovna ; j'en ai menti, c'est sûr. J'ai dit la première bêtise qui m'est venue sur la langue. Je n'avais plus l'esprit
à moi.

OLGA. Cependant.... à quel propos auriez-vous dit...?

KOUSOFKINE. Dieu sait à quel propos. Il y avait si longtemps que je n'avais bu de vin.... J'ai bu, et me voilà
parti. J'ai bavardé, Dieu sait de quoi.... C'est ce qui m'arrive en pareil cas.... Mais ça n'empêche pas que je ne
sois coupable, et justement puni. (*Il se lève.*) Permettez-
moi de prendre congé, Olga Pétrovna, et ne gardez pas
de moi un mauvais souvenir.

OLGA. Je vois que vous ne voulez pas me parler à
cœur ouvert. Vous ne devez pas avoir peur de moi ; je ne
suis pas Pavel Nicolaïtch. Vous pouvez le craindre, lui.
Vous ne le connaissez pas, et puis il a l'air si sévère....
Mais moi, moi que vous avez portée dans vos bras,....

KOUSOFKINE. Vous avez un cœur d'ange, Olga Pétrovna ; épargnez un pauvre vieillard. Ne me rappelez pas
votre jeunesse ; j'ai déjà tant d'amertume dans l'âme,
quand je pense qu'à mon âge, je dois quitter votre maison, et par ma faute.

OLGA. Écoutez, Vassili Pétrovitch ; il reste encore un
moyen de consoler votre douleur. Soyez seulement sincère
avec moi. Voyez-vous.... je veux savoir.... (*Elle se lève brusquement, et s'éloigne un peu.*)

KOUSOFKINE. Ne vous tourmentez point, Olga Pétrovna ;
cela n'en vaut pas la peine. Quand je serai parti, dites
quelquefois, en vous souvenant de moi : « Kousofkine
m'était un homme bien dévoué. »

OLGA. Ah! vous m'êtes dévoué, vous m'aimez, dites-
vous....

KOUSOFKINE. Ordonnez-moi de mourir pour vous.

OLGA. Je ne veux pas votre mort, je veux la vérité.
Écoutez bien, j'ai entendu votre dernière exclamation.

KOUSOFKINE. Quelle exclamation?

OLGA. J'ai entendu le nom que vous m'avez donné. (*Kousofkine se lève et tombe à genoux.*) Est-ce la vérité?

KOUSOFKINE. Pardonnez-moi généreusement. C'était la folie du vin, je vous l'ai déjà dit

OLGA. Non, non, vous me trompez.

KOUSOFKINE. C'était de la folie.

OLGA. Devant Dieu, je vous adjure; au nom de Dieu, dites-moi la vérité.

KOUSOFKINE. Vous voulez tout savoir?

OLGA. Oui, tout.

KOUSOFKINE *baisse la tête et murmure :* C'est la vérité. (*Olga reste immobile; la porte s'ouvre, Yéletski entre.*)

SCÈNE VI.

LES MÊMES, YÉLETSKI.

YÉLETSKI. Est-ce fini?... Mais qu'as-tu?.... (*Apercevant Kousofkine.*) Je vous l'avais bien dit; le voilà qui demande grâce.

OLGA. Paul, laisse-nous seuls.

YÉLETSKI. *Mais, ma chère....*

OLGA. Je te supplie de nous laisser seuls.

YÉLETSKI. Bien.... Seulement j'espère que tu m'expliqueras cette énigme. (*Il sort avec lenteur.*)

SCÈNE VII.

OLGA, KOUSOFKINE.

OLGA *court à la porte de la salle à manger et la ferme à clef.* Levez-vous. (*Il se lève.*) Asseyez-vous là. (*Il s'assied.*

Elle reste debout.) Vassili Pétrovitch, vous comprenez ma situation ?

KOUSOFKINE. Je vois que j'ai tout à fait perdu l'esprit. Laissez-moi partir.... Je serai cause de quelque malheur.

OLGA. Non, c'est fini, vous ne pouvez plus vous rétracter. Vous devez me dire tout, et sur-le-champ. Si vous avez calomnié ma mère, alors sortez, sortez tout de suite, et ne reparaissez plus à mes yeux. (*Elle lui montre la porte. Kousofkine ne bouge pas.*) Vous restez, vous voyez que vous êtes resté.

KOUSOFKINE. O mon Dieu !

OLGA. Je veux tout savoir ; parlez.

KOUSOFKINE. Eh bien , oui , puisqu'un pareil malheur est arrivé , vous saurez tout.... Mais ne me regardez pas ainsi, je ne pourrais rien dire.

OLGA, *s'efforçant de sourire.* Voyons, prenez courage , Vassili Pétrovitch.

KOUSOFKINE, *à voix basse.* C'est Vassili Séménitch qu'on me nomme....

OLGA. Pardon, je me trompais.

KOUSOFKINE. C'est bien, c'est bien.... Ah ! par où commencerai-je ? Olga Pétrovna, je vous jure devant Dieu que jamais je ne m'étais attendu.... Je croyais bien mourir en emportant ce secret. Permettez que je parle d'abord un peu de moi-même.... J'avais alors une vingtaine d'années.... J'étais né dans la misère ; on m'avait pris mon dernier morceau de pain d'une manière bien injuste. Je n'avais pas reçu la moindre éducation. C'est alors que votre défunt père, que son âme soit dans le royaume des cieux ! daigna me prendre en pitié. « Viens, me dit-il, vivre dans ma maison jusqu'à ce que je te trouve une place. » Mais , vous savez bien , une place au service de la couronne, c'est bien difficile à trouver. Aussi je restai dans la maison. Il était encore garçon, alors. Mais quelques

années plus tard, il se proposa à votre mère et l'épousa.
Et, je dois vous le dire, Olga Pétrovna, c'était un homme
dur, entier, et il avait la main insolente, surtout quand
il se fâchait; il n'avait plus conscience de lui-même. Il
aimait aussi un peu trop le vin. Du reste.... un brave
homme et mon bienfaiteur. Au commencement, il vécut
en bonne harmonie avec votre défunte mère. Mais cela
ne dura pas longtemps. Votre mère était, on peut le dire,
un ange sous forme humaine.... et belle!... Il nous vint
un beau jour une voisine.... Olga Pétrovna, excusez-moi
généreusement si j'ose....

OLGA. Continuez.

KOUSOFKINE. Voilà donc que votre père s'éprend de
cette voisine.... Puisse-t-elle n'avoir pas de repos même
en l'autre monde!... Il allait chez elle chaque jour de
Dieu. Votre mère se mit à s'affliger, à maigrir. Il voulut
s'amender, mais le Malin l'emporta. L'affaire tourna
mal; il disparut des semaines entières. Votre pauvre
mère se tenait tout le jour à la fenêtre, sans même ouvrir
un livre, regardant sur la route.... puis elle se détournait
et pleurait en silence. J'étais toujours là, le cœur gonflé,
mais n'osant ouvrir la bouche. « De quelle utilité, pensais-
je, peuvent lui être mes sots discours? » Et personne ne
venait nous voir. Votre père avait éloigné les voisins par
sa hauteur. Pas un mot ne s'entendait dans la maison.
Et, je ne sais pourquoi, car personne ne le contredisait,
l'humeur de votre père s'était aigrie. Plus votre mère
était humble, plus il était dur. Ce n'était pas de la mé-
chanceté, c'était du remords. Quand il revenait, on eût
dit un orage déchaîné. Et ne s'imaginait-il pas, bon
Dieu! de faire le jaloux? Quand il partait, il enfermait
votre mère. C'est que l'autre lui avait empoisonné l'âme.
Ah! Olga Pétrovna, que votre mère a souffert! Elle aimait tant votre père, la pauvre âme! Lui ne la regardait

seulement pas. Elle, quand elle me parlait, ce n'était que de lui, des moyens de lui plaire ou de le sauver. Un jour, votre père dit qu'il veut partir. « Où ? — A Moscou, dit-il, pour affaires, seul. » Seul! ah bien oui! La voisine l'attendait au premier relais. Voilà comment ils partirent ensemble. Et, pendant six mois, on n'entendit plus parler d'eux. Pendant six mois, Olga Pétrovna! et pas une seule lettre en tout ce temps! Tout à coup il revient, l'air égaré, farouche. La voisine l'avait planté là, comme nous le sûmes depuis. Il revient, s'enferme dans sa chambre et ne se montre plus. Les domestiques mêmes ne pouvaient revenir de leur étonnement. La défunte ne put y tenir plus longtemps. Elle fit le signe de la croix.... c'est qu'elle commençait à en avoir peur, la pauvrette!... et entra dans sa chambre. Elle se mit à lui parler raison.... mais lui, jura, tempêta, et prenant une canne.... (*Voyant le mouvement d'Olga.*) Pardon!...

OLGA. C'est la vérité que vous dites ?

KOUSOFKINE. Que Dieu me frappe ici même!...

OLGA. Continuez.

KOUSOFKINE. Le voilà donc qui.... Ah! Olga Pétrovna, il a mortellement offensé votre mère, et pas seulement en paroles. La défunte s'enfuit en courant dans sa chambre, à demi folle. Et lui, appelant ses gens et ses chiens, partit pour la chasse. C'est alors qu'arriva.... Ah! je ne puis continuer.

OLGA. Parlez, parlez donc.

KOUSOFKINE. J'obéis. Il faut supposer, Olga Pétrovna, que, de cette offense mortelle, l'esprit de votre mère s'était égaré. Je crois la voir encore. Elle entra dans la chambre aux images, les regarda fixement, essaya de lever la main pour faire le signe de croix, puis se détourna brusquement, et se mit à rire.... Il n'était pas bon, son rire. Le Malin l'avait vaincue, elle aussi. J'eus peur

en la voyant. Elle ne daigna rien manger à table. Elle se
taisait et me regardait constamment.... Il faut que vous
sachiez, Olga Pétrovna, que les soirs je les passais seul
avec elle, dans cette pièce même. Quelquefois, pour
chasser l'ennui, nous jouions aux cartes; quelquefois un
peu de causerie. Ce soir-là, après s'être tue longtemps,
elle me dit.... Et moi, Olga Pétrovna, j'aimais tellement
votre mère, qu'il ne me manquait que de la prier comme
le bon Dieu.... Elle me dit : « Vassili Séménitch, je sais
que tu m'aimes, toi; et lui me méprise; il m'a abandonnée, il m'a outragée.... Eh bien, je me vengerai. » Je
vous le répète, Olga Pétrovna, elle avait perdu l'esprit....
Et moi aussi, je ne comprends plus rien.... la tête me
tourne.... et alors.... De grâce, épargnez, Olga Pétrovna,
je ne puis plus.... que ma langue plutôt se dessèche.... Le
lendemain même.... imaginez-vous l'épouvante de votre
mère.... je n'étais pas à la maison, je m'étais sauvé dans
le bois.... Le lendemain, tout à coup, un piqueur arrive
au galop. « Qu'est-ce? — Le maître est tombé de cheval,
il est à l'agonie. » C'était le lendemain même, Olga Pétrovna.... Votre mère aussitôt prend une voiture, et part.
Il était dans un village de la steppe, chez un prêtre, à
quarante verstes d'ici. Elle eut beau se hâter, la pauvre
âme; elle ne le trouva plus vivant. Bon Dieu ! nous crû-
mes tous qu'elle était devenue folle. Elle resta malade
jusqu'à votre naissance; et même, depuis lors, elle ne
s'est jamais remise. Vous savez qu'elle n'a pas vieilli
dans ce monde.

OLGA. Ainsi.... je suis votre fille.... Mais quelles
preuves ?

KOUSOFKINE. Des preuves !... Et quelles preuves voulez-vous ? Je n'ai aucune preuve. Comment aurais-je osé ?
Sans le malheur d'hier, je n'aurais rien dit, même sur
mon lit de mort, puisque, seul avec moi-même, je n'osais

pas même y penser. Après la mort de votre père, je voulais m'enfuir, n'importe où; mais je n'en ai pas eu la force. J'ai eu peur de la misère.... Je suis resté, pardonnez-moi. Des preuves! Mais durant les premiers mois, je n'ai pas même vu votre mère. Elle s'était enfermée dans sa chambre, ne laissant pénétrer jusqu'à sa personne que Praskovia et une autre servante. Ensuite, plus tard, je l'ai revue; mais, devant Dieu, je n'osais pas même respirer en sa présence. Des preuves! mais, Olga Pétrovna, je ne suis ni un coquin ni un insensé, je sais quelle est ma place. Pourquoi vous agiter? Quelles preuves puis-je avoir? Ne me croyez pas, ce sera plus simple. J'ai menti, voilà tout. C'est qu'en effet, je ne sais le plus souvent ce que je dis; j'ai survécu à ma tête. Ne me croyez pas.

OLGA. Non, Vassili Séménitch, pas de ruse avec vous. Vous n'avez pu calomnier les morts, ce serait trop affreux. Je vous crois.

KOUSOFKINE. Vous me croyez?

OLGA. Oui; mais c'est horrible. (*Elle s'éloigne.*)

KOUSOFKINE. Je vous comprends, soyez tranquille. Vous, bien élevée, et moi.... Oubliez cet entretien; je pars sur-le-champ. J'ai perdu mon dernier bonheur, mais par ma faute. (*Il pleure.*)

OLGA, *à part.* Que faire?... C'est mon père, pourtant. (*Elle se rapproche.*) Ne pleurez pas. (*Elle lui tend la main.*)

KOUSOFKINE, *lui tendant aussi la main.* Adieu.

(*Olga veut lui prendre la main; mais elle retire la sienne et s'enfuit.*)

SCÈNE VIII.

KOUSOFKINE, *d'abord seul.* Mon Dieu, que vais-je devenir?

YÉLETSKI *derrière la porte.* Tu t'es enfermée, Olga ?
M. Tropatchoff est arrivé ; *je vous l'annonce.* Mais réponds-
moi donc ! Vassili Séménitch, êtes-vous là ?

KOUSOFKINE. J'y suis.

YÉLETSKI. Où est Olga Pétrovna ?

KOUSOFKINE. Elle a daigné sortir.

YÉLETSKI. Ouvrez-moi. (*Il entre et jette un regard autour
de lui*). Tout cela est fort étrange. Comment a fini votre
conversation ?

KOUSOFKINE. Il n'y a pas eu de conversation ; je n'ai
fait que demander mon pardon à Olga Pétrovna.

YÉLETSKI. Qu'a-t-elle répondu ?

KOUSOFKINE. Elle a daigné me dire qu'elle n'était plus
fâchée. Et maintenant je pars en remerciant humblement
tout le monde.

YÉLETSKI. Je regrette beaucoup.... mais vous comprenez....

KOUSOFKINE. Je remercie humblement tout le monde. (*Il
salue.*)

YÉLETSKI. Attendez un peu. M. Tropatchoff vient d'arriver ; il entrera ici. Je désire que vous répétiez devant
lui ce que vous m'avez dit ce matin.

KOUSOFKINE. J'obéis.

YÉLETSKI. Très-bien.

SCÈNE IX.

LES MÊMES, TROPATCHOFF.

YÉLETSKI, *à Tropatchoff qui entre en ce moment.* Venez
donc. Eh bien, qui a gagné ?

TROPATCHOFF. Moi, naturellement. Votre billard est
parfait. Mais figurez-vous que M. Ivanoff a refusé de
jouer avec moi, sous prétexte qu'il a mal à la tête. Fi–

gurez-vous ! M. Ivanoff, et mal à la tête !... et madame ? Elle se porte bien ?

YÉLETSKI. Elle va venir.

TROPATCHOFF. Savez-vous que votre arrivée est une vraie bonne fortune pour nous autres gentilshommes de la steppe ? (*Apercevant Kousofkine.*) Ah ! vous voilà !

YÉLETSKI. Il est tout confus depuis sa sottise d'hier ; il ne fait que demander pardon depuis le matin.

KOUSOFKINE. Je prie aussi M. Tropatchoff de me pardonner.

TROPATCHOFF. Ah, ah ! seigneur de Vétrovo, le vin est dangereux. (*A Yéletski.*) Quelle idée lui est venue à la tête ! Après cela, il n'y a plus à s'étonner de rien dans les fous ; l'un s'imagine être je ne sais quoi, l'empereur de la Chine ; l'autre croit avoir le soleil ou la lune dans son ventre. (*Il rit.*) Avez-vous toujours de ces belles idées-là, seigneur de Vétrovo ?

YÉLETSKI, *interrompant*. A quand donc la chasse, Flégonte Alexandritch ?

TROPATCHOFF. Quand vous voudrez. Je suis sans cérémonie avec vous. J'étais hier ici, aujourd'hui j'y reviens. Faites comme moi.... Mais il faut consulter cet aimable Karpatchoff, que j'ai laissé tête à tête avec ce sournois d'Ivanoff. Je le roule au billard, mais il tire bien. (*S'approchant de la porte.*) Karpatché! Pavel Nicolaïtch désire aller à la chasse. Où faut-il aller ? réponds vite et bien.

SCÈNE X.

LES MÊMES, KARPATCHOFF.

KARPATCHOFF. A Koloberda. (*Il salue.*) Il y a des coqs de bruyère, et tant, que les poules ne veulent plus les becqueter.

YÉLETSKI. Nous irons là.

PRASKOVIA, *entrant par le cabinet de toilette.* Madame
vous demande ; elle désire vous voir.

YÉLETSKI. J'y vais. (*A Tropatchoff.*) Vous permettez ?

TROPATCHOFF, *en secouant la tête.* Vous ne rougissez pas
de demander cela à un ami, Pavel Nicolaïtch ? Car, ma
foi, je prends ce titre ; voilà comme je suis.

YÉLETSKI. Nous ne vous ferons pas attendre longtemps.
(*Il sort avec Praskovia*).

SCÈNE XI.

KOUSOFKINE, TROPATCHOFF et KARPATCHOFF.
Kousofkine veut s'éloigner. — Tropatchoff l'arrête.

TROPATCHOFF. Où allez-vous, mon cher ? Restez donc,
nous jaserons.

KOUSOFKINE. J'ai besoin....

TROPATCHOFF. Quel besoin pouvez-vous avoir ? C'est
peut-être honte que vous avez. Quelle bêtise ! Si l'on voulait toujours avoir honte, on n'aurait plus le temps de
vivre. A qui cela n'arrive-t-il pas ? (*Il l'amène sur le devant de la scène.*) Pardon, je veux dire à qui n'arrive-t-il
pas de boire ? Mais je vous l'avoue, hier, vous nous avez
étonnés. Quelle diable de parenté avez-vous trouvée là ?
c'est de la haute fantaisie.

KOUSOFKINE. C'est de la simple bêtise.

TROPATCHOFF. Bêtise, soit ; mais c'est fort surprenant.
Pourquoi précisément une fille ? Vous ne seriez pas fâché d'avoir une fille comme cela. Eh ! (*Il le pousse du
coude.*) Il n'a pas méchant goût ; qu'en dis-tu, Karpatchoff ?

KOUSOFKINE, *tâchant de se dégager.* Permettez....

TROPATCHOFF. Mais non, mais non. Une fille, diantre ! Écoutez, mon petit pigeon ; pourquoi ne venez-vous pas me voir? je vous donnerais du vin.

KOUSOFKINE. Je vous remercie humblement.

TROPATCHOFF. On n'est pas mal chez moi ; demandez plutôt à cet être-là. A propos, vous ne vous êtes pas encore embrassés, vous et Karpatchoff, comme hier. Karpatché, je regrette que tu négliges tes devoirs. Ce n'est pas prudent, dans une position subordonnée.

KARPATCHOFF, *ouvrant les bras et marchant vers Kou-sofkine.* Eh bien, je vais à l'instant.... (*Kousofkine recule; entre Yéletski, l'air agité.*)

SCÈNE XII.

LES MÊMES, YÉLETSKI.

YÉLETSKI, *avec dépit.* Il me semble cependant, Flégonte Alexandritch, que je vous avais prié de laisser M. Kousofkine tranquille.

TROPATCHOFF, *confus.* Vous m'avez prié.... je ne me souviens pas....

YÉLETSKI. Oui, Flégonte Alexa dritch, je suis étonné, je vous l'avoue, qu'avec votre position dans le monde, vous vous amusiez à des plaisanteries.... si fades, et deux jours de suite.

TROPATCHOFF. (*Il fait un signe à Karpatchoff, qui bon-dit en arrière et se met au port d'armes, les mains le long des hanches.*) Pourtant, je trouve, Pavel Nicolaïtch.... Au fait, vous avez raison.... d'un certain point de vue. Est-ce que votre femme se porte bien?

YÉLETSKI. Vous allez la voir. (*Lui serrant la main.*) Excusez ma vivacité. Je ne suis pas bien disposé aujourd'hui.

TROPATCHOFF. Pas d'excuses, vous avez raison. La familiarité avec cette engeance ne vaut rien.... Quel beau temps il fait!... C'est un malheur de vivre longtemps seul. *On se rouille à la campagne.* Que voulez-vous? On s'ennuie; on n'a pas le temps de faire la petite bouche.

YÉLETSKI. Ne revenez plus sur ce sujet, je vous en prie.

TROPATCHOFF. Oh! c'est une remarque générale que je fais. Je ne sais si je vous l'ai dit; je compte aller à Paris l'hiver prochain.

YÉLETSKI. Ah! (*A Kousofkine qui veut encore sortir.*) Restez, Vassili Séménitch; il faut que je vous parle.

TROPATCHOFF. Je compte rester au moins deux ans à l'étranger... Mais, madame, faut-il désespérer du bonheur de la voir aujourd'hui?

YÉLETSKI. Non, certainement. Voulez-vous faire, en attendant, un petit tour de jardin? Le temps est si beau, dites-vous. Seulement, vous me permettrez de ne vous rejoindre que dans quelques instants. J'ai deux mots à dire à Vassili Séménitch.

TROPATCHOFF. Soyez comme chez vous, mon cher Pavel Nicolaïtch; faites vos affaires sans vous presser. Nous allons, ce mortel et moi, jouir des aromes de la nature. La nature, c'est ma passion. *Véné ici* [1], Karpatché. (*Ils sortent tous deux.*)

SCÈNE XIII.

YÉLETSKI, KOUSOFKINE.

(*Yéletski va fermer la porte, et revient se placer devant Kousofkine les bras croisés.*)

YÉLETSKI. Monsieur, hier, je n'ai vu en vous qu'un homme de peu de tête et de peu de sobriété. Aujourd'hui,

[1]. On appelle ainsi les chiens en Russie.

je suis forcé de vous tenir pour un intrigant.... Je vous prie de ne pas m'interrompre...., pour un intrigant et un calomniateur. Olga Pétrovna m'a tout dit. Vous ne vous y attendiez pas, sans doute. De quelle façon m'expliquerez-vous votre conduite? Ce matin encore, parlant à ma personne, vous m'avouez que votre assertion d'hier est pure invention; et aujourd'hui, vous osez soutenir à ma femme....

KOUSOFKINE. Je suis coupable, mon cœur a été surpris....

YÉLETSKI. Je n'ai rien à faire de votre cœur; et, pour la seconde fois, je vous demande : avez-vous menti? (*Kousofkine se tait.*) Avez-vous menti?

KOUZOFKINE. J'ai déjà eu l'honneur de vous déclarer que.... hier.... je ne savais pas ce que je disais.

YÉLETSKI. Mais aujourd'hui, vous saviez ce que vous disiez; et vous avez encore le front de regarder un honnête homme en face! Et la honte ne vous étouffe pas!

KOUZOFKINE. Pavel Nicolaïtch, devant Dieu, vous êtes trop sévère avec moi. Daignez considérer.... Quel profit pouvais-je tirer de ma conversation avec Olga Pétrovna?

YÉLETSKI. Je vous le dirai. Vous espériez, par cette fable absurde, éveiller sa pitié; vous comptiez qu'elle serait généreuse; enfin, vous vouliez de l'argent, oui, de l'argent. Eh bien! je dois vous dire que vous avez réussi. Écoutez-moi bien; ma femme et moi nous avons décidé de vous donner une somme suffisante pour assurer votre existence; mais à une condition, toutefois....

KOUSOFKINE. Mais je ne veux rien.

YÉLETSKI. Ne m'interrompez pas, monsieur.... à la condition toutefois que vous choisirez un séjour éloigné d'ici. Moi, de mon côté, j'ajoute ce qui suit : qu'en acceptant de nous cette somme, vous avouez votre mensonge.... Ce mot vous est désagréable.... mettons votre invention.... Et que, par cela même, vous renoncez à tous les droits....

KOUSOFKINE. Mais je ne prendrai pas un kopeck de vous.

YÉLETSKI. Comment, monsieur, vous persistez dans votre obstination ? Vous voulez encore me faire croire que vous avez dit la vérité ? Expliquez-vous, enfin.

KOUSOFKINE. Je ne puis rien dire. Vous penserez de moi ce que vous voudrez, mais je ne prendrai rien.

YÉLETSKI. C'est incroyable. Il est capable de vouloir rester encore ici.

KOUSOFKINE. Dès aujourd'hui je partirai.

YÉLETSKI. Vous partirez ! Mais dans quelle situation laisserez-vous Olga Pétrovna ? C'est à cela que vous auriez dû réfléchir, si vous aviez encore pour un cheveu de bons sentiments.

KOUSOFKINE. Laissez-moi m'en aller. Devant Dieu, ma tête se perd. Que voulez-vous de moi, enfin ?

YÉLETSKI. Je veux savoir si vous acceptez cet argent. Vous croyez peut-être que la somme est insignifiante. C'est dix mille roubles que nous vous donnons.

KOUSOFKINE. Je ne puis rien prendre.

YÉLETSKI. Ainsi donc, ma femme est.... ma langue se refuse à prononcer cette parole.

KOUSOFKINE. Je ne sais rien. Laissez-moi partir. (*Il se dirige vers la porte.*)

YÉLETSKI Mais sais-tu bien que je puis te forcer à m'obéir.

KOUSOFKINE. Comment cela ? oserais-je vous le demander ?

YÉLETSKI. Ne me faites pas perdre patience ; ne me faites pas vous dire qui vous êtes.

KOUSOFKINE. Je suis un gentilhomme de vieille roche ; voilà qui je suis, moi.

VÉLETSKI. Beau gentilhomme, vraiment!

KOUSOFKINE. Tel que je suis, on ne peut pas m'acheter.

VÉLETSKI. Écoutez....

KOUSOFKINE. Ce sont les *tchinovniks* de Saint-Pétersbourg que vous pouvez acheter.

VÉLETSKI. Écoutez, vieillard obstiné. Vous ne voulez pas cependant affliger votre bienfaitrice. Déjà une fois vous avez avoué la fausseté de vos paroles ; qu'est-ce qu'il vous en coûte de l'avouer encore, et de tranquilliser Olga Pétrovna en acceptant cet argent? Êtes-vous un richard pour mépriser dix mille roubles?

KOUSOFKINE. Je ne suis pas un richard ; mais votre cadeau est trop amer. J'ai déjà avalé assez de honte. Vous disiez que je veux de l'argent. Eh bien, non ! De vous, je n'accepterai pas même le rouble de congé.

VÉLETSKI. Je comprends votre calcul ; vous faites le désintéressé parce que vous espérez gagner ainsi davantage. Je vous le dis pour la dernière fois, ou vous prendrez cet argent aux conditions que j'ai posées, ou j'emploierai de tels moyens....

KOUSOFKINE. Vous voulez me salir; mais vous n'y réussirez pas.

YÉLETSKI. Je t'y forcerai bien, vieux entêté. (*En ce moment on entend la voix de Tropatchoff qui fredonne dans le jardin une sérénade :*

> Je suis là, mon Inésille,
> Je t'attends sous le balcon.)

C'est insupportable! (*S'approchant de la fenêtre.*) Je suis à vous. (*A Kousofkine.*) Je vous donne dix minutes de réflexion.... Ensuite, ne vous en prenez qu'à vous. (*Il sort.*)

SCÈNE XIV.

KOUSOFKINE, *d'abord seul.*

Que fait-on de moi, bon Dieu? En vérité, il vaut mieux se coucher tout vivant dans le cercueil. Ah! je me suis perdu moi-même; mon ennemi, c'est ma langue. Et ce seigneur, a-t-il été dur avec moi! M'a-t-il traité comme un chien! Il ne semble pas se douter que moi aussi j'ai une âme. Que je prenne cet argent! Non, plutôt mourir!

OLGA. (*Elle sort de son cabinet un papier à la main.*) J'ai désiré vous voir encore une fois, Vassili Séménitch.

KOUSOFKINE, *sans la regarder.* Olga Pétrovna, vous avez tout dit à votre mari. Pourquoi?

OLGA. Je ne lui ai jamais rien caché. Il me croit, et il consent à tout.

KOUSOFKINE. Il consent.... à quoi?

OLGA. Vous avez un bon cœur, Vassili Séménitch. Dites vous-même, pouvez-vous rester ici?

KOUSOFKINE. Oh! non, non; je ne le puis pas; je ne le veux pas. Qui sait? On me battrait peut-être encore, tout vieux que je suis. Pardon, Olga Pétrovna, je ne sais ce que je dis. Mais convenez : comment déguiser de vieux péchés? Il est vrai que je suis plus rassis, que depuis longtemps il n'y a plus de maître ici pour s'amuser de moi. Mais les anciens savent bien encore quel emploi j'avais dans la maison. Et puis, les domestiques, hier, ont tout entendu ; ils savent qu'on me renvoie par punition... Non, je ne resterai pas.

OLGA. Dans ce cas, prenez ceci. (*Elle lui tend le papier.*)

KOUSOFKINE. Qu'est-ce?

OLGA. Nous vous assurons une somme pour l'acquisition de Vétrovo. J'espère que vous ne refuserez pas.

KOUSOFKINE. (*Il laisse tomber le papier.*) Olga Pétrovna, que Dieu juge votre mari; mais vous, vous aussi, vous voulez m'offenser !

OLGA. Comment?

KOUSOFKINE. Vous voulez m'acheter ainsi. Mais puisque je vous ai dit qu'il n'y a aucune preuve! Que savez-vous sur tout cela? peut-être ai-je menti !

OLGA. Si je ne vous avais pas cru, nous ne nous serions pas décidés....

KOUSOFKINE. A ce sacrifice. Je n'en ai pas besoin. Un morceau de pain me suffit, et je le trouverai toujours. J'ai un ami, moi.... Puisque vous me croyez, que me faut-il de plus? Vous me croyez, n'est-ce pas?

OLGA. Oui, je vous crois ; vous êtes un digne homme; je vous crois, et pour vous le prouver... (*Elle lui jette les bras autour du cou.*)

KOUSOFKINE. Olga Pétrovna, finissez.... Mon enfant, Olga.... (*Il se laisse tomber sur un siège.*)

OLGA, *qui a ramassé le papier.* Vous pouviez refuser de mon mari; vous pouviez refuser d'une étrangère; mais de votre fille, vous ne le pouvez pas. (*Elle lui glisse le papier dans la main.*)

KOUSOFKINE. Je consens à tout ce que vous voulez, comme vous le voulez.... Dites un mot, et j'irai au bout de la terre. Ah ! je puis mourir maintenant. Olga, Olga....

OLGA, *lui essuyant les yeux.* Ne pleure pas; nous nous reverrons.

KOUSOFKINE. Est-ce un songe, que tout cela?

OLGA. Ne pleure donc pas ainsi....

KOUSOFKINE, *brusquement.* On vient. Éloigne-toi. (*Olga s'éloigne.*) Votre main, votre main pour la dernière fois. (*Elle lui donne sa main, qu'il baise en essayant vainement de se relever*).

SCÈNE XV.

LES MÊMES, YÉLETSKI, TROPATCHOFF, KARPATCHOFF.

TROPATCHOFF, *à Olga.* Enfin, nous avons le bonheur de vous voir. Vous avez la figure un peu altérée.....

YÉLETSKI. Oui, nous ne sommes pas très-bien aujourd'hui.

TROPATCHOFF. Ah ! de la sympathie jusqu'en cela. (*Il rit.*) Je viens de voir votre jardin ; c'est très-beau, très-beau. Des allées, des fleurs.... La nature et la poésie, voilà mes deux idoles. Mais que vois-je? Des albums ! comme dans un salon de la capitale. (*Il en prend un.*)

YÉLETSKI, *à Olga qui lui fait un signe.* Serais-tu parvenue à tout arranger ? Il accepte ? (*Elle lui répond par un signe affirmatif.*) Je ne crois pas un mot de cette histoire, mais la paix domestique vaut bien dix mille roubles.

OLGA, *à Tropatchoff.* Que faites-vous là, Flégonte Alexandritch?

TROPATCHOFF. J'examine vos albums. C'est délicieux. Regardez ce ciel; comme il vous transporte en Italie!

YÉLETSKI, *bas à Kousofkine.* Vous acceptez l'argent?

KOUSOFKINE. Je l'accepte.

YÉLETSKI. Ce qui est dire que vous avez menti?

KOUSOFKINE. J'ai menti.

YÉLETSKI A la bonne heure. (*A Tropatchoff.*) Eh bien ! Flégonte Alexandritch, nous nous moquions hier de M. Kousofkine; savez-vous qu'il a gagné son procès? La nouvelle en est arrivée pendant que nous nous promenions au jardin.

TROPATCHOFF. Bah! que me dites-vous là?

YÉLETSKI. Olga vient de me le dire. Mais informez-vous à lui-même.

TROPATCHOFF, *à Kousofkine.* En vérité; Vétrovo vous est rendu, vous appartient?

KOUSOFKINE. Oui, oui, il m'est rendu.

TROPATCHOFF. Je vous en félicite de tout mon cœur. (*A voix basse à Yéletski.*) Je comprends, vous voulez l'éloi-gner courtoisement après la scène d'hier. C'est bien, c'est délicat, c'est noble, c'est agir en véritable gentilhomme russe. Mais je parie.... car je connais le cœur humain, je parie que cette idée est venue à votre femme. (*Yéletski veut l'interrompre.*) C'est bien, très-bien. (*A Kousofkine*). Il faut vite que vous alliez chez vous, soigner vos in-térêts.

KOUSOFKINE. Certainement.

YÉLETSKI. M. Kousofkine vient de me dire qu'il veut partir aujourd'hui même.

TROPATCHOFF. Parbleu! je comprends bien son impa-tience. Voilà des années qu'on le tient le bec dans l'eau, et tout à coup son bien lui tombe du ciel. Mais quel gail-lard que ce procureur en retraite, ce Litchkoff! (*A Kou-sofkine.*) Vous êtes très-content?

KOUSOFKINE. Comment ne le serais-je pas?

TROPATCHOFF, *à Yéletski.* Pavel Nicolaïtch, il faudrait arroser la bonne nouvelle.

YÉLETSKI, *avec hésitation.* Oui.... sans doute.... Mais où est Trembinzki?

TREMBINZKI, *s'élançant de l'antichambre.* Présent!

YÉLETSKI. Une bouteille de champagne. J'ai vu M. Ivanoff dans la salle à manger; dites-lui d'entrer aussi.

TREMBINZKI. J'écoute. (*Il sort.*)

TROPATCHOFF, *à Olga.* Mme Kobrinska désire ardemment faire votre connaissance ; *elle serait enchantée, enchantée.* C'est une femme de tête, et la première maison de la province. J'y suis comme chez moi.

SCÈNE XVI.

LES MÊMES, TREMBINZKI, IVANOFF.

(Trembinzki porte une bouteille et des verres sur un plateau).

TROPATCHOFF. Ah ! voici l'aimable veuve [1] Félicitons le nouveau propriétaire.

OLGA, *à Ivanoff.* Je suis très-charmée de vous voir, monsieur Ivanoff. Savez-vous que votre ami est redevenu propriétaire de Vétrovo ?

IVANOFF, *après avoir salué, à Kousofkine, à voix basse.* Vassili, que radotent ces grands seigneurs ? Veux-tu te laisser berner deux jours de suite ?

KOUSOFKINE, *à voix basse.* Tais-toi, Vania, tais-toi, je suis heureux. (*Trembinzki verse du vin et présente les verres à chacun.*)

TREMBINZKI, *bas à Ivanoff.* Vous ne prenez pas votre verre, monsieur ?

IVANOFF, *également bas.* Je ne bois que chez moi, et quand il me plaît.

TROPATCHOFF, *levant son verre.* A la santé du nouveau propriétaire de Vétrovo ! (*Tous choquent leurs verres.*)

KARPATCHOFF, *après les autres.* Qu'il ait de longues années de prospérité ! (*Tropatchoff le regarde sévèrement ; il reprend sa pose militaire.*)

KOUSOFKINE, *avec émotion.* Permettez, maintenant..

---

1. Vin de Champagne de la veuve Clicot.

dans un jour si solennel pour moi.... que j'exprime ma reconnaissance pour toutes les grâces....

YÉLETSKI, *l'interrompant.* Pourquoi nous remercier, Vassili Séménitch?

KOUSOFKINE. C'est vrai, c'est vrai, vous avez raison. Mais pourtant, vous êtes un bienfaiteur; et quant à ma folie d'hier, pardonnez-moi généreusement. Dieu sait pourquoi il m'a pris fantaisie de m'offenser, et de dire des choses....

YÉLETSKI. C'est bien, c'est bien.

KOUSOFKINE. Et de quoi m'offenser? Les seigneurs ont daigné plaisanter avec moi.... (*Apercevant les signes d'Olga.*) Non, non, ce n'est pas du tout ce que je voulais dire. Adieu, mes bienfaiteurs; soyez heureux, bien portants....

TROPATCHOFF. Grâce du pathétique, mon ami. Vous faites des adieux comme si vous partiez pour Astrakan.

KOUSOFKINE, *toujours ému.* Que le Seigneur vous donne toutes sortes de prospérités! Pour moi, je n'ai plus rien à demander au ciel; je suis heureux.... si.... (*Il s'arrête pour ne pas fondre en larmes.*)

YÉLETSKI, *à part.* Quelle scène! Que ne s'en va-t-il donc?

OLGA, *à Kousofkine.* Adieu, Vassili Séménitch; quand vous serez chez vous, ne nous oubliez pas. (*Baissant la voix.*) Je serai heureuse de vous voir quelquefois.

KOUSOFKINE, *lui baisant la main.* Le ciel vous récompensera.

YÉLETSKI. C'est bien, c'est bien. (*Kousofkine sort par la salle à manger, suivi d'Ivanoff et de Trembinzki*).

TROPATCHOFF, *le reconduisant, et lorsqu'il a passé la porte.* Vivat! vivat! (*Olga s'est brusquement enfuie par son cabinet de toilette.*)

SCÈNE XVII.

TROPATCHOFF, YÉLETSKI.

TROPATCHOFF. Savez-vous que vous êtes l'homme le plus généreux que je connaisse; que vous êtes un vrai gentilhomme russe?

YÉLETSKI. *Vous êtes trop bon. (La toile tombe.)*

UNE

CORRESPONDANCE

UNE

CORRESPONDANCE.

___

AVANT-PROPOS.

Je me trouvais à Dresde, il y a quelques années. Je m'étais arrêté dans un hôtel. Occupé du matin au soir à parcourir la ville et à en voir les curiosités, je n'eus pas l'idée de m'informer des personnes qui habitaient cet hôtel avec moi. Ce n'est que par hasard que j'appris enfin qu'il s'y trouvait un Russe, et gravement malade. J'allai lui faire une visite, et je trouvai un homme qui se mourait de la poitrine. Je fus pris de pitié pour mon compatriote, et, comme Dresde n'avait plus rien à m'offrir de nouveau, je m'établis à son chevet. Ce n'est pas un métier fort gai que celui de garde-malade, mais quelquefois l'ennui est le bienvenu; d'ailleurs, mon malade supportait bravement sa position, et causait volontiers. Nous tâchions de tuer le temps; je faisais sa partie de *douraki*. Mon compatriote s'amusait à jouer des tours à son médecin; il lui racontait toutes sortes de complications de sa maladie, inventées à plaisir, que ce brave Allemand prétendait toujours avoir prévues et annoncées; puis il contrefaisait en son absence ses mines étonnées à de tels récits, et jetait ses médicaments par la fenêtre. Plus d'une fois cependant, j'avais fait observer à mon nouvel ami qu'il ferait bien d'appeler un médecin renommé pendant qu'il en était temps encore, et qu'il ne devait pas plaisanter avec son mal. Mais Alexis (mon compatriote se nommait Alexis Pétrovitch S....) se tirait d'affaire chaque fois par une foule de plaisanteries sur tous les docteurs en général, et sur le sien en particulier. Enfin, pendant une lugubre soirée d'automne, il me répondit par un regard si morne, secoua si tristement la tête, et sourit d'une si étrange façon, que je restai muet et confondu. Dans la nuit même, son mal s'aggrava, et Alexis expira le lendemain. Quelques moments avant de mourir, il perdit encore sa gaieté habituelle. Il s'agita avec inquiétude sur sa couche, jeta autour de lui des regards effarés, et me saisissant la main avec force : « On a beau dire, s'écria-t-il, il est pénible de mourir. » Puis il laissa tomber sa tête sur l'oreiller, et fondit en larmes. Je ne savais que dire, et me tenais immobile devant son lit. Alexis pourtant triompha bientôt de ce tardif regret. « Écoutez, me dit-il, notre docteur va venir aujourd'hui ; il me trouvera parti pour l'autre monde. Je m'imagine sa figure. » Et le mourant s'efforça de rendre la figure stupéfaite de son esculape. Peu d'instants après, il n'était plus.

Le matin du même jour, il m'avait chargé de renvoyer ses effets en Russie, à sa famille, à l'exception d'un petit paquet qu'il me laissait en souvenir. Dans ce petit paquet ne se trouvaient que des lettres. C'étaient les lettres d'une jeune fille, adressées à Alexis, et les copies des lettres qu'il lui avait écrites. Il y en avait quinze en tout.

Alexis Pétrovitch S.... connaissait Marie Alexandrovna B.... depuis longtemps, depuis son enfance. Alexis avait un cousin, Marie une sœur. Ils avaient passé ensemble la première jeunesse, puis s'étaient séparés et ne s'étaient pas revus pendant longues années. Enfin le hasard les réunit tous, un été, à la campagne. Ils y devinrent tous amoureux, Marie du cousin d'Alexis et Alexis de la sœur de Marie. Cet été passa comme un éclair; l'automne vint, et ils se séparèrent de nouveau. Alexis, en homme qui voit clair dans son âme, reconnut que son amour n'avait rien de sérieux, et il se sépara fort galamment de sa belle. Son cousin, plus obstiné, continua deux ans encore à correspondre avec Marie. Puis, se convainquant à son tour qu'il se trompait et la trompait aussi, il finit par garder le silence. La première lettre d'Alexis fut écrite à Marie peu après cette rupture définitive. Il se trouvait alors à Saint-Pétersbourg; mais il partit brusquement pour l'étranger, tomba malade à Dresde, et y mourut. Je me suis décidé à publier cette correspondance, dont il m'a fait légataire, et je compte sur la complaisance du lecteur, car ce ne sont pas des lettres d'amour, Dieu merci! Les lettres d'amour ne se lisent que par deux personnes, et cent fois de suite, il est vrai. Mais, à un tiers déjà, elles doivent paraître insupportables ou ridicules.

PREMIÈRE LETTRE.

ALEXIS A MARIE.

Saint-Pétersbourg, 7 mars 184..

Chère Marie Alexandrovna, je crois me rappeler que je n'ai jamais été en correspondance avec vous. Et voilà

que je vous écris. Le temps est bien choisi, n'est-ce pas?
Voici à quelle occasion : Mon cousin Théodore m'est venu
faire visite aujourd'hui, et m'a confié sous le plus grand
secret (il ne confie jamais rien autrement) qu'il est
tombé amoureux de la fille d'un grand personnage, et
que, pour cette fois, il est décidé à aller jusqu'au mariage, qu'il a fait le premier pas, et s'est déclaré. Je le
félicitai d'un si agréable événement. Il sentait depuis
longtemps le besoin de se reprendre à quelque chose.
Mais intérieurement, je vous l'avoue, je demeurai surpris.
Quoique sachant bien que tout était fini entre vous, je fus
étonné pourtant. J'allais sortir pour faire des visites ; mais je
suis resté à la maison, et me voilà causant avec vous. Si
vous ne désirez pas m'entendre, jetez aussitôt cette lettre au
feu, car je vous déclare que je veux être sincère. Remarquez pourtant que je n'aurais pas mis la plume à la main
si je ne savais que votre sœur n'est pas auprès de vous.
Théodore m'a dit qu'elle passe toute la saison chez votre
tante ; que le ciel lui donne toutes sortes de prospérités!

Ainsi donc, voilà comme tout a fini! Voilà tout ce qui
reste de ce bel été! Ce serait le moment de vous proposer
mon amitié. Mais ne craignez rien ; je suis très-ennemi
de tout épanchement sentimental. Je ne chercherai pas
non plus à vous consoler. En consolant les autres, les
hommes, en général, désirent se défaire d'un désagréable
retour sur eux-mêmes. Je comprends une véritable sympathie, mais je n'ai aucun droit à vous la proposer. Je
vous en prie, fâchez-vous contre moi, contre cet intrus
qui parle amitié, sympathie, etc., parce qu'alors je serai
sûr que vous lirez ma lettre jusqu'au bout.

Savez-vous à quoi ressemble tout ce que je viens d'é-
crire? Le voici : Un monsieur entre dans le salon d'une
dame qui ne l'attendait point, qui en attendait peut-être
un autre. Il se doute que sa visite est déplacée. Mais que

faire? Il s'assoit; il parle, Dieu sait de quoi, de la poésie, de la nature, des avantages de l'éducation; il radote. Mais les cinq premières minutes sont passées. La dame se résigne à son sort, et le monsieur parvient à dire des choses raisonnables, s'il en sait dire.

Cependant, malgré tout, j'avoue que je suis mal à mon aise. Il me semble voir en face de moi votre figure un peu étonnée, un peu fâchée peut-être. Je sens qu'il est presque impossible que vous ne me supposiez pas des intentions cachées; et c'est pourquoi, comme un Romain qui vient de commettre une lourde bêtise, je m'enveloppe majestueusement dans ma toge, et j'attends en silence votre arrêt.

Me permettrez-vous de continuer à vous écrire?

Je suis votre très-dévoué,

A. S.

DEUXIÈME LETTRE.

DE MARIE A ALEXIS.

Village de .... 22 mars 184..

Monsieur, j'ai reçu votre lettre, et en vérité je ne sais que vous dire. Je ne vous aurais même pas répondu s'il ne m'avait semblé que, sous votre langage plaisant, il se cachait un sentiment assez amical. Votre lettre a produit sur moi une impression fort pénible. En réponse à votre question, permettez-moi d'en poser une à mon tour. A quoi bon? quel besoin ai-je de vous, quel avez-vous de moi? Je ne vous suppose aucune intention maligne; au contraire, je vous suis reconnaissante de ce témoignage d'intérêt. Mais nous sommes étrangers l'un à l'autre, et, quant à moi, je ne sens à l'heure présente aucun désir de rapprochement avec qui que ce soit.

Je suis, avec la plus parfaite considération, votre etc.,

Marie B.

TROISIÈME LETTRE.

ALEXIS A MARIE.

Saint-Pétersbourg, 30 mars 184..

Merci, Marie Alexandrovna, merci de votre petit billet, tout sec qu'il est.

Je suis resté tout ce temps-ci dans la plus grande agitation. Vingt fois par jour je pensais à la lettre que je vous ai écrite. Tantôt je me faisais des reproches, craignant de vous avoir offensée; tantôt je me trouvais parfaitement ridicule. Et maintenant je me sens de la meilleure humeur, et je me passe la main sur la tête comme à un enfant qu'on récompense par une caresse.

Marie Alexandrovna, j'entre en correspondance avec vous. Cela doit vous surprendre, après votre réponse. Ma hardiesse m'étonne moi-même. Mais tranquillisez-vous; ce n'est pas de vous que je veux vous parler, c'est de moi. Voyez-vous, il faut à toute force, comme on dit dans le grand style, que j'ouvre mon cœur. Je n'ai aucun droit de vous prendre pour ma confidente; mais prenez garde, je ne demande pas que vous me répondiez, je ne veux pas même savoir si vous lirez mes lettres. Seulement, au nom du ciel, ne me les renvoyez pas.

Écoutez-moi. Je suis absolument seul sur cette terre. Pendant ma jeunesse, j'ai mené une vie solitaire, bien que je ne sache pas avoir pris des airs à la Byron. Mais les circonstances, puis un penchant irrésistible à la rêverie, une certaine froideur de sang, l'orgueil, la paresse, je ne sais combien de raisons, m'éloignèrent du commerce des hommes. Le passage de cette vie rêveuse à une vie réelle et active se fit tard en moi. Peut-être n'est-il pas fait encore. Aussi longtemps que mes propres pensées et mes sentiments personnels suffirent à ma satisfaction, aussi longtemps que je pus me livrer à ces élans d'enthousiasme sans cause qui ne partent que de soi-même, je ne me plaignis pas de ma solitude. Je n'avais pas de camarade, il est vrai; mais j'avais de soi-disant amis, qui me faisaient besoin quelquefois comme la décharge à la machine électrique; mais voilà tout. Quant à l'amour.... Nous en parlerons plus tard.

Maintenant la solitude me pèse; et je ne vois aucun moyen de m'y dérober. Je n'accuse pas le sort; je suis coupable moi-même, et justement puni. Dans ma jeunesse, une seule chose m'intéressait, mon cher *moi*. Cet amour-propre naïf à force d'être immense, je le prenais pour de la timidité, et je fuyais la société des hommes. Et voilà que ce *moi* me cause un immense et mortel ennui. Que devenir? je n'aime personne; tous mes rapports avec les autres hommes sont faux et forcés. Je n'ai pas même de souvenirs, car c'est toujours moi seul que je rencontre dans mon passé. Sauvez-moi; à vous, je n'ai pas juré amour avec un enthousiasme à froid; à vous, je n'ai pas prodigué un flot de paroles sonores et vides. J'ai passé froidement devant vous; c'est pour cela que je me décide à recourir à vous. J'y pensais auparavant,

mais je ne vous croyais pas l'esprit libre. Parmi toutes
ces joies et ces peines, œuvres de moi-même, le seul sentiment vrai a été cette faible et involontaire sympathie
qui m'attira un moment vers vous, mais qui se flétrit
alors comme un épi solitaire étouffé par des herbes para-
sites. Qu'il me soit donné, grâce à vous, de voir un autre
visage humain. Le mien me répugne; je ressemble à un
homme qui serait condamné à vivre éternellement dans
une chambre garnie de glaces. Faites-moi don de la
bienveillance silencieuse d'une sœur, ou, pour le moins,
de la simple curiosité d'un lecteur. Je vous assure que je
vous intéresserai.

J'ai l'honneur d'être votre véritable ami.

A. S.

QUATRIÈME LETTRE.

ALEXIS A MARIE.

Saint-Pétersbourg, 3 avril 184..

Je vous écris de nouveau, bien que je prévoie qu'il faudra bientôt me taire, faute d'un mot d'encouragement de
votre part. Je le confesse, vous ne pouvez pas ne pas
ressentir une certaine défiance à mon égard. Il est possible
que vous ayez raison. Auparavant, je vous aurais solen-
nellement déclaré (et je me serais peut-être cru sur parole) que, depuis notre séparation, j'avais marché dans
la voie du progrès intellectuel; j'aurais parlé avec un dédain bienveillant de mon passé; je vous aurais initiée

avec une fatuité touchante aux mystères de ma vie actuelle. Mais à présent, je vous assure, j'ai conscience et honte de me rappeler seulement de quelle façon s'ébattait et se complimentait mon misérable amour-propre.

Ne craignez rien. Je ne viendrai pas vous annoncer de grandes vérités, de hautes conceptions. Je n'en ai point. Je suis devenu un bon enfant, je vous assure. Je m'ennuie, je m'ennuie à la mort : voilà pourquoi je vous écris. Il me semble que nous pouvons nous comprendre....

Mais décidément je ne puis plus parler avec vous que vous ne me tendiez la main, que je n'aie reçu de vous un autre billet, avec ce seul mot : Oui.

Marie Alexandrovna, voulez-vous m'écouter?

Votre dévoué,

A. S.

CINQUIÈME LETTRE.

MARIE A ALEXIS.

Village de .... 14 avril 184..

Quel homme étrange vous faites! Eh bien, oui..

Marie B.

SIXIÈME LETTRE.

ALEXIS A MARIE.

Saint-Pétersbourg , 2 mai 184..

Hourra ! merci, Marie Alexandrovna ! vous êtes très-bonne et très-complaisante. Je commence, d'après ma promesse, à parler de moi-même. J'en parlerai avec plaisir, avec appétit. De tout au monde on peut parler avec chaleur, avec entraînement; mais ce n'est que de soi-même qu'on parle avec appétit.

Il m'est arrivé , l'un de ces jours-ci, une chose étrange. Pour la première fois, j'ai passé la revue de ma vie. Chacun de nous a l'occasion de penser à son passé, tantôt avec regret, tantôt avec dépit; mais jeter un regard froid et clair sur toute sa vie écoulée, comme un voyageur qui, arrivé au sommet d'une montagne, se retourne pour voir le chemin qu'il a parcouru, cela ne peut se faire qu'à un certain âge. Un trouble secret s'empare du cœur lorsque cela se fait pour la première fois. Je sais que le mien fut douloureusement resserré. Pendant la jeunesse, de pareils coups d'œil en arrière sont impossibles; mais la mienne est passée, et, comme à ce voyageur au faîte de la montagne, tout est clair et visible.

Oui, la voilà étendue devant moi, ma jeunesse. Ce n'est pas un gai spectacle. Je me prends en compassion moi-même. Est-il possible, grand Dieu, que j'aie moi-même gâté à ce point ma propre vie! Je suis revenu à la raison maintenant, mais il est trop tard. Vous est-il

arrivé de sauver une mouche des griffes d'une araignée ?
Vous l'avez mise au soleil; ses pattes, ses ailes sont
collées. Comme elle se meut avec gaucherie ! Comme elle
essaye maladroitement de se délivrer de cette glu qui
l'enveloppe ! Elle rampe, elle tâche de déployer ses ailes ;
mais elle ne s'élèvera plus dans les airs, elle ne bourdon-
nera plus avec insouciance au soleil. Et ce n'est pas sa
faute si elle est tombée dans cette toile perfide ; mais
moi, j'ai été ma propre araignée.

Pourtant, je ne puis pas trop m'accuser. Qui donc est
coupable seul ? Qui donc est responsable seul des fautes
de toute la nation dont il fait partie ? Nous sommes coupables, quoique chacun ne soit pas frappé. Ce sont les
circonstances générales qui décident de nous. Ce sont
elles qui nous poussent dans telle ou telle voie, et qui
nous en punissent ensuite. On dit que chaque homme a
son destin. Ce mot me fait venir à l'idée une comparaison
un peu forcée peut-être, mais que je crois juste. De
même que les nuages, formés des vapeurs de la terre,
s'élèvent au-dessus d'elle et lui deviennent étrangers,
puis lui apportent l'abondance ou la misère ; de même,
autour de nous et de nos propres émanations, se forme
un élément qui, par la suite, exerce sur nous une influence bienfaisante ou terrible. C'est cet élément que
j'appelle le destin. En d'autres termes, chacun fait sa
destinée, et sa destinée le fait lui-même.

Oui, mais le Russe est contraint de trop faire sa
destinée individuelle, et voilà son malheur. Comment
agirait-il autrement ? N'ayant aucun grand mobile hors
de lui, aucun intérêt général et commun, il ne lui reste,
pour l'emploi de ses forces, qu'à travailler sur lui-même ;
et le voilà, dès qu'il sort de l'enfance, occupé à pétrir et
à pressurer sa malheureuse personnalité. N'ayant reçu
aucune direction ferme de nos traditions nationales, ne

respectant aucune de nos lois, ne croyant à rien avec
une foi sincère, obligés de nous créer jusqu'au point
d'appui qui nous tient debout, nous avons pleine licence
de nous modeler à notre gré, car on ne peut exiger que
chacun comprenne dès l'abord l'inutilité d'un esprit « qui
« s'agite dans une activité vide[1]; » et voilà dans le monde
un avorton de plus; voilà de plus un de ces êtres nuls,
chez lesquels même la tendance au vrai est faussée par
l'habitude de l'absence de liberté; chez lesquels une
naïveté ridicule vit côte à côte avec une fausseté mes-
quine; un de ces êtres qui ne connaîtront jamais, hélas!
ni les joies salutaires d'une activité qui s'exerce au grand
jour, ni les souffrances et les triomphes d'une invincible
conviction. Réunissant en nous les défauts de tous les
âges, nous privons ces défauts des qualités qui les ra-
chètent. Nous sommes ignorants et simples comme des
enfants, sans en avoir la franchise et la candeur; nous
sommes froids comme des vieillards, sans avoir la prudence de l'âge mûr. Et, avant tout, nous ne sommes pas
jeunes, même dans notre jeunesse!

Cependant, pourquoi se calomnier? N'avons-nous
pas été jeunes aussi? N'avons-nous pas senti frémir et
fermenter en nous les forces de la vie? Oui, nous aussi
nous avons été en Arcadie; nous avons aussi erré
dans ses plaines riantes. Vous est-il jamais arrivé, en
marchant dans les broussailles, de faire fuir devant vous
ces petits grillons d'un gris sombre, qui, pour s'aider
dans leur fuite, déployaient tout à coup des ailes d'un
beau rouge de pourpre, et retombaient aussitôt dans
l'herbe? Eh bien, c'est ainsi que notre sombre jeunesse
déploie pour un court moment ses ailes éclatantes. Vous
souvient-il de ces silencieuses promenades du soir, à

---

1. Vers cité de Pouchkine.

nous quatre, le long de la haie de votre jardin, après quelques longs et chaleureux entretiens ? Vous souvient-il de ces heureux moments ? La nature nous recevait dans son sein avec une majesté caressante. Autour de nous le crépuscule s'enflammait d'une pourpre subite et tendre. Du ciel enflammé, de la terre radieuse, semblait nous arriver comme le souffle frais et chaud de la jeunesse, comme la faveur d'un bonheur immortel. Avec les feux du crépuscule, nos cœurs semblaient brûler d'une ardeur douce et passionnée; et les petites feuilles des jeunes arbres s'agitaient confusément au-dessus de nos têtes, comme si elles eussent répondu aux frémissements inté-rieurs de nos vagues aspirations et de nos espérances infinies. Vous souvient-il de la pureté, de la candeur et de la confiance de nos pensées ? de cette émotion des nobles désirs ? de ce silence de la plénitude de nos âmes ? Est-ce que alors nous ne méritions pas quelque chose de mieux que ce que la vie nous a donné plus tard ? Pour-quoi notre destin était-il de voir seulement dans le loin-tain le rivage désiré, de ne jamais y poser un pied so-lide, de ne jamais « répandre les douces larmes du pre-mier Hébreu touchant enfin la terre promise ? » Ces deux vers de Feth[1] m'en rappellent d'autres du même poëte. Vous rappelez-vous qu'un soir, marchant sur la route, nous aperçûmes un petit nuage de poussière rosée que le vent avait soulevé à l'encontre du soleil couchant ? « En nuage ondoyant, » commençâtes-vous, et sur-le-champ nous fîmes silence pour vous écouter :

> En nuage ondoyant
> La poussière s'élève dans le lointain.
> Est-ce un cavalier, est-ce un piéton ?
> Je ne puis le distinguer.

1. L'un des meilleurs poëtes contemporains de la Russie.

Ah! je vois, c'est un cavalier qui passe
En galopant sur un rapide cheval....
O toi, mon ami, mon ami si éloigné,
Souviens-toi de moi.

Vous cessâtes. Alors un souffle d'amour passa sur tous nos cœurs, et chacun de nous, j'en suis sûr, se sentit entraîné irrésistiblement vers cet inconnu lointain, où, dans la nuée brumeuse, le spectre du bonheur semble se lever et nous appeler. Et, remarquez cette bizarrerie; quel besoin avions-nous de nous élancer vers l'inconnu? N'é-tions-nous pas tous amoureux? Est-ce que le bonheur n'était pas au milieu de nous? Et qui vous demande en-core pourquoi nous n'avons pas alors touché le rivage désiré? Parce que le mensonge, cette malédiction de notre patrie, nous suivait côte à côte; parce qu'il empoison-nait nos meilleurs sentiments; parce qu'en nous tout était faux et forcé; parce que nous n'aimions pas, et que nous faisions seulement effort pour nous persuader que nous aimions.

« Mais finissons. Pourquoi irriter des plaies mal fer-mées? Tout cela est passé sans retour. Je me suis ému au souvenir de ce qu'il y eut de bon dans mon passé, et c'est sur ce souvenir que je veux vous dire adieu. Aussi bien, il est temps de fermer cette longue lettre. Je vais sortir pour respirer l'air du mois de mai, dans lequel, à tra-vers la rigidité persistante de l'hiver, on sent percer la chaude haleine du printemps. Adieu.

Votre A. S.

SEPTIÈME LETTRE.

MARIE A ALEXIS.

Village de .... 20 mai 184..

J'ai reçu votre lettre, Alexis Pétrovitch, et savez-vous quel est le sentiment qu'elle a éveillé en moi? L'indignation. Oui, l'indignation, et je vais vous expliquer sur-le-champ pourquoi elle m'a indignée; par malheur, je ne possède pas le don d'écrire; je le fais rarement, et ne sais pas m'exprimer en peu de termes avec clarté; mais j'espère que vous me viendrez en aide, et que vous ferez effort pour me comprendre.

Dites-moi, vous, homme d'esprit, vous est-il jamais arrivé de vous demander ce que c'est que la femme russe, quelle est sa destinée, sa position dans le monde, en un mot, quelle est sa vie? Si cette question vous est jamais venue à l'idée, je ne sais comment vous l'avez résolue. Quant à moi, j'aurais pu m'expliquer sur ce point dans une conversation; je ne sais si j'en pourrai venir à bout par écrit. Enfin, n'importe; essayons.

Vous conviendrez avec moi que les femmes russes, au moins celles d'entre nous qui ne se contentent pas des soins journaliers de la maison, nous recevons plus que toute autre femme notre aliment intérieur de vous autres hommes. Vous avez sur nous une influence complète, absolue. Eh bien, voyez ce que vous faites de nous. Je commencerai par parler des jeunes filles, surtout de celles qui, comme moi, vivent confinées au fond des provinces. Elles sont nombreuses en Russie. Et puis, je ne connais pas les autres, et ne puis guère en juger. Représentez-vous une telle jeune fille ! Voilà que son éducation est finie; et quelle éducation , bon Dieu ! La vie commence. « Elle voudrait se divertir, » direz-vous ? Oui; mais le plaisir seul ne lui suffit pas. Elle attend beaucoup de la vie; elle se met à lire ce qui lui tombe sous la main. « Elle rêve à l'amour, » direz-vous encore ? Oui, à l'amour; mais ce mot signifie beaucoup pour elle : c'est à la fois lumière et liberté. J'ai hâte d'ajouter que je ne parle pas des jeunes filles chez qui nulle pensée ne peut pénétrer avec la réflexion. La voilà qui regarde , qui attend; quand donc viendra celui qui doit éclairer et délivrer son âme ? Pour beaucoup d'elles, il n'arrive jamais. Mais supposons que le libérateur ait paru. La voilà dans ses mains, flexible comme une cire molle. Tout, le bonheur, l'amour, la pensée, lui arrivent ensemble comme un flot. Toutes ses angoisses sont calmées , tous ses doutes sont résolus; il lui semble que la vérité même parle par sa bouche. Elle est en adoration devant lui, elle rougit de son bonheur; elle croit, elle aime. Si c'était un héros, il l'eût enflammée , il lui eût appris à se sacrifier, et tous les sacrifices lui fussent devenus doux. Je ne sais s'il s'en trouve ailleurs; mais il n'y a pas de héros en Russie. Il y a même si peu d'hommes qui aient quelque chose à nous apprendre, à nous donner ! Cependant, malgré tout, elle lui donne son âme. Elle recueille chacune de ses paroles. Elle ne sait pas encore combien la parole peut être vide et vaine, combien elle coûte peu à celui qui la prononce, et combien elle est peu digne de créance. Après ces premiers moments de confiance et de bonheur, vient presque toujours un départ, une séparation. Encore si les circonstances l'exigeaient ! Mais non, ce n'est rien de plus que cette même prudence, cette même lâcheté qui , dans les plus jeunes cœurs, accom-

pagnent jusqu'aux élans de la passion. Heureuse la jeune
fille qui apprend sur-le-champ qu'elle n'a plus rien à
attendre et que tout est fini! mais vous autres hommes,
qui vous dites braves et justes, aimant et servant la vérité, vous n'avez que trop pris l'habitude de tromper les
autres et de vous tromper vous-mêmes. A nous l'absence
et la solitude. On pourrait en supporter les douleurs, si
l'on gardait sa foi dans l'homme et ce qu'il nous a laissé.
Mais comme deux personnes qui, parties ensemble de
la source d'une rivière, peuvent en commençant se donner la main par-dessus son lit étroit, puis s'entendre
d'une rive à l'autre, finissent bientôt par se perdre de
vue; de même l'absence achève de séparer à jamais deux
êtres qui devaient rester enlacés l'un à l'autre. « Eh bien,
direz-vous, cela ne prouve qu'une chose, qu'ils n'étaient
pas faits l'un pour l'autre. » C'est là précisément que se
montre la différence entre l'homme et la femme. Il coûte
peu à l'homme de jeter tout son passé comme un fardeau
pour recommencer une nouvelle vie. La femme ne le peut
point. Non, elle ne doit pas rejeter ce passé; elle ne doit
point s'arracher de ce lieu où elle a pris racine; non,
mille fois non. Et voilà que commence le spectacle d'un
drame lamentable et ridicule. Perdant de jour en jour sa
confiance et sa foi, et vous ne sauriez croire à quel point
c'est pénible, elle se fane et s'éteint; toujours solitaire,
s'obstinant à se retenir convulsivement à ses souvenirs,
qui sont pour elle la vérité, et se détournant de sa vie
présente, où tout ce qu'elle voit lui semble mensonge.
Et lui, où est-il? S'arrête-t-il seulement pour jeter de
loin un regard sur ce cœur qu'il a brisé, sans même lui
donner la consolation de croire qu'il est sacrifié à quelque
grand intérêt? Et si, par hasard, ils viennent à se revoir,
de quelle puérile vanité il fait parade! Dans sa compassion polie, dans les explications qu'il condescend à don-

ner, comme il étale un sentiment de supériorité offen-
sante! Comme il comprend peu le mal qu'il a fait! Comme
il sait, en faisant montre de son esprit, ne pas soupçon-
ner ce qui se passe dans votre âme!

Dites-moi, de grâce, où prendre la force de supporter
tout cela? N'oubliez pas qu'ici, dès qu'une jeune fille a
senti pénétrer dans sa tête quelques pensées d'un ordre
supérieur, elle se sépare par là même de sa famille et de
ses amitiés. Dès longtemps déjà, elle ne se contentait plus
de leur vie; pourtant elle suivait encore la voie commune,
tout en gardant ses secrets chéris. Mais la rupture éclate,
dès que le fait a prononcé contre elle. Ils cessent de la
comprendre; ils soupçonnent chacun de ses pas, de ses
mouvements. D'abord elle en prend facilement son parti :
mais plus tard, quand elle reste seule, bien seule, quand
ce ciel idéal qu'elle rêvait, pour lequel elle a tout sacrifié,
ne s'est point laissé atteindre, et que même tout ce qu'elle
avait sous la main s'est éloigné, qui la soutiendra? Le
persiflage, les ricanements, le pesant triomphe du bon
sens grossier, tout cela peut se supporter encore. Mais
que faire lorsqu'une voix intérieure se met elle-même à
lui dire que tous les autres avaient raison, que c'est elle
qui avait tort, et qu'une réalité, quelle qu'elle soit, vaut
mieux que les rêveries? Lorsque les occupations favorites,
les livres préférés, sont enfin pris en dégoût, alors qui
vous soutiendra? Comment ne pas succomber dans une
pareille lutte? Comment vivre dans un tel désert? Se sentir vaincue, et tendre une main mendiante vers des in-
différents pour leur demander cette sympathie glacée
qu'un cœur fier croyait naguère pouvoir dédaigner; passe
encore. Mais se sentir ridicule à l'instant même où l'on
verse des larmes amères; ah! que Dieu ne donne cette
épreuve à personne!

Ma main est tremblante, mon visage brûlant; il est

temps de finir : je vais expédier cette lettre avant d'avoir
le temps de rougir de ma faiblesse. Mais, au nom du
ciel, dans votre réponse, pas un mot de pitié. Autrement,
je ne vous écrirai jamais. Je ne veux pas que vous
preniez ma lettre pour l'épanchement d'une âme in-
comprise qui se plaint.... Au reste, tout m'est égal.
Adieu.   M.

HUITIÈME LETTRE.

ALEXIS A MARIE.

Saint-Pétersbourg, 18 mai 184..

Marie Alexandrovna, vous êtes une excellente créature.
Votre lettre m'a ouvert les yeux. Voyez quelle malédiction! L'homme s'imagine qu'il est enfin devenu simple
et sincère, qu'il ne joue plus la comédie; et il suffit qu'on
jette sur lui un regard plus attentif pour reconnaître
qu'il est plutôt devenu pire. L'homme seul, et par lui-
même, n'arrivera jamais à cette découverte; son œil ne
voit plus en lui-même. Comme un correcteur d'épreuves,
que l'habitude et la fatigue empêchent de voir les fautes
d'impression, il lui faut un autre œil jeune et novice.
Voilà pourquoi je vous remercie. Ah! comme ma dernière lettre, si sentimentale et si éloquente, me paraît
ridicule! Continuez, je vous en prie, vos aveux. Notre
proverbe a raison : L'instinct de la femme vaut mieux
que la réflexion de l'homme. Et le cœur donc! Si les
femmes savaient combien elles ont plus de générosité, de
bonté, et même d'esprit que les hommes, elles en de-

viendraient fières, et cette fierté les gâterait. Par bonheur, elles ne le savent point, parce que leur pensée,
comme celle des hommes, n'a pas l'habitude de se con-
centrer sur elles-mêmes. Elles réfléchissent peu; c'est
leur faiblesse et leur force; c'est le secret, je ne dirai
pas de notre supériorité, mais de notre puissance. Elles
se prodiguent, comme un héritier l'or de son père, et
nous, nous sommes tous usuriers. Comment lutteraient-
elles?

Écrivez-moi encore. Si vous saviez tout ce qui me vient
à la tête! Mais je ne veux pas vous parler, je veux vous
entendre. Écrivez-moi.

Votre dévoué,

A. S.

NEUVIÈME LETTRE.

MARIE A ALEXIS.

Village de .... 12 juin 184..

A peine vous avais-je envoyé ma dernière lettre que je
m'en suis repentie; mais il était trop tard. J'espère que
vous aurez compris sous l'influence de quel sentiment,
longtemps comprimé, elle fut écrite, et que vous m'aurez
excusée. Je me rappelle que mon cœur battait si fort
quand je l'écrivais, que ma plume tremblait dans ma
main. N'allez pas croire que je veuille me dédire; mais
je suis plus calme aujourd'hui.

A la fin de ma lettre, je vous parlais d'une jeune
femme qui se sent isolée, même parmi les siens. Je ne

veux plus revenir sur ses sentiments, mais je veux
vous donner quelques détails qui vous paraîtront pi-
quants.

Premièrement, dans le voisinage, on ne m'appelle pas
autrement que *la philosophe*. Les dames surtout me don-
nent ce sobriquet. Les uns soutiennent que je porte des
lunettes et que je dors même avec un livre latin à la main;
d'autres, que je sais extraire de je ne sais quoi je ne sais
quelle racine cubique. Personne ne doute que je ne porte
secrètement des habits d'homme, et qu'au lieu de dire bonjour, je ne m'écrie d'une voix brève : « George Zand[1] ! »
Et l'indignation contre la philosophe s'accroît de tous ces
contes. Nous avons un voisin bel esprit, et ma pauvre
personne est pour lui un inépuisable sujet de plaisanteries. Il raconte de moi que, dès que la lune paraît au ciel,
il m'est impossible d'en détacher mes regards, et il contrefait ma manière de regarder la lune; que je prends
mon café, non pas avec de la crème, mais avec cette lune,
en exposant ma tasse à ses rayons. Il est sûr que je suis
toujours à chercher le mot de l'énigme, et que je m'é-
lance toujours là-bas; puis il demande avec une fureur
comique : « Où est ce là-bas? » C'est encore lui qui a ré-
pandu le bruit que je vais à cheval la nuit traverser le gué
d'une rivière en chantant la *Sérénade* de Schubert ou en
soupirant le nom de Beethoven. Tout cela m'est sur-le-
champ rapporté. Vous souvient-il, lorsque vous étiez ici,
comme déjà tout le monde nous regardait de travers?
Maintenant ils triomphent. Mais j'ai à entendre des paroles qui me pénètrent le cœur bien plus douloureusement. Je ne parle pas de ma pauvre bonne mère, qui ne
peut pas me pardonner l'oubli de votre cousin; mais

---

1. C'est le nom de l'auteur de *Lélia* prononcé à l'allemande et à la
russe.

c'est toute ma vie qui court sur la braise, comme dit ma vieille bonne. Voici ce que je ne cesse d'entendre : « Certes, nous ne pouvons t'égaler; nous sommes des gens du cru. Et pourtant, quand on y pense, toutes ces belles rêvasseries, et tous ces livres, et toutes ces liaisons avec des savants, à quoi t'ont-ils menée? » Vous rappelez-vous ma sœur, non pas celle à qui vous avez fait la cour, mais notre aînée? Son mari, comme vous savez, est un homme simple, un peu ridicule; vous vous en êtes quelquefois moqué. Et pourtant elle est heureuse. Elle est mère de famille, elle aime son mari, son mari l'adore. « Je suis comme tout le monde, dit-elle; et toi? » Elle a raison, je lui porte envie.

Eh bien, non, je ne voudrais pas changer d'existence avec elle. Qu'on me nomme philosophe, qu'on me nomme comme on voudra, je resterai fidèle jusqu'au bout.... à quoi? à mon idéal? Oui, à l'idéal. Oui, je resterai fidèle jusqu'au bout à ce qui a fait palpiter mon cœur, à ce que j'ai reconnu être le bien et le beau. Pourvu que mes forces ne me trahissent pas! Pourvu que mon dieu ne devienne pas une froide et muette idole inanimée!

Si vous ressentez sincèrement de l'affection pour moi, voici le moment de me venir en aide, de dissiper mes doutes, de soutenir mes croyances.

Hier, mon oncle, un vieux marin, me disait : « Tout ça, c'est des bêtises; un mari, des enfants, un pot de soupe au gruau; plaire au mari, laver les enfants, veiller au pot : voilà ce qu'il faut à la femme. »

Dites-moi : a-t-il raison?

S'il a raison, je puis encore retrouver le passé perdu; je puis reprendre l'ornière battue. Qu'ai-je à attendre, en effet? Qu'ai-je à espérer? Dans une de vos lettres, vous avez parlé des ailes de la jeunesse; comme elles restent longtemps attachées! Puis vient un moment où elles tombent tout à coup; et quitter la terre, voler vers le ciel, devient impossible. Écrivez-moi.

Votre M.

DIXIÈME LETTRE.

ALEXIS À MARIE.

Saint-Pétersbourg, 19 juin 184..

Je me hâte de répondre à votre lettre, chère Marie Alexandrovna. N'étaient mes affaires.... non, je n'en ai pas; n'était cette sotte habitude de s'enraciner à un endroit, j'aurais été vous retrouver, et nous aurions causé tout à notre aise, tandis que, sur le papier, tout reste si froid!

Je vous le répète, les femmes sont meilleures que nous, et vous devez en donner la preuve. Bon pour un homme de jeter ses convictions comme un vieil habit, ou de les échanger contre un morceau de pain, ou bien encore de les laisser s'endormir du sommeil éternel et de leur mettre dessus, comme sur la tombe d'un ami jadis aimé, une pierre tumulaire où l'on ne vient que rarement prier! Mais vous, femmes, restez fidèles à votre idéal. Ce mot, je le sais, est devenu ridicule; mais qui craint le ridicule n'aime pas la vérité. Combien de fois le froid ricanement d'un sot a désarmé d'honnêtes gens, leur a fait, par exemple, abandonner la défense d'un ami absent! J'avoue à ma honte avoir souvent commis cette lâcheté; mais si, dans le torrent qui nous déborde, vous aussi, femmes

russes, vous vous laissez entraîner, c'en est fait de nous.
J'espère en vous, toutefois. Vous cédez dans les baga-
telles; mais vous savez mieux que nous regarder, comme
on dit, le diable dans les yeux. Ce n'est pas un conseil
que je vous donne, un secours que je vous offre; je vous
tends la main, et je vous dis : « Patientez, et sachez que le
sentiment d'une lutte dignement soutenue est plus élevé
que l'orgueil de la victoire, car la victoire ne dépend pas
de nous. »

Votre oncle a certainement raison à son point de vue;
la vie de ménage est le but de toute femme. Mais il n'y a
que les jésuites pour prétendre que tout moyen est bon
pour arriver au but. Non, il est impie d'entrer dans un
temple avec les pieds salis par la boue du chemin qu'on
a parcouru. Vous dites que vous pouvez rentrer dans l'ornière battue; mais prenez garde, ne faites point un faux
pas. Vous aurez beau faire, vous ne deviendrez jamais ce
qu'est votre sœur. Vous vous êtes placée plus haut qu'elle;
portez-en la peine. Son âme est entière, la vôtre est
brisée.

Parlons sans détour. Vous craignez de rester vieille
fille; vous avez plus de vingt-cinq ans. En effet, le sort
d'une vieille fille n'est pas digne d'envie : tout le monde,
avec une gaieté si peu généreuse, se moque de ses ma-
nies et de ses étrangetés! Mais y a-t-il un seul être au
monde, et je ne parle pas des vieux garçons, qu'on ne
puisse montrer au doigt, qui ne prête à rire à satiété? On
ne prend pas le bonheur d'assaut; et puis, ce n'est pas
le bonheur, c'est la dignité de l'âme humaine, qui doit être
le but principal de la vie.

Je comprends toute l'amertume de votre position; l'on
pourrait la nommer tragique. Mais il n'est personne parmi
nous de qui l'on ne puisse en dire autant. Dans le pays où
nous vivons, tout ce que nous croyons pouvoir admettre,

c'est que nous sommes un peu ridicules ; mais, à y regarder de près, nous sommes tous dignes de pitié, et peut-être de mépris. Vous me direz que cela ne rend pas votre position plus commode ; et moi, je vous répondrai que souffrir avec des milliers d'autres hommes est fort différent de souffrir seul. Souffrir seul, c'est encore une manière d'être égoïste.

Tout cela, direz-vous, sont des rêveries, et sans application possible. Pourquoi ? Je suis convaincu que tout ce qui est bon et vrai est applicable, et le sera tôt ou tard, même chez nous. Seulement, que chacun se tienne ferme à son poste, regarde droit devant lui, et ne courbe pas la tête. Mais il me semble que voilà trop d'abstractions. Je remets à plus tard la continuation de ceci, et je dépose la plume pour vous serrer la main.

Votre A. S.

P. S. — A propos, vous dites que vous n'avez plus rien à attendre, plus rien à espérer. Qu'en savez-vous ? Permettez-moi de vous le demander.

ONZIÈME LETTRE.

MARIE A ALEXIS.

Village de .... 30 juin 184..

Que je vous suis reconnaissante de votre lettre, Alexis Pétrovitch ! Oui, je vois que vous êtes un homme bon et sûr. Je ne ferai pas avec vous la mystérieuse ; vous n'a-

buserez pas de ma confiance, et vous me donnerez un
conseil d'ami. Écoutez-moi.

Vous avez remarqué la dernière phrase de ma lettre. Il
y a ici un voisin.... Vous ne le connaissez pas. Si je voulais, je pourrais l'épouser. C'est un homme jeune encore,
qui a de la fortune; mes parents consentent à ce mariage.
C'est de plus un fort brave homme. Mais son esprit est si
étroit, ses désirs si bornés, qu'il m'est impossible de ne
pas sentir ma supériorité. Lui aussi semble la reconnaître, et s'en réjouir. C'est là précisément ce qui me re-
pousse; je ne puis pas le respecter. Que dois-je faire?
Pensez un peu pour moi, et donnez-moi votre opinion.

Mais je vous suis reconnaissante; votre lettre m'a fait
du bien. Mes pensées avaient pris une teinte si amère!
J'en étais venue à rougir presque de chaque sentiment,
je ne dirai pas d'enthousiasme, mais seulement de confiance. Je fermais avec dépit tout livre qui me parlait de
bonheur, d'espérance; je me détournais du ciel serein, de
la fraîche verdure des arbres, de tout ce qui souriait et
pouvait me réjouir. Quelle pénible situation c'était! Mais
je dis c'était, comme si elle était passée.

Je ne sais; mais, si elle ne revient plus, c'est à vous que
j'en aurai l'obligation. Voyez que de bien vous avez fait,
sans vous en douter peut-être. A propos, je vous prends
en pitié : nous sommes au cœur de la belle saison; les
journées sont splendides; en Italie même, le temps ne
saurait être plus beau. Et vous êtes enfermé dans une
ville pleine de poussière et de bruit; vous foulez un pavé
brûlant. Si du moins vous aviez pris une maison de campagne! On dit qu'il y en a de charmantes sur le bord de
la mer.

Je voulais vous écrire davantage; mais c'est impossible.
Une bouffée d'odeurs si douces vient de m'arriver du jardin, que je ne puis rester dans la chambre. Je prends

mon chapeau, et je vais me promener. A une autre fois,
bon Alexis Pétrovitch.

Votre dévouée M. B.

P. S. — Imaginez-vous que notre bel esprit est venu,
l'un de ces jours, me faire une déclaration, et dans les
termes les plus passionnés. J'ai cru d'abord qu'il continuait à se moquer de moi ; mais il a terminé par une
proposition formelle. Que dites-vous de cela, après toutes
ses taquineries ? Mais il est décidément trop vieux. Hier
soir, pour le braver, je me suis mise au piano, devant
une fenêtre ouverte, au clair de la lune, et j'ai joué du
Beethoven : il m'était si doux de sentir cette fraîche lumière sur mon visage, et de remplir le silence de la nuit
par les plus nobles sons de la musique, auxquels s'en-
tremêlait le chant du rossignol ! Il y a longtemps que je
n'avais été si heureuse. Mais n'oubliez pas de me donner
une réponse à ma question ; c'est très-important pour
moi.

DOUZIÈME LETTRE.

ALEXIS A MARIE.

Saint-Pétersbourg, 8 juillet 184..

Voici, en deux mots mon opinion, chère Marie Alexandrovna : le vieux bel esprit et le jeune soupirant, tous
deux par-dessus bord. Ils ne vous valent pas, ils ne vous
méritent pas ; c'est clair comme deux et deux font quatre.
Le jeune voisin peut être un honnête homme ; mais il n'y

a rien de commun entre vous. Et vous croiriez pouvoir vivre ensemble! Mais à quoi bon vous hâter? Est-il possible qu'une femme telle que vous.... je ne veux pas faire de compliments, et n'ajoute pas un mot.... ne rencontre personne qui sache l'apprécier et se montre digne d'elle? Non, suivez mon conseil, si vous me croyez en effet votre ami. Un peu de patience. Mais avouez qu'il vous a été très-agréable de voir à vos pieds ce vieux calomniateur. A votre place, je lui aurais fait chanter toute la nuit l'*Adélaïde* de Beethoven, face à face avec la lune.

Au reste, que Dieu les bénisse, vos adorateurs. Ce n'est pas d'eux que je veux vous entretenir aujourd'hui. Je me sens dans une situation d'esprit fort étrange, à demi ému, à demi irrité, à la suite d'une lettre que j'ai reçue hier. En voici la copie. Elle m'est écrite par un de mes anciens camarades, excellent garçon, mais de peu d'esprit. Il y a deux ans qu'il est parti pour l'étranger, et ne m'avait pas donné signe de vie. Lisez. *Nota bene :* Il est d'une très-jolie figure.

« Cher Alexis, je suis à Naples, dans ma chambre, sur la *Chiaja*, devant ma fenêtre. Le temps est superbe. Je me suis amusé pendant un quart d'heure à regarder la mer, et tout à coup l'idée brillante de t'écrire m'est venue à l'esprit. J'ai eu toujours un grand penchant pour toi, parole d'honneur. Voici donc que je vais m'épancher dans ton sein. C'est ainsi, à ce que je crois, qu'on dit dans votre langage élevé. L'impatience m'a pris parce que j'attends une femme. Nous devons aller ensemble à Baja manger des huîtres et des oranges, nous rôtir comme des lézards au soleil, regarder des bergers, teints de bistre sous leurs bonnets rouges, danser la tarentelle. Enfin, nous allons jouir de la vie en plein. Mon cher ami, je suis si heureux que je ne puis te le dire. Oh! si je possédais ta plume, quel tableau n'aurais-je pas tracé devant tes yeux! Mais, par malheur, je suis, comme tu sais, un homme complétement illettré. Cette femme que j'attends, et qui me fait, depuis une heure, tressaillir en regardant la porte, cette femme m'aime. Et à quel point je l'aime, moi, je crois que même avec ta plume éloquente tu ne saurais pas le décrire.

« Il faut que tu saches qu'il y a trois mois que je la connais. Et, depuis le premier jour, mon amour va toujours *crescendo*, comme une gamme chromatique, de plus haut en plus haut; de sorte qu'à cette heure, il est par delà le septième ciel. Je plaisante; mais en effet, mon attachement pour cette femme est quelque chose d'extraordinaire, de surhumain. Imagine-toi, je ne lui dis jamais un mot; je ne fais que la regarder et rire, et rire comme une bête. Quelquefois je m'assieds à ses pieds, et je me sens stupide à manger du foin; et en même temps aussi heureux que stupide. Quelquefois elle me met la main sur les cheveux.... Mais tu ne saurais me comprendre; tu es un philosophe, et tu as été un philosophe toute ta vie. On l'appelle Nina, Ninetta; c'est la fille d'un riche marchand d'ici. Elle est jolie plus que tous tes Raphaëls mêlés ensemble; vive comme la poudre, gaie, spirituelle, à ce point qu'il est étonnant qu'elle ait pu aimer un simple comme moi. Elle chante comme un oiseau, et quant aux yeux.... Pardonne-moi, je te prie, ce trait de plume involontaire; il m'avait semblé entendre grincer la porte. Non, ce n'est pas encore elle, la méchante. Tu vas me demander comment tout cela finira, ce que j'ai l'intention de faire, et si je resterai longtemps ici. Je ne sais rien de tout cela, et n'en veux rien savoir, frère. Advienne que pourra : car, si l'on voulait s'arrêter à chaque pas pour réfléchir.... C'est elle. Elle monte en chantant l'escalier. La voilà! Adieu, frère. Ne m'en veuille pas; c'est elle qui a mouillé cette lettre en la frappant avec son bouquet. Elle croyait que

j'écrivais à une femme. Mais quand elle a su que c'était
à un ami, elle m'a chargé de te saluer de sa part, et dé
te demander si vous avez là-bas des fleurs qui sentent
bon. Si tu entendais comme elle rit! L'argent ne tinte pas
avec plus de douceur. Et on y sent tant de bonté! Il ne
reste plus qu'à baiser ses petits pieds mignons. Nous partons. Ne te fâche pas de mon grimoire illisible, et porte
envie à ton M....»

La lettre, en effet, paraissait avoir été mouillée, et sentait la fleur d'oranger. Deux petits pétales étaient restés
collés sur le papier. Cette lettre m'a vivement ému ; elle
m'a rappelé mon séjour à Naples. Le temps aussi était
splendide ; le mois de mai venait de commencer. J'avais
vingt-deux ans , mais je ne connaissais aucune Ninette.
J'errais seul dans Naples , dévoré d'une soif ardente de
·bonheur, et si pleine de saveur qu'elle ressemblait au
bonheur même. Ce que c'est que la jeunesse ! Je me souviens qu'une nuit j'allai me promener sur le golfe. Nous
étions deux.... qu'avez-vous cru? Le batelier et moi. Quelle
nuit, bon Dieu ! Quelles étoiles ! Comme elles se reflétaient
dans les flots! De quel feu liquide s'allumait l'eau sous le
coup des rames ! Quel parfum enivrant glissait sur toute
la mer! Mais ce n'est pas à moi de décrire une telle scène,
malgré toute « l'éloquence de ma plume. » Un vaisseau
de ligne français était à l'ancre dans la rade; il étince-
lait de lumières intérieures ; de longues raies lumineuses,
reflets des fenêtres éclairées , s'étendaient en tremblo-
tant sur la sombre mer. Le capitaine du vaisseau donnait un bal. Une gaie musique arrivait à moi comme par
rafales ; je me rappelle entre autres le trille d'une petite
flûte qui, parmi les sourds ronflements des contre-basses,
semblait un papillon voltigeant autour de ma barque.
Je me fis conduire près du vaisseau , et j'en fis deux fois
le tour. Des ombres de femmes passaient rapidement de-

vant les fenêtres, emportées par le tourbillon de la valse.
Je fis ramer plus loin, et nous nous enfonçâmes dans
l'obscurité. Ces sons moqueurs me poursuivirent longtemps encore; ils expirèrent enfin. Je me dressai sur
mon banc, et, dans une muette agonie de désirs, j'étendis
mes embrassements à travers le vide. Oh! que mon
cœur se sentit triste! Comme la solitude me parut pesante! Avec quelle ivresse je me serais donné tout entier,
s'il y avait eu là à qui me donner! Avec quelle angoisse
douloureuse je me jetai la face par terre dans le fond de
la barque, en disant au batelier : Mène où tu voudras. »

Pour mon ami, il n'a rien ressenti de semblable. Il
vit, lui. Ce n'est pas pour rien qu'il m'appelle philosophe.
Chose étrange! On vous donne le même nom. Pourquoi
ce malheur nous est-il arrivé, à vous et à moi?

Je ne vis pas! mais à qui la faute? Pourquoi suis-je à
Saint-Pétersbourg? Pourquoi y tuer un jour après l'autre?
Pourquoi ne vais-je pas à la campagne? Nos steppes ne
sont-elles pas belles? N'y respire-t-on pas à l'aise? Quelle
folie de courir après des souvenirs et des rêves, quand le
bonheur est peut-être là, sous la main! C'est décidé; je
pars dès demain, s'il est possible. Je retourne chez moi.
C'est dire chez vous, car nos pays ne sont qu'à vingt
verstes l'un de l'autre. Comment cette idée ne m'est-elle
pas venue depuis longtemps? Au revoir, Marie Alexandrovna.

9 juillet.

Je me suis donné vingt-quatre heures de réflexion. Et
je suis décidément convaincu que je n'ai plus à rester ici.
La poussière vous dessèche les yeux dans les rues, et les
gens qu'on y rencontre ont l'air abruti par l'ennui. Aujourd'hui je fais mes paquets; je pars demain ou après-
demain, et dans dix jours au plus tard je vous revois.

A propos, votre sœur est toujours en visite chez sa
tante, n'est-ce pas? C'est cette lettre de Naples qui a pré-
cipité ma décision. Je veux bien qu'elle ne prouve rien,
et peut-être que cette demoiselle Ninette ne serait pas
de mon goût. N'importe; elle me fait partir. Je vous serre
la main de toute ma force, et vous dis encore : Au revoir.

Votre A. S.

TREIZIÈME LETTRE.

MARIE A ALEXIS.

Village de .... 16 juillet 1840.

Vous venez, Alexis Pétrovitch ; vous serez bientôt ici.
Est-ce bien vrai ? Je ne vous cacherai pas que cette nouvelle me cause beaucoup de joie et un peu de crainte. Ce
lien d'amitié qui commençait à se former entre nous
soutiendra-t-il l'épreuve de l'entrevue? Je ne réponds
pas à votre lettre, bien que j'aie tant de choses à dire.
Je remets tout cela à bientôt. Ma mère est enchantée de
votre retour; elle savait que nous étions en correspondance. Le temps est délicieux ; nous ferons de longues
promenades ; je vous montrerai de nouveaux sites que
j'ai découverts. Il y a surtout une longue et étroite vallée,
située entre des rangées de collines couvertes de bois.
Elle a l'air de chercher à se cacher. Un petit ruisseau la
parcourt, ayant grand'peine à s'ouvrir un chemin dans

l'herbe épaisse et fleurie. Enfin, vous verrez. Arrivez, j'espère que nous ne nous ennuierons pas.

M. B.

Je ne crois pas que vous voyiez ma sœur; elle est toujours chez ma tante. Je dois même vous dire, mais que ceci reste entre nous, qu'elle doit bientôt se marier avec un très-aimable jeune homme, un brillant officier. Pourquoi m'avez-vous transcrit cette lettre de Naples? La vie d'ici vous paraîtra terne et pâle devant tant d'éclat et de splendeur. Mais Mlle Ninette a tort; nous avons aussi des fleurs, et des fleurs odorantes.

QUATORZIÈME LETTRE.

MARIE A ALEXIS.

Village de .... janvier 1841.

Je vous ai écrit plusieurs fois, Alexis Pétrovitch, vous ne m'avez pas répondu. Êtes-vous en vie? Ou bien vous êtes-vous lassé de notre correspondance? Avez-vous trouvé une distraction plus agréable que celle que pouvaient vous offrir les lettres d'une demoiselle de province? Sans doute ce n'était que par désœuvrement que vous vous étiez souvenu de moi. S'il en est ainsi, je vous souhaite tout le bonheur possible. Si vous persistez à ne pas me répondre, je ne vous importunerai plus. Il ne me restera qu'à regretter cette imprudence d'avoir permis à quelqu'un de venir me troubler, de lui avoir tendu la main, et d'être sortie, ne fût-ce qu'un moment, de mon petit coin solitaire. Je dois y rester à jamais, et m'y renfermer à double tour. C'est ma destinée ; c'est la destinée de toutes celles qu'on nomme vieilles filles. Il ne faut plus chercher la lumière du bon Dieu, il ne faut plus désirer un air pur quand la poitrine ne peut le supporter. Au surplus, nous sommes enfermés sous des monceaux de neige inerte. Je serai plus sage à l'avenir. On ne meurt pas d'ennui ; on peut mourir d'angoisse. Si je me trompe, donnez-m'en la preuve. Mais je ne crois pas me tromper.

Adieu.   M. B.

QUINZIÈME ET DERNIÈRE LETTRE.

ALEXIS A MARIE.

Dresde, septembre 1842.

Je vous écris, chère Marie Alexandrovna ; et c'est uniquement parce que je ne veux pas mourir sans vous avoir dit adieu, sans m'être rappelé à votre souvenir. Les docteurs m'ont condamné, et je sens moi-même que ma vie s'en va. J'ai un rosier fleuri sur ma fenêtre ; il n'aura pas perdu ses fleurs que je ne serai plus. Cette comparaison n'est pas habile, car le rosier est mille fois plus intéressant que moi.

Je suis, comme vous voyez, en pays étranger. Il y a six mois que j'habite Dresde. J'ai reçu vos dernières lettres, soit dit à ma honte, il y a plus d'une année. J'en ai perdu quelques-unes ; je n'ai point répondu. Vous allez bientôt

savoir pourquoi. Mais vous m'avez toujours été chère
et, excepté vous, je n'ai d'adieux à faire à personne,
et peut-être que personne n'attend mes adieux.

Peu après la dernière lettre que je vous ai écrite, lorsque j'étais sur mon départ, et que je bâtissais des projets
dont aucun, hélas! ne devait se réaliser, il m'est arrivé
un événement qui a eu, je puis le dire, une grande influence sur ma vie, car c'est lui qui me fait mourir. Ne
sachant que faire de ma soirée, j'allai au Grand-Théâtre
voir un ballet. Je n'ai jamais aimé les ballets, et j'ai toujours eu de l'aversion pour les danseuses; mais il paraît
que personne ne peut ni changer son destin, ni prévoir
l'avenir, ni se connaître soi-même. A regarder les choses
de près, il n'y a que l'imprévu qui arrive dans la vie, et
nous ne faisons rien de plus, tout le long de l'existence,
que de nous accommoder à ces imprévus qui nous tombent
sur la tête comme la neige. Mais je crois, Dieu me pardonne! que je me mets encore à philosopher. Ce que
c'est que l'habitude! En un mot, pour être bref, je devins
amoureux fou d'une danseuse.

C'était d'autant plus étrange qu'on ne pouvait pas
même dire qu'elle fût belle. Elle avait, il est vrai, de
beaux longs cheveux d'un blond cendré, et de grands
yeux clairs d'une expression à la fois rêveuse et insolente.
Comment ne connaîtrais-je pas cette expression, moi qui,
pendant une année entière, ne m'éteignais et ne me rallu-
mais qu'à leurs rayons? Elle était bien faite, et, quand
elle dansait une danse populaire, on l'applaudissait à tout
rompre. Pourtant elle n'avait pas un immense succès, et
je crois bien qu'excepté moi, personne ne s'est avisé de
tomber amoureux d'elle. Quant à moi, dès l'instant
même où je la vis.... Croiriez-vous que, même à présent,
je n'ai qu'à fermer les yeux pour revoir le théâtre, une
scène vide représentant l'intérieur d'un bois? elle sort

en courant de la coulisse à droite, une couronne de pam-
pre sur la tête et une peau de tigre sur les épaules....
Dès cet instant fatal, je lui appartins en entier, comme un
chien à son maître. Et si, en mourant, je ne lui appar-
tiens pas encore, c'est qu'elle m'a repoussé.

A dire vrai, elle n'a jamais fait grande attention à moi.
Elle me remarquait à peine, bien qu'elle reçût sans façon
mes services et mes cadeaux. J'étais pour elle, comme
elle disait dans son jargon franco-italien, *un Rousso boun
enfan*, et rien de plus. Mais moi, je ne pouvais plus vivre
où elle n'était pas. Je m'arrachai brusquement à tout ce
qui m'était cher, même à ma patrie, et je partis à la suite
de cette femme.

Vous croyez peut-être qu'elle avait au moins de l'esprit. Pas du tout : il suffisait de jeter un coup d'œil sur
son front bas et alourdi, ou de voir son sourire paresseux
et insouciant, pour mesurer ses qualités mentales. Du
reste, je ne l'ai jamais tenue moi-même pour une femme
hors ligne, et je ne me suis jamais abusé sur son compte.
Mais cela ne servait à rien. Quoi que j'en eusse pensé en
son absence, devant elle je n'éprouvais qu'une adoration
prosternée. Il n'y a que les chevaliers des légendes alle-
mandes qui ressentent ces transes amoureuses. Je ne
pouvais détourner les yeux des traits de son visage ; je
ne pouvais me rassasier du bruit de ses paroles, du spectacle de ses mouvements. En vérité, il me semble que
je ne respirais qu'après elle. Du reste, bonne personne,
nullement affectée, et peut-être trop sans façon. Elle ne
faisait pas la suffisante, comme la plupart des artistes.
Il y avait beaucoup de vie en elle, je veux dire beaucoup
de sang, de ce beau sang méridional dans lequel le soleil
de là-bas a infusé quelques-uns de ses rayons. Elle dormait au moins neuf heures par jour, mangeait à toute
heure, ne lisait jamais une ligne imprimée, si ce n'est les

articles de journaux qui parlaient d'elle, et je crois que
le seul sentiment tendre de sa vie fut pour son secrétaire,
il signore Carlino, petit Italien rusé et avide, dont elle
finit par faire son mari. Et c'est d'une pareille femme
que moi, homme déjà vieilli, et qui s'était voué à tant
d'exercices philosophiques, je devais tomber amoureux! Qui aurait pu s'y attendre? Moi, du moins, je ne
m'y serais pas attendu. Non, je n'aurais pu m'attendre
au rôle que j'ai joué : à me traîner aux répétitions de ballets, à me morfondre derrière les coulisses, à respirer
l'acre fumée des quinquets, à faire connaissance avec
toutes sortes de gens fort suspects; que dis-je, faire
connaissance? leur faire la cour, les saluer, invoquer leur
protection. Non, je n'aurais pu m'attendre à porter le
châle d'une danseuse, à lui acheter des gants neufs, à
nettoyer ses vieux gants avec de la mie de pain (je l'ai
fait, parole d'honneur!), à rapporter ses bouquets à la
maison, à courir les antichambres des journalistes et
des directeurs, à payer des applaudissements, à donner
des sérénades, à prendre froid, à tomber malade. Hélas!
je ne m'attendais pas à recevoir dans une petite ville
d'Allemagne le surnom pittoresque du «Barbare, protecteur de Terpsichore. » Et tout cela pour rien, dans le sens
le plus complet du mot, pour rien!

Vous souvient-il combien nous avons disserté, dans
nos causeries et nos lettres, au sujet de l'amour? dans
quelles finesses nous nous sommes égarés? En somme,
il ressort de mon expérience que l'amour est un tout
autre sentiment que nous ne nous l'étions imaginé. L'a-
mour n'est pas même un sentiment : c'est une maladie,
un certain état du corps et de l'âme. Il ne se développe
pas suivant des règles. On ne peut pas compter avec lui,
on ne peut pas jouer au fin. D'habitude, il s'empare d'un
homme sans lui en demander permission, comme la

fièvre ou le choléra. Il saisit sa proie comme le vautour un pigeonneau, et l'emporte où il lui plaît. Non, il n'y a pas d'égalité dans l'amour ; il n'y a pas cette libre union des âmes, que des professeurs allemands, qui n'ont jamais aimé, ont inventée à loisir. Non, de deux êtres qui s'aiment, l'un est un esclave, l'autre un maître, et ce n'est pas en vain que les poëtes ont parlé des chaînes de l'amour. Ah ! c'est une bien lourde chaîne. Moi, du moins, j'ai acquis cette conviction ; j'y suis arrivé par le chemin de l'expérience, et je la paye du prix de ma vie, car je meurs esclave.

Admirez un peu mon sort. Dans ma jeunesse, je voulais escalader le ciel et y trouver Dieu ; puis j'ai rêvé le bien du genre humain, celui de la patrie ; puis je me suis résigné à m'arranger une vie d'intérieur ; et voilà qu'une vile taupinière m'a jeté par terre ; que dis-je ? dans la tombe. Ah ! quel talent particulier nous avons pour finir ainsi, nous autres Russes !

Mais il est temps que je me détourne de tout cela, qu'avec ma vie, mon âme se décharge de ce fardeau ! Je veux, pour la dernière fois, ne serait-ce qu'un moment, savourer ce bon et tendre sentiment qui se répand en moi comme une tranquille lumière, dès que je pense à vous. Votre image m'est doublement chère en ce moment. Avec elle s'élève devant mes yeux l'image de ma patrie, et à elle et à vous j'envoie mon dernier adieu. Vivez longtemps, vivez heureuse ; et, soit que vous restiez enfouie dans cette steppe perdue où vous passez souvent de tristes jours, mais où j'aurais voulu finir les miens, soit que vous alliez au-devant d'un autre sort, rappelez-vous ceci : celui-là seul n'est pas trompé par la vie, qui ne réfléchit pas trop sur elle, et qui, ne lui demandant rien, accepte ses rares présents. Marchez en avant tant que vous pourrez ; et, quand vous sentirez vos jambes fléchir, as-

seyez-vous au bord de la route, et regardez les passants
qui vous devancent sans dépit et sans envie. Ils n'iront
pas loin non plus. Ce n'est pas ce que je vous disais
autrefois; mais la mort est un maître qui fait parler juste.
Du reste, qui dira ce que c'est que la vie, ce que c'est
que la vérité ? Rappelez-vous la question posée par Pilate,
et restée sans réponse. Adieu, chère Marie Alexandrovna,
adieu pour la dernière fois. Ne gardez pas un mauvais
souvenir au pauvre Alexis.

DEUX JOURNÉES

DANS

LES GRANDS-BOIS

DEUX JOURNÉES

DANS

LES GRANDS-BOIS[1].

PREMIÈRE JOURNÉE.

La vue d'une vaste forêt de sapins, la vue des grands bois, rappelle celle de l'Océan. Elle éveille les mêmes impressions; c'est la même plénitude intacte et primitive, qui se déroule à l'œil du spectateur dans sa royale majesté. Du sein des forêts séculaires, comme du sein de l'onde immortelle, s'élève la même voix : « Je n'ai pas affaire à toi, dit la nature à l'homme; je règne, et toi, tâche de ne pas mourir. » Mais la forêt est plus triste et plus monotone que la mer, surtout la forêt de sapins. Toujours la même en toute saison, elle est d'habitude silencieuse. La mer caresse et menace; elle prend toutes les nuances, elle parle toutes les voix, elle reflète le ciel, ce ciel d'où nous vient aussi un souffle d'éternité qui ne nous semble pas étrangère, tandis qu'à l'aspect de la

---

1. *Polessié*, vaste contrée boisée qui s'étend dans les gouvernements de Kalouga, Smolensk et Orel.

sombre et morne forêt, avec son lugubre silence ou ses
sourds et longs gémissements, l'homme sent plus irrésistiblement pénétrer dans son cœur la conscience de son
néant. Il est difficile à cet être éphémère, né d'hier et
condamné à mourir demain, de soutenir le regard froid
et indifférent de l'éternelle Isis. Ce ne sont pas seulement
les espérances audacieuses et les confiantes rêveries de
sa jeunesse qui s'humilient et s'éteignent au souffle gla-
cial des puissances élémentaires ; toute son âme se res-
serre et se rapetisse : il sent bien que le dernier de ses
frères pourrait disparaître de la face de la terre, sans
qu'une seule feuille s'agitât sur sa branche ; il sent son
isolement, sa faiblesse, le hasard de son existence, et il
se hâte, avec une terreur secrète, de revenir aux soucis
mesquins et aux petits travaux de sa vie. Il se trouve
plus à l'aise dans ce monde qu'il s'est créé ; là il est
chez lui, là il peut croire encore à sa force et à son importance.

Ce furent les idées qui me vinrent à l'esprit, il y a
quelques années, lorsque, debout sur le perron d'une
petite auberge bâtie aux bords marécageux de la Resseta,
j'aperçus pour la première fois de ma vie les Grands-Bois.
Comme en gradins d'amphithéâtre, et à perte de vue,
s'étendait devant moi l'interminable forêt de sapins, où, sur
un fond bleuâtre, se détachaient en vert frais et pâle des
bouquets de bouleaux. Nulle part une blanche église,
nulle part une plaine aux champs dorés ; partout les
cimes dentelées des arbres, partout l'éternelle brume qui
les enveloppe dans cette contrée. Ce que je voyais ne respirait pas la paresse, cette immobilité de la vie ; non,
quoique grandiose, c'était la mort. Une chaude journée
d'été tenait la terre endormie, et de grands nuages blancs
passaient très-haut avec lenteur. L'eau rougeâtre de la
Resseta glissait sans bruit à travers d'épais roseaux ; des

mamelons de sombre mousse se voyaient confusément au
fond, et les bords de la rivière semblaient se fondre,
tantôt en marécages, tantôt en amas de sable crayeux.

Un chemin fréquenté passait devant l'auberge. Auprès
du perron se tenait une *telega* remplie de caisses et de
boîtes de différentes grandeurs. Son maître, petit homme
sec, au nez d'épervier et aux yeux de souris, le dos voûté
et la jambe boiteuse, attelait un petit cheval aussi boiteux
que lui. C'était un marchand de pains d'épices qui se
rendait à la foire de Karatcheff. Tout à coup, sur le
même chemin, parurent quelques hommes bientôt suivis
d'un plus grand nombre, et finalement d'une foule en
tière. Tous portaient de longs bâtons à la main, et des
havre-sacs sur le dos. A leur démarche fatiguée et chan-
celante, à leur teint hâlé, on pouvait reconnaître qu'ils
venaient de loin. C'étaient des puisatiers de Youknoff qui
retournaient au pays. Un vieillard aux cheveux blancs
comme la neige semblait être leur chef. Il s'arrêtait de
temps à autre, et d'une voix tranquille stimulait les traî-
nards. Tous marchaient en silence, dans une sorte de
grave recueillement. L'un d'eux, homme trapu et de mine
renfrognée, le *touloup* entr'ouvert et un bonnet de peau
de mouton enfoncé jusqu'aux yeux, s'approcha du marchand forain, et lui dit brusquement : « A combien le
pain d'épices, imbécile? — C'est selon ce que tu prendras, homme aimable, répondit d'une voix grêle le marchand surpris et fâché; il y a du pain d'épices à deux kopecks, à trois kopecks; et toi, en as-tu un seulement dans
ta poche? — Ce manger de bourgeois est fade pour un
ventre de paysan, » répliqua en s'éloignant le paysan au
touloup. « Enfants, enfants, suivez la route; il faut
arriver avant l'étoile du soir, » fit entendre la voix du
vieux chef; et toute la horde s'écoula rapidement, sans
qu'aucun d'eux pensât à soulever son bonnet en passant

devant moi. Le vieillard seul me fit un grave salut, tout
en souriant sous ses blanches moustaches. « Gens peu
civilisés, dit le marchand en me jetant un regard de côté;
ce n'est pas pour eux, certes, qu'est mon pain d'épices. »
Et achevant d'atteler sa rosse, il descendit vers la rivière,
où se voyait une espèce de bac en troncs d'arbres liés
ensemble. Un paysan, coiffé du bonnet en feutre blanc
particulier à cette contrée, sortit d'une hutte, et le passa
sur l'autre rive. La petite *telega* se mit à ramper dans un
chemin raboteux, faisant gémir à chaque tour une de
ses roues.

Quand mes chevaux eurent mangé, je passai aussi sur
l'autre rive. Après avoir marché l'espace de deux verstes
dans une plaine marécageuse, j'entrai dans la trouée
percée au milieu de la forêt. Mon *tarantass* commença à
danser sur les rondins qui servaient à paver cette route.
Je mis pied à terre, et suivis la voiture. Les chevaux marchaient d'un pas égal, soufflant avec force et agitant la
tête pour chasser les mouches. Bientôt les Grands-Bois
nous reçurent dans leur sein. Non loin de la lisière,
poussaient des bouleaux, des trembles, des tilleuls et
quelques chênes; puis parut comme un mur de sapins
épais, auxquels succédèrent les troncs rougeâtres et moins
serrés des pins communs en Écosse; puis, de nouveau,
un bois mélangé, garni par en bas de noisetiers, de sor-
biers, de cerisiers sauvages, d'herbes à tiges hautes et
dures. Les rayons du soleil éclairaient vivement les cimes
des arbres, s'éparpillaient dans les branches, et n'arrivaient jusqu'à terre qu'en minces et pâles filets. On n'entendait presque point d'oiseaux : ils n'aiment pas les forêts
profondes; seulement, de temps à autre, le cri plaintif
et trois fois répété de la huppe, ou bien l'aigre miaule-
ment du geai; quelquefois un rollier, toujours solitaire et
silencieux, traversait la trouée en y faisant luire son

plumage d'or et d'azur. De loin en loin, les arbres étaient plus espacés, une éclaircie se montrait, et le *tarantass* entrait dans une petite plaine sablonneuse, nouvellement défrichée. Du seigle chétif y croissait par longues bandes et agitait sans bruit ses maigres tiges. Une petite chapelle noircie, avec sa croix inclinée, se voyait au-dessus d'un puits, et un invisible ruisseau babillait d'un bruit faible et sourd comme s'il fût entré dans le goulot d'une bouteille vide. Un bouleau, abattu par le vent, interceptait tout à coup la route. En d'autres endroits, elle était cachée sous une couche d'eau stagnante; des deux côtés, un marécage étendait sa nappe verdâtre, couverte de joncs et d'aunes rabougris. Des canards sauvages s'élevaient par couples, et l'œil suivait avec surprise leur vol inusité à travers les troncs des grands sapins. « Ah! ah! ah! ah! » criait tout à coup un pâtre qui poussait devant lui son troupeau de bétail à demi sauvage. Une vache au poil roux, aux cornes courtes et affilées, traversait bruyamment les broussailles, et, comme pétrifiée, s'arrêtait au bord de la trouée, en fixant ses grands yeux sombres sur le chien qui courait devant moi. Le vent apportait fréquemment une odeur de bois brûlé, et une petite fumée circulait en mince spirale dans l'air bleuâtre de la forêt. C'était sans doute un paysan qui se procurait à peu de frais du charbon pour quelque fabrique de verre ou de soude des environs. Plus nous avancions, plus autour de nous tout devenait sourd et silencieux. Une forêt de sapins est toujours silencieuse; seulement, là-haut, bien au-dessus de la tête, s'entend un long murmure, et comme une plainte vague et contenue qui court dans la cime des arbres. On va, on va, et cette incessante voix de la forêt ne cesse point de gémir; et le cœur commence à gémir lui-même, et l'on désire arriver plus vite à l'espace et à la lumière. On désire respirer à pleine poitrine un air pur et léger, et non cet air étouffant à force de parfums et d'humidité.

Pendant quinze verstes, nous allâmes au pas, rarement au petit trot. Je voulais atteindre avant la nuit le petit village de Sviatoïé, situé au cœur de la forêt. Plusieurs fois, j'avais rencontré des paysans portant sur leurs telegas de longues poutres ou des écorces de tilleul. « Y a-t-il loin d'ici à Sviatoïé? demandai-je à l'un d'eux.

— Non, pas loin, trois verstes environ. »

Deux heures passent; nous marchions toujours. Enfin j'entends le grincement des roues d'un telega. Un paysan paraît, marchant à côté de son petit cheval : « Frère, combien y a-t-il d'ici à Sviatoïé?

— Qu'est-ce ?

— D'ici à Sviatoïé?

— Huit verstes. »

Le soleil se couchait quand je sortis enfin du bois, et j'aperçus devant moi un petit village. Une vingtaine d'*isbás* se pressaient autour d'une vieille église en bois à coupole unique et à toiture verte, dont les petites fenêtres s'enflammaient au soleil couchant. C'était Sviatoïé. Ce village avait jadis appartenu à un monastère, et son église possédait une petite image miraculeuse, à l'influence de laquelle les habitants attribuaient leur bonne fortune d'être restés libres, au beau milieu des possessions d'un puissant seigneur. De là, le village avait conservé son nom [1]. Au moment d'y entrer, le troupeau commun dépassa mon *tarantass* en courant au milieu d'un tourbillon de poussière, avec des beuglements, des bêlements, des grognements tels que si une troupe de loups se fût mise à leurs trousses. Les filles du village, de longues gaules à la main, couraient avec de grands

1. *Sviatoïé* veut dire *saint*.

cris à la rencontre de leurs vaches; les jeunes garçons,
aux cheveux de chanvre, poursuivaient les cochons indo-
ciles qui s'échappaient de tous côtés; et ce fut au milieu
de cet infernal brouhaha que je fis mon entrée dans le
village de Sviatoïé.

Je mis pied à terre chez le *starosta*, Poléka[1] fin et rusé,
de cette race de gens dont on dit en Russie qu'ils voient
à plusieurs archines sous terre. Le lendemain, de bonne
heure, je partis dans un telega à deux chevaux du pays,
ornés de gros ventres, avec le fils du starosta et un autre
paysan du nom de Yégor, dans l'intention de chasser le
grand tétras ou coq de bruyère. A l'horizon, tout à l'entour, la forêt étendait ses cercles bleuâtres; il n'y avait
pas plus de deux cents déciatines de terres défrichées
autour du village. Mais il fallait faire sept verstes pour
arriver aux bons endroits. Le fils du starosta, qui se
nommait Kondrate, était un jeune gars aux cheveux châtains, aux joues vermeilles, à l'expression franche et ouverte; il était serviable et bavard. Il menait les chevaux.
Yégor était assis près de moi. Il faut que je dise deux
mots de celui-ci. Il était réputé pour le meilleur chasseur
de tout le district. Il avait battu le pays dans toutes les
directions, à cinquante verstes de distance. Rarement il
tirait un coup de fusil, car il avait fort peu de poudre et
de plomb. Mais il se contentait d'avoir fait répondre une
gélinotte à l'appeau, ou bien d'avoir trouvé l'endroit où
les mâles des doubles bécassines se rassemblent et se
battent. Yégor avait la réputation d'homme véridique et
d'homme silencieux. En effet, il n'aimait pas à parler et
n'exagérait point le nombre de gibier qu'il avait découvert, chose rare chez un chasseur de profession. Il était
de taille moyenne, maigre, le visage long et pâle, avec

1. Habitant du *Polessié*.

de grands yeux aux regards honnêtes et calmes. Tous
ses traits, et surtout ses lèvres toujours immobiles, res-
piraient une tranquillité inaltérable; les rares paroles
qu'il laissait tomber s'accompagnaient d'un sourire retenu qui faisait plaisir à voir. Il ne buvait jamais d'eau-
de-vie et travaillait assidûment. Mais il n'avait pas de
chance; sa femme était toujours malade, ses enfants
mouraient, et, comme tout paysan russe tombé dans la
misère, il ne trouvait plus moyen de revenir sur l'eau. Il
faut avouer d'ailleurs que la passion de la chasse ne sied
guère à un paysan. Était-ce une disposition naturelle de
son âme? Était-ce le résultat de sa vie incessamment
passée dans les forêts face à face avec la triste et sévère
nature de ces déserts? Le fait est que, dans tous les
mouvements de Yégor, il y avait une sorte de gravité modeste qui n'avait rien de rêveur, la gravité d'un grand
cerf des bois. Il avait tué sept ours dans le cours de sa
vie, en les attendant à l'affût près des avoines. Il ne s'é-
tait décidé que la quatrième nuit à tirer le dernier des
sept, parce qu'il ne le trouvait jamais assez bien placé
pour le tuer sûrement, et qu'il n'avait qu'une seule balle à
mettre dans son fusil. Yégor l'avait tué la veille de mon
arrivée. Lorsque Kondrate me mena chez lui, je le trouvai dans la petite cour de la maison, accroupi devant
l'énorme animal. Il le dépeçait avec un méchant couteau,
mettant soigneusement dans un pot sa graisse, qui
devait plus tard oindre les cheveux de quelque élégant.

« Comment as-tu tué ce monstre? » lui dis-je.

Yégor leva la tête, me jeta un regard, et considéra attentivement mon chien.

« Si vous êtes venu pour chasser, me dit-il, il y a des
coqs de bruyère à Mochnoï, quatre couvées, et sept de
gélinottes. »

Puis il se remit à l'ouvrage.

C'est avec ce Yégor que nous partîmes le lendemain pour la chasse.

Nous traversâmes rapidement la plaine qui entoure Sviatoïé; mais, une fois dans la forêt, il fallut nous remettre au pas. « Tiens, Yégor, voilà un ramier, s'écria Kondrate en le poussant du coude; tire-lui dessus. » Yégor jeta un regard de côté, et ne bougea point. Il y avait plus de cent pas de nous à l'oiseau. Kondrate fit encore quelques remarques à haute voix; mais l'éternel silence de la forêt finit par tomber sur lui-même, et le fit taire aussi. Sans échanger d'autres paroles, et écoutant seulement le souffle des chevaux, nous arrivâmes à Mochnoï. C'était le nom qu'on donnait à une partie du bois composée de pins immenses. Yégor et moi, nous descendîmes du telega, que Kondrate poussa dans un épais massif, pour mettre les chevaux à l'abri d'énormes cousins à aigrette. Yégor examina les platines de son fusil, puis fit un grand signe de croix. C'est par là qu'il commençait toute chose. L'endroit de la forêt où nous entrâmes était d'une extrême vieillesse. Je ne sais si les Tatares l'avaient traversé pendant leurs invasions; mais certes les Polonais et les rebelles russes, du temps des faux Démétrius, avaient pu chercher asile dans ses impénétrables profondeurs. A longue distance l'une de l'autre, s'élevaient en colonnes d'un jaune pâle des arbres immenses; d'autres, plus jeunes, dressaient plus serrées leurs tiges sveltes. Une mousse verdâtre, toute parsemée d'épingles de pin, couvrait la terre. La *golonbiker* aux baies bleuâtres croissait en grande abondance, et sa forte odeur, pareille à celle du musc, oppressait la respiration. Le soleil ne pouvait pénétrer à travers l'entrelacement des branches; et pourtant il ne faisait pas sombre dans la forêt. L'air immobile, sans lumière et sans ombre, brûlait le visage. De lourdes gouttes de résine transpa-

rente sortaient comme des gouttes de sueur de la rugueuse
écorce des arbres, et descendaient lentement. Tout se taisait; on n'entendait pas même le bruit de nos pas; nous
marchions sur la mousse comme sur un tapis. Yégor
surtout se mouvait comme une ombre; il ne faisait pas
crier une feuille sèche en posant le pied dessus. Il
marchait sans se hâter, et sifflait de temps à autre dans
son appeau. Une gélinotte répondit bientôt, et je la vis se
jeter dans un épais sapin. Mais Yégor eut beau me l'in-
diquer; j'eus beau faire tous mes efforts pour la voir; je
ne pus jamais la découvrir, et ce fut Yégor qui dut l'a-
battre. Nous trouvâmes aussi deux couvées de grands
tétras. Mais ces puissants oiseaux s'enlevaient de loin
avec un fracas lourd et retentissant. Nous ne pûmes en
tuer que trois jeunes. Yégor s'arrêta tout à coup près
d'un *maïdane* [1], et m'appela par un geste. « Un ours est
venu chercher de l'eau, me dit-il en me montrant une
large et fraîche écorchure sur la surface de la mousse
qui tapissait un trou. — C'est sa patte? lui dis-je. — Oui,
mais il n'y a plus d'eau. Sur ce pin-là, il y a aussi sa
trace. Il est allé y chercher du miel. Voilà des entailles
comme faites au couteau. »

Nous continuâmes à nous enfoncer dans la forêt. Yégor
marchait avec une assurance calme, et se contentait de
jeter des regards en haut, dans les rares éclaircies qui
laissaient voir le ciel. J'aperçus une élévation circulaire,
entourée d'un fossé presque comblé par le temps. « Est-ce
encore un *maïdane*? demandai-je. — Non; ç'a été un fort
de brigands. Il y a longtemps; nos grands-pères en
avaient déjà oublié l'époque. Il y a un trésor enfoui là-
dessous; mais, pour l'avoir, il faut avoir versé du sang

---

1. Butte circulaire qui reste à l'endroit où l'on cuit la résine pour en
faire du goudron.

humain. » Yégor fit un nouveau signe de croix. La chaleur m'accablait; je me plaignis de la soif. « Attendez un peu, me dit-il, je connais une bonne source. » Et, avant que j'eusse le temps de répondre, il avait disparu....

Je m'assis sur un tronc d'arbre, les coudes sur les genoux ; puis, après un long intervalle, je relevai la tête et jetai un long regard autour de moi. Oh ! comme tout était morne et triste! pas seulement triste, mais muet et menaçant. Si du moins le moindre son , le plus petit frôlement, eût retenti dans le profond abîme de la forêt! Mon cœur se resserra; dans cet instant, à cette place, je sentis presque le souffle de la mort. Je touchai en quelque sorte son incessante présence. Je baissai la tête sous une secrète terreur, comme si j'avais jeté un regard dans un endroit où il est défendu à l'homme de regarder. Je fermai les yeux avec la main, et tout à coup, comme obéissant à un ordre intérieur, je me rappelai toute ma vie passée.

Voilà que je revis mon enfance bruyante et tranquille, querelleuse et bonne, avec ses joies hâtives et ses rapides chagrins; puis ma jeunesse confuse, étrange, bizarre, pleine d'amour-propre, avec toutes ses fautes et ses aspirations, son travail désordonné et son inaction agitée. Vous me vîntes aussi à la mémoire, vous, mes amis de vingt ans , compagnons de mes premiers essais dans la vie. Puis, comme un éclair dans la nuit, apparurent quelques souvenirs lumineux. Puis des ombres s'avancèrent et grossirent de tous côtés; les années se déroulaient devant moi plus sombres et plus lourdes, et la tristesse me tomba sur le cœur comme une pierre. Assis, immobile, je regardais comme si le rouleau de ma vie se fût déroulé devant moi. «Oh ! qu'ai-je fait? murmuraient amèrement mes lèvres. Oh ! ma vie, comment as-tu glissé de mes mains sans laisser de traces? Est-ce toi qui m'a trompé ?

Est-ce moi qui n'ai pas su profiter de tes dons ? Ce rien,
cette pincée de cendre et de poussière, voilà tout ce qui
reste de toi. Ce quelque chose de froid, d'inerte et d'inutile, est-ce moi, le moi d'autrefois ? Comment ! Mon âme
désirait un bonheur si plein ! Elle repoussait avec tant
de mépris tout ce qui lui semblait incomplet ! Elle se disait : « Voilà le bonheur ; il va fondre sur moi comme un
grand fleuve ; et pas une goutte n'a seulement touché mes
lèvres ! Ou bien peut-être que le bonheur, le vrai bonheur
de ma vie, a passé tout près de moi, m'a souri de son
sourire radieux, et que je n'ai pas su le reconnaître. Ou
bien il s'est assis à mon chevet, et je l'ai oublié comme
un rêve. Comme un rêve, » répétai-je tristement. Des for-
mes confuses, des images insaisissables glissaient dans
mon âme en y excitant des sentiments où se mêlaient la
compassion sur moi-même, les regrets, la désespérance
et la résignation. Oh ! mes cordes d'or, je n'ai pas entendu
vos cantiques ! Vous n'avez donné des sons qu'en vous
brisant. Et vous, ombres chères, ombres si connues, vous
qui m'entourez ici dans cette morne solitude, pourquoi
êtes-vous vous-mêmes si tristement et si profondément
silencieuses ? Sortez-vous de l'abîme ? Comment com-
prendrais-je vos regards muets ? Me dites-vous encore
adieu, ou me saluez-vous comme un ami au retour ?
Pourquoi coulez-vous de mes yeux, gouttes avares et tar-
dives ? Oh ! mon cœur, à quoi bon des regrets ? Tâche
d'oublier, si tu veux être calme ; habitue-toi aux résigna-
tions des séparations éternelles, à ces mots amers :
« Adieu pour toujours. » Ne retourne pas en arrière ; ne te
ressouviens pas ; ne t'élance pas là-bas où il fait clair et
serein, où rit la jeunesse, où l'espérance se couronne des
fleurs du printemps, où la joie agite ses ailes de colombe,
où l'amour, comme la rosée à l'aurore, brille tout humide
des larmes de la volupté. Non, ne t'élance pas là-bas où

est la félicité, la foi, la force, la puissance. Là n'est pas
notre place.

« Voici votre eau; levez-vous et buvez avec Dieu, » prononça derrière moi la voix mâle d'Yégor. Je tressaillis
involontairement; cette parole vivante ébranla joyeuse-
ment tout mon être. C'était comme si je fusse tombé dans
un sombre abîme où tout se taisait autour de moi, où l'on
n'entendait plus que le long et continuel gémissement
d'une douleur sans fin, et que tout à coup, d'une seule
secousse, une puissante main d'ami m'eût ramené à la
lumière du bon Dieu. Ce fut avec un vrai bonheur que
je revis devant moi la calme et loyale figure de mon
guide. Il était là, dans sa pose assurée, et me tendait,
avec son charmant sourire, une petite bouteille pleine
d'eau limpide et transparente. « Allons, dis-je en me
levant et en lui serrant la main avec une sorte d'enthousiasme, conduis-moi, je te suis. » Il sourit de nouveau,
et se remit en marche.

Nous continuâmes à parcourir la forêt jusqu'au soir.
Le froid et l'ombre succédèrent si rapidement à la chaleur et à la lumière, qu'il fallut battre en retraite : « Re-
tirez-vous, inquiets vivants, » semblait dire de derri. e
chaque arbre une voix farouche.

Au sortir du bois, nous ne retrouvâmes plus Kondrate
En vain nous criions pour l'appeler, il ne répondait pas.
Tout à coup nous l'entendîmes au fond d'un ravin, près
de nous, qui parlait doucement à ses chevaux. Un vent
subit avait soufflé rapidement et s'était calmé aussi vite,
sans laisser d'autre trace de son passage que des feuilles
mises à l'envers, ce qui donnait aux arbres immobiles un
aspect bigarré. Ce souffle imperceptible avait suffi pour
empêcher Kondrate d'entendre nos cris. Nous montâmes
dans le telega, et partîmes pour le village. Courbé sur
moi-même et aspirant l'air humide du soir, je sentis

toutes mes rêveries de la journée se fondre en un seul
sentiment, celui de la lassitude et du sommeil, en un seul
désir, celui de retourner bien vite sous un toit humain,
de boire une tasse de thé à la crème, de m'enfoncer dans
du foin odorant, et de m'endormir avec délices.

DEUXIÈME JOURNÉE.

Le lendemain, de bonne heure, nous nous remîmes tous
trois en marche pour la *Gary*[1]. Dix années auparavant,
plusieurs milliers de déciatines avaient brûlé dans les
Grands-Bois. Les arbres n'avaient pas repoussé. On ne
voyait sur ce vaste emplacement que de tout petits sapins.
Le sol était couvert de mousse et de cendre, à travers
lesquelles croissaient une multitude d'arbustes à fruits
sauvages, fraises, framboises, airelles et canneberges,
dont les coqs de bruyère sont très-friands. Aussi les trou-
vait-on, en cet endroit, en quantité prodigieuse. Nous
avancions en silence, quand tout à coup Kondrate se redressa : « Eh! dit-il, n'est-ce pas Ephrem que je vois là?
En effet, c'est bien lui. Bonjour, Alexandritch[2], » ajouta-
t-il en élevant la voix et en ôtant son bonnet.

Un paysan de petite taille, vêtu d'un court *armiak* noir,
et les reins ceints d'une corde, parut de derrière un arbre,
et s'approcha de notre telega.

« On t'a relâché? demanda Kondrate.

---

1. Ce mot désigne l'emplacement d'une forêt brûlée.
2. Le nom patronymique seul ne se donne qu'à une personne à qui
l'on veut témoigner du respect.

— Je le crois bien, répondit l'homme en montrant ses dents ; il ne fait pas bon de me tenir sous clef.

— Tiens ! et moi qui croyais, je te l'avoue, Alexandritch, que cette fois-ci l'oie n'avait plus qu'à se mettre sur le gril !

— Si tu l'as cru, tu es un nigaud.

— Et le *Stanovoï*[1] ?...

— Bah ! le *Stanovoï*.... ça veut être un loup, et ça a une queue de chien. Tu vas à la chasse, barine[2] ? ajouta-t-il en jetant sur moi un regard de ses petits yeux clignotants.

— A la chasse, dis-je.

— A la *Gary,* ajouta Kondrate.

— Dans la cendre tu pourrais trouver du feu, dit le paysan continuant à ricaner ; j'y ai vu beaucoup de coqs de bruyère. Mais vous n'arriverez pas jusque-là ; il y a vingt verstes à vol d'oiseau à travers le bois. Yégor lui-même, qui est dans la forêt comme dans sa basse-cour, ne parviendrait pas à y arriver. Bonjour, âme de Dieu, ce qui veut dire peu, » dit-il à Yégor en lui frappant sur le bras.

Yégor le regarda gravement, et lui fit un léger signe de tête.

De longtemps je n'avais vu une figure aussi étrange que celle de cet Ephrem. Il avait le nez long, aigu, de larges lèvres, une barbe courte et rare, et ses yeux bleus couraient perpétuellement çà et là. Il se tenait crânement, les mains sur la hanche, et son bonnet enfoncé jusqu'aux sourcils.

« Tu reviens passer quelques jours chez toi ? reprit Kondrate.

— Quelques jours ; il fait beau maintenant, frère. Mon

1. Officier de police. 2. Seigneur.

sentier est devenu un grand chemin. Je puis rester
couché sur mon poêle jusqu'à l'hiver; aucun chien à
collet rouge n'aboiera sur moi. Le maréchal m'a dit dans
la ville : « Décampe, Alexandritch, sors de notre district;
nous te donnerons un passe-port de première qualité. »
Mais vous autres, gens de Sviatoïé, j'ai eu pitié de vous;
vous ne trouveriez plus un aussi fin voleur.

— Allons, tu es toujours farceur, notre oncle, » dit
Kondrate en riant, et il frappa de ses rênes les chevaux
qui se mirent en marche.

— Prrr! fit Ephrem, et les chevaux s'arrêtèrent.

— Veux-tu finir? dit Kondrate; tu vois bien que nous
allons avec un seigneur, il se fâchera.

— Mais, gros canard, de quoi se fâcherait-il? c'est un
bon seigneur. Tu vas voir qu'il me donnera pour boire
un coup. Eh! barine, donne au pauvre vagabond de quoi
s'acheter une bouteille d'eau-de-vie. Comme je l'écra-
serais en ton honneur! » ajouta-t-il en soulevant le coude
jusqu'à l'épaule, et en grinçant des dents.

Je lui donnai un *grivnik*[1], et je dis à Kondrate de
fouetter.

« Très-content de Votre Seigneurie, cria Ephrem à la
façon des soldats. Et toi, Kondrate, sache dorénavant
chez qui tu dois prendre leçon. As-tu peur, tu es perdu;
as-tu du courage, tu dévores tout. Écoute, quand tu re-
viendras au pays, viens me voir; la bombance durera trois
jours chez moi. Nous casserons bien des goulots de bouteilles. Ma femme est une joyeuse commère, ma maison
ouverte à tout venant. Saute, ami Ephrem, saute, alerte
pie, avant qu'on ne t'ait arraché la queue. »

Et, poussant un sifflement aigu, il disparut dans les
broussailles.

---

1. Pièce de dix kopecks.

« Qu'est-ce que c'est que cet Ephrem? dis-je à Kondrate, qui ne cessait de secouer la tête comme s'il se fût parlé à lui-même.

— Cet Ephrem? reprit-il; ah! ah! c'est un homme comme il n'y en a pas à cent verstes à la ronde; un voleur fini. Rien que voir le bien d'autrui lui fait cligner de l'œil. Fuyez-le en vous cachant dans la terre, il vous déterrera. Et quant à l'argent, essayez de vous asseoir dessus, il vous l'ôtera de dessous vous.

— Il me paraît bien hardi.

— Hardi! il ne craint pas le diable, c'est tout dire. On ne peut rien lui faire. Combien de fois l'a-t-on mené à la ville, et mis en prison? Dépenses inutiles. On se met à le lier, et lui vous dit : « Que n'attachez-vous cette jambe-là? attachez-la plus fort pendant que je dormirai, et je serai à la maison avant mon escorte. » Et en effet, à peine parti, on le revoit au pays.

— D'où est-il? de chez vous?

— Oui, de Sviatoïé. C'est un homme.... Voyez seulement son nez, sa physionomie (Kondrate avait été une fois à la ville, et, depuis ce temps, employait des termes ambitieux). Nous autres Polékas, nous connaissons bien la forêt depuis notre enfance; mais aucun de nous ne peut se comparer à lui. Une nuit, il est venu tout droit ici d'Altonkino; il y a quarante verstes, et personne n'avait jamais fait ce chemin. C'est aussi le premier homme du monde pour voler le miel; les abeilles ne le piquent point. Il a ruiné tous les éleveurs de ruches.

— Il ne doit pas épargner non plus les *borts*[1]?

— Oh non! il ne faut pas le calomnier. Jamais encore on ne lui a trouvé ce péché. Le *bort* est chose sacrée chez

---

[1]. Essaims d'abeilles sauvages que trouvent les paysans, et qu'ils marquent pour en rester les maîtres.

nous. Une ruche est faite de main d'homme, et gardée par des hommes. Si tu réussis à la voler, tant mieux pour toi ; mais les abeilles sont à la garde de Dieu ; il n'y a que l'ours qui touche à leur miel.

— Aussi l'ours est-il un animal privé de raison, remarqua Yégor.

— Ephrem a-t-il de la famille ? demandai-je.

— Certainement, il a un fils ; et quel voleur ce sera avec le temps ! c'est le père tout craché. Ephrem commence à l'enseigner. Un de ces derniers jours, il a rapporté un pot rempli de vieux sous, et il l'a enterré dans une petite éclaircie ; puis il a envoyé son fils au bois, en lui disant que, tant qu'il n'aurait pas trouvé le pot, il ne lui donnerait rien à manger, et ne le laisserait pas même rentrer dans la maison. Le fils est resté au bois tout un jour avec sa nuit, et il a fini par déterrer le pot. Oui, c'est un homme bien singulier que cet Ephrem ; tant qu'il est dans sa maison, c'est le meilleur vivant du monde, il donne à tout le monde à boire et à manger. On ne fait que danser chez lui ; on y fait les cent coups. Et quand il y a une assemblée d'anciens, personne ne donne un meilleur conseil que lui. Il s'approche du cercle par derrière, écoute un moment, vous dit le mot juste comme s'il donnait un coup de hache au bon endroit, et s'en va en riant. Mais du moment qu'il part pour la forêt, c'est alors qu'il est dangereux. Du reste, il faut le dire, il ne touche à nous autres de Sviatoïé que quand il ne peut pas faire autrement. D'ordinaire, s'il rencontre l'un de nous, il nous crie de loin : « Au large, frère ! l'esprit de la forêt a soufflé sur moi. »

— Comment ! dis-je, vous êtes une commune entière, et vous ne pouvez venir à bout d'un seul homme ?

— Mais apparemment.

— Le tenez-vous donc pour un sorcier ?

— Dieu seul sait ce qu'il est. Il y a quelque temps, il est entré dans le rucher du sous-diacre; mais le sous-diacre faisait le guet lui-même; il l'empoigna dans les ténèbres, et le rossa. Quand il lui eut donné sa volée, Ephrem lui dit : « Sais-tu qui tu as battu? » Dès que le sous-diacre eut reconnu sa voix, il se sentit glacé de terreur; il se jeta à ses pieds : « Prends, lui dit-il, tout ce que tu veux. — Non, reprit l'autre, je te prendrai ce que je voudrai, à mon heure et à mon goût; mais sache que tu n'en seras pas quitte. » Depuis ce temps, le sous-diacre semble un échaudé; il erre comme une ombre. « Le cœur me fond dans la poitrine, me disait-il l'autre soir; ce brigand-là m'a jeté quelques mots bien cruels. »

— Votre sous-diacre doit être bien bête.

— Ah! vous croyez? Eh bien! écoutez-moi. Un jour, arrive de l'autorité l'ordre de s'emparer d'Ephrem à tout prix. Le *Stanovoï* était tout neuf à son poste; il voulait se signaler. Voilà qu'une dizaine de paysans vont à la forêt à la recherche d'Ephrem, et, à peine étaient-ils arrivés, qu'il vient à leur rencontre. « Prenez-le! liez-le!» crie l'un d'entre eux. Pour Ephrem, il entre tranquillement dans le bois, se taille un bâton de trois doigts d'épaisseur, et, ce bâton à la main, il bondit tout à coup sur la route, la face hideuse : « A genoux! » cria-t-il, comme un tzar à la parade; et tous se mirent à genoux. « Qui de vous, continua Ephrem, a dit qu'on me lie? Est-ce toi, Séroga? » Séroga, qui l'entend, se lève d'un seul bond et s'enfuit comme un lièvre. Ephrem se mit à sa poursuite, et pendant toute une verste lui caressa le dos avec son bâton. « C'est dommage, dit-il après, que je ne l'aie pas empêché de manger gras, » car l'affaire se passait à la fin du carême de saint Philippe. Quant au *Stanovoï*, il fut bientôt renvoyé, et tout fut dit.

— Il vous a tous terrifiés, et il vous mène comme de petits enfants.

— Croyez-vous donc qu'il ne soit pas terrible? Et quel homme ingénieux! c'est à le baiser. Un jour, je le rencontrai dans la forêt; il tombait une grosse pluie. Dès que je l'aperçus, je voulus décamper; mais il me fit un petit signe de la main, et me dit : « Approche, Kondrate, ne crains rien, je suis miséricordieux aujourd'hui ; viens apprendre de moi comme on vit dans la forêt, comme on sait rester sec pendant la pluie. Je m'approchai : il était assis sous un sapin; il avait fait un petit feu de bois vert; une épaisse fumée blanche était entrée dans les branches de sapin, et empêchait la pluie d'y tomber. Je l'admirai, et lui me dit : « Dieu dit à la pluie : *Tombe et mouille*; et Ephrem dit : *Tu ne mouilleras pas.* » Mais son tour le plus fameux (et ici Kondrate éclata de rire), je vais vous le conter. On avait battu de l'avoine au fléau, mais on n'avait pas eu le temps de ramasser le dernier tas avant la nuit. On y mit pour la garde deux jeunes gars qui n'étaient pas trop éveillés. Les voilà donc qui causent ensemble, se tenant aux aguets; et Ephrem, qui avait tout observé, ne s'avise-t-il pas d'emplir de paille les jambes de son pantalon, bien attachées par le bout, et de se les mettre sur la tête! Le voilà qui arrive en rampant derrière une haie, et qui montre petit à petit le bout de ses cornes. L'un des gars dit à l'autre : « Vois-tu? » l'autre dit : « Je vois, » et bientôt on n'entendit plus que le bruit des haies qu'ils franchissaient en courant l'un après l'autre. Ephrem s'approcha de l'avoine, la mit dans un sac et l'emporta chez lui; et le lendemain, c'est lui qui vint tout raconter à l'assemblée, et les pauvres garçons furent bafoués. Pourtant, tous les autres en eussent fait autant qu'eux. »

Et Kondrate partit d'un éclat de rire.

Le grave Yégor ne put s'empêcher de sourire aussi.

« Oui, on n'entendait que les haies craquer, » reprit Kondrate... Et s'interrompant tout à coup : « Bon Dieu ! dit-il, c'est un incendie.

— Un incendie ! où cela ? m'écriai-je.

— Oui, regardez devant nous. Éphrem l'a bien prophétisé. C'est peut-être lui qui a mis le feu, et pas pour la première fois. C'est sa besogne, âme damnée qu'il est. »

Je regardais dans la direction qu'indiquait Kondrate. En effet, à deux ou trois verstes devant nous, une grosse colonne de fumée grisâtre s'élevait en ondoyant avec lenteur et en s'élargissant par le sommet. D'autres colonnes de fumée, plus petites et plus blanches, se voyaient à droite et à gauche.

Un paysan, la face rouge, inondée de sueur, et les cheveux hérissés, arriva sur nous au grand galop, et arrêta avec peine son cheval qui n'était pas bridé.

« Frères, s'écria-t-il, avez-vous vu les gardes de forêt [1] ?

— Nous n'avons vu personne ; est-ce votre bois qui brûle ?

— Oui, notre bois. Ah ! nous sommes perdus ; la dernière fois, on nous a menacés...., il faut rassembler le monde, car si la flamme se jette du côté de Trosni... » Il talonna vivement sa monture, et partit à toutes jambes.

Kondrate fouetta aussi ses chevaux. Nous allions droit sur la fumée, qui s'étendait de plus en plus. Par endroits, elle devenait tout à coup noire, et s'élançait en longues gerbes. Plus nous avancions, plus les contours de la fumée devenaient indistincts. Tout l'air fut troublé ; une forte odeur de brûlé nous prit à la gorge, et voilà que, s'agitant d'une étrange façon à la lumière du jour, paru-

---

1. Paysans qui ont pour corvée de garder la forêt à tour de rôle.

rent d'un rouge pâle, derrière de petits flocons de fumée très-blanche, les premières langues de la flamme.

« Ah! grâce à Dieu, s'écria Kondrate, l'incendie est surterrain.

— Comment dis-tu?

— Surterrain; c'est-à-dire que l'incendie court seulement sur la terre. Avec l'incendie souterrain, il est difficile de lutter. Que voulez-vous faire quand la terre elle-même brûle à plus d'une archine de profondeur? Il n'y a qu'un seul moyen de salut : c'est de creuser des fossés; est-ce facile? Quant à l'incendie surterrain, il ne fait que manger l'herbe et les feuilles sèches; la forêt ne s'en porte que mieux. Ah! cependant, seigneur, voyez quelles gerbes s'élancent. »

Nous approchâmes jusqu'auprès de la ligne de l'incendie. Je mis pied à terre, et marchai à sa rencontre. Ce n'était ni difficile ni dangereux; le feu courait à travers un bois de pins, peu serré et contre le vent. Il s'avançait en lignes ondoyantes, ou, pour parler plus exactement, en petites murailles dentelées, formées de langues de feu rejetées en arrière par le vent qui emportait la fumée. Kondrate avait dit juste. Cet incendie ne faisait que raser l'herbe, et marchait rapidement, ne laissant derrière lui qu'une trace noire et fumante où se voyaient à peine quelques étincelles. Il est vrai que, lorsqu'il rencontrait par hasard quelque trou rempli de feuilles sèches et de bois mort, le feu s'élançait tout à coup en longues mèches qui se tordaient avec fureur, faisant entendre une sorte de mugissement sinistre; mais il retombait bientôt au niveau ordinaire, et reprenait sa course en pétillant. Je remarquai même plus d'une fois qu'un buisson de chênes tout desséché restait intact, bien qu'envahi par l'incendie; les seules feuilles d'en bas noircissaient un peu. J'avoue que je ne pouvais comprendre comment ces buissons ne s'enflammaient pas. Kondrate avait beau me répéter que l'incendie était surterrain, et dès lors pas méchant.

« C'est pourtant le même feu, lui disais-je. — Mais puisque je vous dis, répétait-il, que c'est un incendie surterrain. »

Cependant, l'incendie ne laissait pas de produire ses effets. Les lièvres couraient tout effarés et revenaient sans raison se rejeter sur le feu ; des oiseaux qui étaient entrés dans la fumée se mettaient à tournoyer ; les chevaux frissonnaient et regardaient avec inquiétude de côté et d'autre. La forêt, à l'entour, semblait ell'-même gronder, et l'homme ne pouvait se défendre d'un sentiment d'effroi en sentant les bouffées de chaleur le frapper tout à coup au visage.

« Si nous ne pouvons rien faire, qu'avons-nous à regarder ? dit Yégor ; partons.

— Par où passer ? dit Kondrate.

— Toujours en avant, reprit Yégor ; c'est le moyen de passer partout. »

Nous suivîmes son conseil, et nous parvînmes à la *Gary*, bien que les chevaux eussent eu souvent à poser le nez contre terre. Là, nous passâmes une journée entière, et nous y fîmes une bien belle chasse. Vers le soir, avant que le crépuscule eût rougi le ciel, les ombres des arbres s'étendaient déjà longues et droites, et l'on sentait cette légère fraîcheur qui précède la rosée. Je m'assis par terre sur la route, près du telega auquel Kondrate attelait les chevaux, et me rappelai mes sombres rêveries de la veille. Tout était aussi tranquille autour de moi ; mais il n'y avait plus cette pesante sensation de la forêt. Sur la mousse desséchée, sur les bruyères en fleurs, sur la fine poussière de la route, sur les sveltes tiges et les feuilles luisantes des jeunes bouleaux, tombait la douce et caressante lumière du soleil abaissé à l'horizon. Tout reposait, plongé dans une fraîcheur tranquille; rien ne dormait encore, mais tout se préparait déjà au salutaire apaisement de la nuit. Tout semblait dire à l'homme : « Repose-toi aussi, notre frère; respire allègrement, et ne te fais pas d'inutiles soucis avant d'entrer dans le sein du sommeil. » En ce moment, je soulevai la tête, et j'aperçus à la pointe d'une branche une de ces grandes mouches à la tête d'émeraude, au corps effilé, et portant quatre ailes de gaze, que les élégants Français ont appelées demoiselles. Longtemps je ne la quittai point du regard; toute saturée de soleil, elle se bornait, sans bouger, à secouer quelquefois la tête et à faire frémir ses ailes soulevées. A force de la regarder, il me sembla que je comprenais le sens de la vie de la nature; une animation tranquille et lente, une absence de hâte, rien de trop, l'équilibre de toutes les sensations. Voilà la loi fondamentale. Tout ce qui sort de ce niveau, soit au-dessus soit au-dessous, est rejeté par la nature. Un animal malade s'enfonce dans un fourré pour y mourir seul; il sent qu'il n'a plus le droit de vivre avec ses égaux. Beaucoup d'insectes périssent au moment même où ils ressentent les joies de l'amour, ces joies qui rompent l'équilibre; et quant à l'homme qui, par sa faute ou par celle d'autrui, est jeté hors des voies communes, il doit au moins savoir ne pas se plaindre et se résigner.

« Allons, Yégor! s'écria Kondrate, qui, pendant ces belles réflexions, s'était installé sur le banc de la telega, viens t'asseoir ici. A quoi rêves-tu? est-ce à ta vache?

— A sa vache? répétai-je, en levant les yeux sur le grave et placide visage d'Yégor; il semblait rêver, en effet, et regardait au loin dans la campagne qui commençait à s'assombrir.

« —Hélas ! oui, continua Kondrate ; il a perdu cette nuit sa dernière vache. Ah ! c'est bien vrai, il n'a pas de chance. »

Yégor s'assit sans mot dire sur le siége, et nous partîmes ; il savait, lui, ne pas se plaindre.

LE PARTAGE

PERSONNAGES.

NICOLAÏ IVANOVITCH BAGALAÏEFF, maréchal de la noblesse [1].

PETR PÉTROVITCH PECTÉRIEFF, ex-maréchal de la noblesse.

JEVGUÉNI TIKONITCH SOUSSLOFF, juge de district.

ALOUPKINE, gentilhomme du voisinage, ancien militaire.

MIRVOLINE, gentilhomme pauvre.

TÉRAPONTE ILLIITCH BEZPANDINE, autre gentilhomme.

ANNA ILLIINICHNA KAOUROVA, sa sœur, veuve.

NAGLANOVITCH, *stanovoï* [2], ou officier de police.

VELVITSKI, secrétaire de Bagalaïeff.

GARASIME, domestique du même.

KARP, cocher de Mme Kaourova.

La scène se passe dans la maison de Bagalaïeff.

Le théâtre représente une salle à manger. Au fond, une porte et deux fenêtres. A droite, l'entrée du cabinet de Bagalaïeff; à gauche, une table préparée pour le déjeuner. Garasime se tient auprès. On entend un bruit de voiture. Entre Mirvoline.

---

1. C'est le nom qu'on donne à un magistrat élu par la noblesse d'un district, qui la représente dans ses relations avec le gouvernement, qui est aussi l'arbitre ordinaire entre les gentilshommes, et dont l'influence s'exerce principalement dans les affaires de tutelle.

LE PARTAGE.

PROVERBE EN UN ACTE.

SCÈNE PREMIÈRE.

GARASIME, MIRVOLINE.

MIRVOLINE. Bonjour, Garasime, comment va la santé ? Eh bien ! le maître, il n'a pas encore paru ?

GARASIME, *arrangeant les serviettes.* Où avez-vous pêché ce cheval ?

MIRVOLINE. N'est-ce pas, il n'est pas mal, ce petit bidet ? On m'en a offert hier deux cents roubles.

GARASIME. Qui les a offerts ?

MIRVOLINE. Un marchand.

GARASIME. Et vous ne l'avez pas cédé ?

MIRVOLINE. Pourquoi m'en déferais-je ? j'en ai besoin moi-même. Ah ! frère, donne-moi un petit verre. Je ne sais ce que j'ai dans le gosier, et puis cette chaleur.... (*Il boit.*) Que de plats ! Est-ce qu'on attend quelqu'un ?

GARASIME. Voyons, ne dérangez rien.

MIRVOLINE. Tu ne sais pas qui l'on attend ?

GARASIME. Je ne sais pas. J'ai ouï dire qu'on voulai

réconcilier Bezpandine et sa sœur. C'est peut-être pour cela qu'on déjeune.

MIRVOLINE. Vraiment! Ce serait très-bien, car il faut enfin que le partage se fasse ; c'est une honte. Est-il vrai que Nicolaï Ivanovitch veut acheter le bois de Bezpandine?

GARASIME. Dieu seul sait ce que veulent les maîtres.

MIRVOLINE. Ce serait une bonne occasion de demander quelques arbres!

BAGALAÏEFF, *derrière les coulisses.* Holà, quelqu'un! qu'on m'appelle Velvitski!

MIRVOLINE. Tiens! il paraît que la porte du cabinet s'est ouverte! Voyons, vite, un autre petit verre, Garasime.

GARASIME. Eh quoi! est-ce que toujours le gosier...?

MIRVOLINE. Oui, frère, ça me gratte. (*Il boit, Garasime sort.*)

SCÈNE II.

MIRVOLINE, BAGALAIEFF, VELVITSKI.

BAGALAÏEFF, *à Velvitski.* Tu as compris, n'est-ce pas, ce que j'ai ordonné? Eh? (*A Mirvoline.*) Ah ! c'est toi, bonjour.

MIRVOLINE. Nos très-humbles respects à Nicolaï Ivanovitch.

BAGALAÏEFF, **à** *Velvitski.* As-tu compris, je te le demande?

VELVITSKI. Permettez....

BAGALAÏEFF, *l'interrompant.* Oui, oui, ce sera bien ainsi. Tu peux t'en aller ; je t'appellerai quand il sera temps.

VELVITSKI. J'obéis. Ce sont donc les papiers pour l'affaire de la veuve Kaourova qu'il faut préparer?

BAGALAÏEFF. Certainement. Je m'étonne.... Tu n'avais donc pas compris, frère ?

VELVITSKI. Mais vous aviez daigné ne me rien dire.

BAGALAÏEFF. Il faut donc tout vous dire, à présent? Quand on ne sait pas comprendre....

VELVITSKI. J'obéis. (Il sort.)

BAGALAÏEFF. Ce jeune homme n'a pas la tête très-forte. (A Mirvoline.) Eh bien ! comment cela va-t-il ? (Il s'assied.)

MIRVOLINE. Grâce au ciel, tout doucement. Et votre précieuse santé?

BAGALAÏEFF. As-tu été en ville ?

MIRVOLINE. Certainement. Du reste, il n'y a rien de nouveau. Le marchand Selodkine a été frappé avant-hier d'un coup d'apoplexie, mais il est coutumier du fait. Le procureur a de nouveau, dit-on, battu sa femme hier.

BAGALAÏEFF. En vérité? Quel homme impatient !

MIRVOLINE. J'ai rencontré aussi Petr Pétrovitch dans sa nouvelle calèche. Il allait probablement en visite, car son laquais avait des bottes neuves et un chapeau neuf.

BAGALAÏEFF. Il vient aujourd'hui chez moi. Est-ce que sa calèche est bien ?

MIRVOLINE. Comment vous le dire ? non ; en y regardant de près, elle n'est pas bien. La forme en est jolie, mais quant au fond.... non, elle ne me plaît pas. Comment la comparer à la vôtre ?

BAGALAÏEFF. Pourtant elle a des ressorts plats ?

MIRVOLINE. J'avoue qu'ils sont plats; mais qu'est-ce que cela prouve? Ce n'est que pour jeter de la poudre aux yeux. C'est là sa passion. Vous savez qu'il veut de nouveau se présenter aux élections de la noblesse.

BAGALAÏEFF. Pour être maréchal ?

MIRVOLINE. Tout comme vous me faites l'honneur de le dire. Eh bien, qu'il y vienne! Il fera de nouveau une petite promenade sur les chevaux noirs[1].

BAGALAÏEFF. Tu crois? Petr Pétrovitch est certainement un homme fort respectable sous tous les rapports ; il mérite entièrement.... Cependant, d'un autre côté, la flatteuse confiance de la noblesse.... Prends un verre d'eau-de-vie.

MIRVOLINE. Je vous remercie très-humblement.

BAGALAÏEFF. Aurais-tu déjà bu ?

MIRVOLINE. Non, ce n'est pas que j'aie bu ; mais, je ne sais, ma poitrine.... (Il tousse.)

BAGALAÏEFF. Bêtises ! bois.

MIRVOLINE, buvant. A votre santé !... Mais savez-vous une chose, Nicolaï Ivanovitch? le vrai nom de Petr Pétrovitch n'est pas Pectérieff, mais Pectéroff; entendez-vous bien? Pectéroff.

BAGALAÏEFF. En vérité?

MIRVOLINE. Comment ne le saurions-nous pas? Nous l'avons très-bien connu; et son père, et ses oncles, qui étaient tous des ladres, par parenthèse, tous se nommaient Pectéroff, et jamais....

BAGALAÏEFF. Écoute; ceci est indifférent, pourvu que le cœur soit bon.

MIRVOLINE. Vous avez daigné dire là une vérité irréfragable. (Regardant par la fenêtre.) Quelqu'un vient d'arriver.

BAGALAÏEFF. Et je suis encore en robe de chambre! Voilà ce que c'est que de bavarder avec toi.

ALOUPKINE, derrière les coulisses. Annonce Aloupkine, gentilhomme.

---

1. Cela signifie que, dans l'élection au scrutin, il ne recevra que des boules noires.

GARASIME, *en entrant.* Aloupkine, un seigneur, demande à vous parler.

BAGALAÏEFF. Aloupkine! Qui cela peut-il être? Fais-le entrer. (*A Mirvoline.*) Et toi, occupe-le. Je reviens à l'instant. (*Bagalaïeff et Garasime sortent.*)

SCÈNE III.

MIRVOLINE, ALOUPKINE.

MIRVOLINE. Nicolaï Ivanovitch va paraître sur-le-champ. En attendant, voulez-vous prendre place?

ALOUPKINE. Grand'merci; je me tiendrai debout. Permettez-moi de savoir avec qui j'ai l'honneur....

MIRVOLINE. Mirvoline, un gentilhomme des environs, dont vous avez certainement entendu parler.

ALOUPKINE. Jamais. Du reste, enchanté de l'occasion. Permettez-moi de vous demander si Tatiana Séméonovna Baldachova est votre parente?

MIRVOLINE. Non. Qui est cette Baldachova?

ALOUPKINE. Une propriétaire de Tamboff, veuve.

MIRVOLINE. Ah! de Tamboff!

ALOUPKINE. Oui, de Tamboff, une veuve. Et permettez-moi de vous demander encore si le *stanovoï* d'ici vous est connu.

MIRVOLINE. M. Naglanovitch? mais certainement; c'est un de mes meilleurs amis.

ALOUPKINE. La plus grande canaille qui ait jamais existé dans ce monde. Excusez-moi, je suis un homme franc, un soldat. J'ai l'habitude de parler sans détour. Il faut que je vous dise....

MIRVOLINE, *l'interrompant.* Ne daigneriez-vous pas manger quelque chose, après le voyage?

ALOUPKINE. Je vous remercie. Il faut que je vous dise

qu'il n'y a pas longtemps que je me suis établi dans ces contrées; jusqu'à présent, j'ai habité principalement le gouvernement de Tamboff; mais, ayant reçu en héritage de ma défunte femme cinquante-deux âmes dans ce district....

MIRVOLINE. Et où cela, s'il vous plaît ?

ALOUPKINE. Au village de Trukino, à cinq verstes de la grande route de Voronèje.

MIRVOLINE. Ah ! je sais, je sais ; un joli petit bien.

ALOUPKINE. Une horreur.... rien que du sable. Ayant donc reçu cet héritage, je trouvai bon de venir m'établir ici, d'autant plus que ma maison de Tamboff, sauf votre respect, était complétement tombée en ruine. Me voilà donc établi. Eh bien ! imaginez-vous que votre stanovoï a déjà trouvé le temps de me nuire de la façon la plus indécente.

MIRVOLINE. Vraiment? comme c'est désagréable !

ALOUPKINE. Permettez. Pour tout autre, ce ne serait rien. Mais moi, j'ai une fille qui se nomme Catherine ; voilà ce que je vous prie de prendre en considération. Aussi, je compte fermement sur Nicolaï Ivanovitch. Je n'ai eu le plaisir de le voir que deux fois, mais j'ai tant entendu parler de sa justice....

MIRVOLINE. Le voilà lui-même.

SCÈNE IV.

LES MÊMES, BAGALAIEFF (en frac, et portant l'ordre de Sainte-Anne au cou).

BAGALAÏEFF. Il m'est très-agréable.... Je vous prie de vous asseoir. Il me semble que j'ai eu le plaisir de vous voir chez notre respectable procureur.

ALOUPKINE. C'est l'exacte vérité.

BAGALAÏEFF. Il n'y a pas longtemps, n'est-ce pas, que vous êtes devenu des nôtres ?

ALOUPKINE. C'est l'exacte vérité.

BAGALAÏEFF. J'espère que vous ne vous en repentirez pas. (*Un petit silence.*) Quelle chaleur il fait aujourd'hui !

ALOUPKINE. Nicolaï Ivanovitch, permettez à un vieux soldat de vous parler avec franchise.

BAGALAÏEFF. Je vous en prie. Qu'y a-t-il ?

ALOUPKINE. Nicolaï Ivanovitch, vous êtes notre maréchal ; Nicolaï Ivanovitch, vous êtes comme qui dirait notre second père. Je suis père moi-même, Nicolaï Ivanovitch.

BAGALAÏEFF. Croyez-moi, je ne sais que trop bien.... je sens très-bien.... C'est mon devoir, et puis.... la flatteuse confiance de la noblesse.... Parlez; qu'est-ce?

ALOUPKINE. Nicolaï Ivanovitch! votre stanovoï est un coquin fini.

BAGALAÏEFF. Hum ! je trouve que vous employez des expressions bien fortes.

ALOUPKINE. Mais, permettez, daignez m'écouter jusqu'au bout. On prétend qu'un paysan à moi aurait volé à Philippe, autre paysan du voisinage, un bouc. Et permettez-moi de vous demander qu'a à faire un paysan d'un bouc. Non, dites-moi, qu'a-t-il besoin d'un bouc? Et enfin, pourquoi serait-ce mon paysan qui aurait volé ce bouc ? où sont les preuves ? Supposons même que mon paysan soit coupable ; mais moi, pourquoi serais-je responsable? pourquoi vient-on m'inquiéter ? Après cela, je devrai donc répondre pour chaque bouc? et le stanovoï aura le droit de me dire des insolences ? Il me dit : « Ce bouc s'est trouvé dans votre enclos. » Mais qu'il aille au diable avec son bouc! La question n'est pas dans un bouc, mais dans la décence.

BAGALAÏEFF. Permettez : je vous avoue que je n'ai pas trop bien compris tout cela. Vous dites que votre paysan a volé un bouc.

ALOUPKINE. Non, ce n'est pas moi, c'est le stanovoï qui le dit.

BAGALAÏEFF. Mais il me semble que vous devriez suivre en cette affaire l'ordre prescrit par les lois. Je ne sais pourquoi vous m'avez fait l'honneur de vous adresser à moi.

ALOUPKINE. Mais à qui donc me serais-je adressé, Nicolaï Ivanovitch ? Je suis un vieux soldat. J'ai reçu une offense, mon honneur souffre. Un stanovoï me dit, et d'une façon si indécente : «Attendez, je vais vous.... » Mettez-vous à ma place !

GARASIME, *en entrant.* Jevguéni Tikonitch a daigné arriver.

BAGALAÏEFF, *se levant.* Excusez, de grâce. (*Il s'avance vers la porte.*) Jevguéni Tikonitch, soyez le bienvenu. Comment va votre santé ?

SCÈNE V.

LES MÊMES, SOUSSLOFF.

SOUSSLOFF. Bien, très-bien.... Messieurs, j'ai l'honneur....(*A Mirvoline.*) Bonjour, toi.

BAGALAÏEFF. Et votre épouse ?

SOUSSLOFF. Elle vit toujours. Quelle chaleur ! Si ce n'eût été pour me rendre chez vous, devant Dieu, je n'aurais pas bougé de place.

BAGALAÏEFF. Je vous en remercie. (*Montrant le déjeuner.*) Ne désirez-vous pas...? (*A Aloupkine.*) Pardon.... Quel est votre nom et celui de votre père ?

ALOUPKINE. Anton Séméonitch.

BAGALAÏEFF. Mon cher Anton Séméonitch, vous m'exposerez plus tard votre désagrément; et vous pouvez être sûr, en tout ce qui dépendra de moi,.... soyez tranquille. Maintenant permettez-moi de vous présenter à notre juge. C'est un homme d'une bienveillance parfaite, un cœur ouvert, qui ne donne jamais tort à personne. Jevguéni Tikonitch!

SOUSSLOFF, *la bouche pleine.* Quoi ?

BAGALAÏEFF. J'ai l'honneur de vous présenter un nouvel habitant de ces contrées, Aloupkine, Anton Séméonitch.

SOUSSLOFF, *continuant à manger.* Ce nous est très-agréable. D'où nous venez-vous ?

ALOUPKINE. Du gouvernement de Tamboff.

SOUSSLOFF. Ah! c'est fort bien fait. (*A Bagalaïeff.*) A propos, et nos pigeonneaux? vous verrez qu'ils n'arriveront pas.

BAGALAÏEFF. Je ne puis le croire, et je m'étonne même qu'ils ne soient pas ici. Ils devaient arriver les premiers.

SOUSSLOFF. Vous croyez que nous leur ferons faire la paix ?

BAGALAÏEFF. Il faut l'espérer. J'ai invité aussi M. Pectérieff. (*A Aloupkine.*) Mais vous pouvez nous aider, Anton Séméonitch, dans cette affaire, qui intéresse également, j'ose le dire, tous les gentilshommes. Figurez-vous.... Nous avons ici un propriétaire, Bezpandine, très-excellent homme.... à dire vrai, un fou. Il a une sœur, veuve, Mme Kaourova, femme d'une obstination.... Vous le verrez vous-même.

MIRVOLINE. C'est dans le sang de la famille, Nicolaï Ivanovitch. Leur défunte mère était pire encore. On dit que, dans son adolescence, une brique lui est tombée sur la tête : voilà peut-être la raison....

BAGALAÏEFF. C'est possible. La nature.... Donc, entre

ce Bezpandine et sa sœur, il s'est élevé depuis trois ans une dissension par rapport au partage d'un bien que leur a laissé une tante. La sœur surtout ne veut entendre à rien. Les tribunaux ont été saisis de la question. Des requêtes ont été présentées à de hautes puissances (*baissant la voix*), à de très-hautes puissances. Vous comprenez que de malheurs peuvent en résulter! Je me suis décidé à couper d'une main ferme la racine du mal. Je les ai assignés tous deux pour aujourd'hui par-devant moi, et, si nous ne réussissons point, j'emploierai des moyens plus efficaces. Notre respectable juge, et M. Pectérieff, et celui-ci (*montrant Mirvoline*), sont nos pacificateurs. Voulez-vous vous y adjoindre et nous donner votre aide?

ALOUPKINE. Avec plaisir; mais n'étant pas connu....

BAGALAÏEFF. Qu'importe? Vous êtes un habitant de ces contrées; il leur sera impossible de mettre en doute votre impartialité.

ALOUPKINE. Je suis prêt.

GARASIME, *entrant.* Mme Kaourova.

SOUSSLOFF. Quand on parle du loup....

SCÈNE VI.

LES MÊMES, Mme KAOUROVA, *en grand chapeau et tenant son ridicule à deux mains.*

BAGALAÏEFF. Enfin, soyez la bienvenue, Anna Illiinichna. Là, s'il vous plaît.

MADAME KAOUROVA, *faisant des révérences.* Téraponte Illiitch n'est pas encore arrivé?

BAGALAÏEFF. Pas encore, mais il ne peut tarder. (*Montrant la table.*) Ne désirez-vous pas prendre un morceau?

MADAME KAOUROVA. Merci ; je ne mange que du maigre.

BAGALAÏEFF. Eh bien ! voilà des radis, des concombres. Voulez-vous du thé ?

MADAME KAOUROVA. Non, je vous remercie, j'ai déjeuné. Et puis, dans ma position, l'on ne pense guère à la nourriture. Excusez-moi si j'ai un peu tardé. (*Elle s'assied.*) Encore faut-il remercier Dieu si j'arrive entière. Mon cocher a manqué de me verser.

BAGALAÏEFF. Comment ? le chemin n'est pas mauvais.

MADAME KAOUROVA. Ce n'est pas le chemin, Nicolaï Ivanovitch ! hélas ! ce n'est pas le chemin. Me voilà ; je vous ai obéi. Mais je n'attends aucune utilité de mon obéissance. Le caractère de Téraponte Illiitch m'est trop bien connu.

BAGALAÏEFF. C'est ce que nous verrons. Moi, tout au rebours, j'espère finir aujourd'hui votre affaire. Il en est temps.

MADAME KAOUROVA. Que Dieu vous entende ! Vous le savez, je consens à tout ; je suis une créature paisible ; je n'ai pas l'habitude de dire non. Je suis une veuve sans défense, qui n'ai d'appui qu'en vous. Pour Téraponte Illiitch, il veut ma mort. Qu'il soit fait suivant sa volonté ! Mais que du moins il épargne les petits enfants.

BAGALAÏEFF. Assez, madame, assez. Je vais plutôt vous présenter à la nouvelle acquisition de notre noblesse, M. Aloupkine. Si vous le permettez, il sera aussi l'un des arbitres dans votre cause.

MADAME KAOUROVA. J'y consens, Nicolaï Ivanovitch ; je consens à tout. Que l'on appelle, que l'on convoque tout le district, tout le gouvernement. J'ai la conscience tranquille. Je lis dans les yeux de monsieur qu'il prendra ma défense, qu'il ne permettra pas qu'on opprime une femme.

MIRVOLINE, *s'approchant de Mme Kaourova et lui bai-*

SCÈNES DE LA VIE RUSSE.   20

sant la main. Comment vont vos chers petits, Anna Illiinichna?

MADAME KAOUROVA. Grâce à Dieu, ils respirent encore. Mais est-ce pour longtemps? Bientôt, bientôt ils seront orphelins, les pauvrets!

SOUSSLOFF. Pourquoi dites-vous de pareilles choses? Vous nous enterrerez tous, ma petite mère.

MADAME KAOUROVA. Comment! pourquoi je dis de pareilles choses, mon petit père? Il doit y avoir de bien graves raisons, si, moi, je ne puis pas me taire. Et vous vous appelez juge! Je suis bien femme à parler sans preuves!

SOUSSLOFF. Eh bien! donnez-nous-les, ces preuves.

MADAME KAOUROVA. Très-volontiers. Nicolaï Ivanovitch, ordonnez qu'on appelle mon cocher.

BAGALAÏEFF. Qui ça?

MADAME KAOUROVA. Mon cocher. C'est Karpouchka qu'on le nomme.

BAGALAÏEFF. Mais pourquoi?

MADAME KAOUROVA. Veuillez le faire venir. Voici M. le juge qui demande des preuves.

BAGALAÏEFF. Mais, en vérité....

MADAME KAOUROVA. Je vous prie de me faire cette grâce.

BAGALAÏEFF. Allons. (*A Mirvoline.*) Amène ce cocher.

MIRVOLINE. A l'instant. (*Il sort.*)

MADAME KAOUROVA. Vous ne voulez jamais me croire, monsieur le juge, et ce n'est pas la première fois.

ALOUPKINE. Permettez. Décidément, je ne puis comprendre pourquoi vous faites appeler votre cocher. Une affaire entre gentilshommes et un cocher! quel rapport? je ne comprends pas.

MADAME KAOUROVA. Vous verrez.

ALOUPKINE. Je ne comprends pas.

SCÈNE VII.

Les mêmes, MIRVOLINE KARP, *qui s'arrête près de la porte.*

MIRVOLINE. Voici le cocher.

MADAME KAOUROVA. Karpouchka, écoute et regarde-moi. Le monsieur que voilà n'a pas voulu croire que Téraponte Illiitch a montré maintes fois l'intention de te suborner.... Tu entends ce que je te dis.

SOUSSLOFF. Eh bien! pourquoi te taire, mon ami? Le frère de madame a-t-il voulu te suborner?

KARP. Comment, suborner?

SOUSSLOFF. Je n'en sais rien. C'est ta maîtresse qui l'affirme.

MADAME KAOUROVA. Karpouchka, écoute, et regarde-moi. Tu te souviens.... aujourd'hui tu as manqué de me verser. T'en souviens-tu?

KARP. Quand cela?

MADAME KAOUROVA. Quand cela? mais que tu es bête! Certainement, au tournant de la route, avant d'arriver à la digue, une roue a encore manqué de s'échapper. Tu le sais bien.

KARP. J'écoute.

MADAME KAOUROVA. Te rappelles-tu ce que je t'ai dit alors? « Avoue, t'ai-je dit, que Téraponte Illiitch t'a donné de l'argent. « Karpouchka, mon petit pigeon, t'a-t-il dit, « verse ta maîtresse de façon à la tuer sur place, et je « n'oublierai pas ce service. » Et sais-tu ce que tu m'as répondu? « Je suis coupable, madame, je suis coupable devant vous [1] »

---

1. Formule ordinaire d'un domestique qui veut s'excuser.

SOUSSLOFF. Mais permettez, madame ; coupable ne veut rien dire. Qu'entendait-il par ce mot banal? Avouait-il sa culpabilité ? Voilà ce qu'il faudrait éclaircir. (A *Karp.*) Avouais-tu ?

KARP. Quoi ?

MADAME KAOUROVA. Karpouchka, écoute, et regarde-moi. Téraponte Illiitch a voulu te suborner. Certes, tu n'y as pas consenti. Mais ai-je dit la vérité ?

KARP. Comme vous daignez dire.

MADAME KAOUROVA, *triomphant.* Vous voyez, messieurs.

SOUSSLOFF. Non, non, permettez. Écoute, frère ; réponds-moi, mais catégoriquement. As-tu....

MADAME KAOUROVA. Non, Jevguéni Tikonitch, je ne puis permettre. Vous voulez le terrifier; mais je n'y consentirai pas, je lui dois protection. Va-t'en, Karpouchka, et tâche de te réveiller, car tu dors en marchant. (*Karp sort.*) J'avoue que je ne me serais point attendue à cela de votre part, monsieur le juge.. Par quoi ai-je pu mériter... ?

SOUSSLOFF. Voyons, voyons, ne nous lanternez pas.

BAGALAÏEFF. Messieurs, messieurs, calmez-vous. Asseyez-vous, madame, nous examinerons tout cela à loisir.

GARASIME, *entrant.* M. Bezpandine a daigné arriver.

BAGALAÏEFF. Enfin ! Faites entrer.

SCÈNE VIII.

LES MÊMES, BEZPANDINE.

BAGALAÏEFF. Bonjour. Pourtant vous nous avez fait attendre.

BEZPANDINE. Pardon, pardon, Nicolaï Ivanovitch ; il m'est arrivé un accident.... Salut, juge intègre; comment ça va-t-il ?... Imaginez-vous ce qui m'a retenu. On m'a volé ma selle. Que faire? J'ai dû prendre celle d'un postillon. (*Il prend un verre sur la table, et boit.*) Vous savez que je vais partout à cheval. Une selle détestable; impossible d'aller au....

. BAGALAÏEFF. Téraponte Illiitch, je vous présente M. Aloupkine, nouveau venu.

BEZPANDINE, *l'interrompant.* Êtes-vous chasseur?

ALOUPKINE. Comment l'entendez-vous?

BEZPANDINE. Comment je l'entends? La chasse à courre.

ALOUPKINE. Non, je n'aime pas les chiens; mais j'ai tiré quelquefois un oiseau posé.

BEZPANDINE, *éclatant de rire.* Posé! ah! posé!...

BAGALAÏEFF. Messieurs, permettez-moi d'interrompre votre intéressante conversation. Je vous propose de commencer immédiatement notre besogne, sans attendre davantage le respectable M. Pectérieff. En conséquence, je vous prie tous de prendre place. (*Tous s'assoient.*)

BEZPANDINE. Nicolaï Ivanovitch, je vous respecte de toute mon âme; mais si vous imaginez que vous aurez raison de cette femme-là !...

MADAME KAOUROVA, *se levant.* Vous voyez, vous voyez...

BAGALAÏEFF. Permettez, permettez, messieurs. Je dois vous prier de m'écouter avec attention. J'ai eu l'agrément de vous convoquer tous les deux, non-seulement pour effectuer ce partage, mais aussi pour faire en sorte de vous réconcilier. Quel exemple! Jugez-en vous-mêmes: un frère et une sœur, nés, j'oserai le dire, des mêmes entrailles....

BEZPANDINE. Mais permettez....

ALOUPKINE. Monsieur Bezpandine, je vous prie de ne pas interrompre.

BEZPANDINE. Êtes-vous donc mon précepteur?

ALOUPKINE. Je ne suis pas votre précepteur; mais, en qualité d'ancien soldat, et invité que je suis par M. le maréchal...

BAGALAÏEFF. Oui, Téraponte Illiitch, je l'ai invité. Téraponte Illiitch, Anna Illiinichna, je m'adresse aux fibres sensibles de vos cœurs. Comment! un frère et une sœur, nés, si j'ose le dire, des mêmes entrailles, ne peuvent vivre dans la paix, l'union et la concorde? Voyons, rentrez en vous-mêmes, considérez que tout ce que j'ai dit; je l'ai dit pour votre bien.

BEZPANDINE. Mais, Nicolaï Ivanovitch, vous la prenez peut-être pour une femme. Écoutez-la avec un peu d'attention, vous verrez que... Dieu sait ce que c'est.

MADAME KAOUROVA. Et vous-même, qu'êtes-vous? Vous subornez mon cocher; vous m'envoyez des servantes avec du poison; vous complotez ma mort; je n'en crois pas mes yeux quand je me vois encore vivante.

BEZPANDINE. Quel cocher ai-je suborné? Que dit-elle enfin?

MADAME KAOUROVA. Oui, monsieur, il est prêt à l'attester sous serment, et tous les gentilshommes ici présents en sont témoins.

BEZPANDINE. Quel est ce galimatias, monsieur?

ALOUPKINE, à *Mme Kaourova.* Permettez, je proteste; et ne m'appelez pas en témoignage, car je n'ai rien compris à ce qu'a dit votre cocher. C'est quelque chose dans le genre de mon bouc.

MADAME KAOUROVA. Mais en quoi mon cocher ressemble-t-il à un bouc? C'est plutôt vous-même qui....

BAGALAÏEFF. Messieurs, messieurs, cessez, au nom du ciel! Anna-Illiinichna, Téraponte Illiitch, quel plaisir trouvez-vous à vous déchirer ainsi réciproquement? Ne vaudrait-il pas mieux vous donner le baiser de paix sous les auspices de votre maréchal?

BEZPANDINE. Allons donc ! Si j'avais prévu cela, je ne serais venu pour rien au monde.

MADAME KAOUROVA. Ni moi non plus.

BAGALAÏEFF. Mais, comment ? Vous venez de nous dire que vous consentiez à tout.

MADAME KAOUROVA. A tout, oui, mais pas à cela.

SOUSSLOFF. Tenez, Nicolaï Ivanovitch, permettez-moi de vous dire que vous avez mal engagé l'affaire. Vous leur parlez de concorde, de paix....

BAGALAÏEFF. Comment donc m'y prendre ? que faire ?

SOUSSLOFF. Pourquoi les avez-vous convoqués ? pour un partage ? Eh bien, occupons-nous du partage. Aussi longtemps que ce partage ne sera pas fait, ni vous ni moi n'aurons un moment de repos. Il faudra, par ces chaleurs, toujours rouler sur les chemins.

BAGALAÏEFF. Où sont les plans ?... Vous avez raison.... Garasime ! (*Garasime entre.*) Qu'on me fasse venir Velvitski.

BEZPANDINE. Je déclare d'avance que je consens à tout ce que décidera Nicolaï Ivanovitch.

MADAME KAOUROVA. Et moi aussi.

SOUSSLOFF. Nous verrons bien.

MIRVOLINE, *qui a bu verre sur verre.* Il est impossible de ne pas louer ce qui est louable.

SCÈNE IX.

LES MÊMES, VELVITSKI *avec les plans.*

BAGALAÏEFF. Ah ! approche. Apporte cette table. (*Il déploie les plans.*) Voici, messieurs; daignez jeter un regard. « Village de Kokouchkino, quatre-vingt-quatorze âmes mâles. » Regardez comme tout est maculé par le crayon. Ce n'est pas la première fois que nous nous acharnons sur ce plan.... « Sept cent douze déciatines de terre, dont quatre-vingt-une hors de culture. Ce bien est à partager entre le régistrateur de collége[1] Térapoute Bezpandine, et sa sœur, veuve d'un sous-lieutenant, Anna Kaourova. *Nota bene*. Par égales portions, ainsi qu'il est expressément stipulé par le testament de leur défunte tante. »

BEZPANDINE. La vieille avait perdu la tête avant de mourir. Que ne me laissait-elle tout ! il n'y aurait eu aucun désagrément.

MADAME KAOUROVA. Grand merci !

BEZPANDINE. Du moins devait-elle vous réduire à votre légitime[2]. Mais qu'attendre de bon d'une femme ? Il est vrai, à ce qu'on dit, que vous avez tous les matins lavé et peigné son épagneul.

MADAME KAOUROVA. Vous en avez menti. Je suis bien femme à laver un chien ! Bon pour vous, qui êtes connu par vos basses inclinations. On dit, Dieu me pardonne le péché de le redire! que vous baisez votre chien sur le museau.

BAGALAÏEFF. Messieurs, messieurs, je dois vous prier tous les deux de vous taire. Je reprends.... Voici donc trois années que cette tante est morte, et, jusqu'à présent, aucune décision. J'ai consenti à être l'arbitre : car, vous comprenez, messieurs, mon devoir.... la flatteuse confiance de la noblesse.... Voici en quoi consiste la principale difficulté : il y a dans ce bien une maison seigneuriale ; M. Bezpandine et sa sœur ne désirent pas y vivre en commun, et la partager est impossible.

BEZPANDINE , *après un moment de silence*. Eh bien ! je consens à céder cette maison. Que Dieu la bénisse !

BAGALAÏEFF. Vous la cédez ?

_____

1. Dernier degré du *tchin*.
2. La septième partie.

BEZPANDINE. Oui, mais j'attends une compensation.

BAGALAÏEFF. Certainement, cette demande est juste.

MADAME KAOUROVA. Nicolaï Ivanovitch, c'est une ruse, c'est une embûche de sa part. Il espère ainsi s'approprier les meilleures terres, les chènevières, etc. Qu'a-t-il besoin d'une maison ? Il en a déjà une. Et celle de la tante est tellement délabrée....

BEZPANDINE. Si elle est tellement délabrée....

MADAME KAOUROVA. Je ne céderai pas les chènevières. Je suis veuve, j'ai des enfants. Que ferais-je sans les chènevières ? Jugez vous-mêmes.

BEZPANDINE. Si elle est tellement délabrée....

MADAME KAOUROVA. Pour rien au monde....

ALOUPKINE. Mais laissez-le donc achever sa phrase.

BEZPANDINE. Si elle est tellement délabrée, cédez-la-moi, et c'est vous qui aurez la compensation.

MADAME KAOUROVA. Ah ! oui, je connais vos compensations. Ce sera quelque petite déciatine toute pleine de pierres, ou, mieux encore, quelque marais où il ne vient que des joncs, que les vaches même des paysans ne mangent pas en temps de famine.

BAGALAÏEFF. Il n'y a pas de tel marais dans votre bien.

MADAME KAOUROVA. Si ce n'est un marais, ce sera autre chose. Non, merci ; je sais ce que c'est que ses compensations.

ALOUPKINE, à *Mirvoline.* Est-ce que toutes les femmes, dans votre district, sont comme celle-là ?

MIRVOLINE. Il y en a de pires.

BAGALAÏEFF. Messieurs, messieurs, je dois vous prier encore de vous taire.... Voici ce que je propose : nous allons diviser le bien en deux parts : dans l'une sera la maison, dans l'autre un peu plus de terre. Et puis, qu'ils choisissent.

BEZPANDINE. J'y consens.

MADAME KAOUROVA. Moi, je n'y consens pas.

BAGALAÏEFF. Pour quelle raison ?

MADAME KAOUROVA. Qui choisira le premier ?

BAGALAÏEFF. On tirera au sort.

MADAME KAOUROVA. Dieu nous préserve d'un pareil péché ! Que dites-vous là ? Nous sommes des chrétiens.

BEZPANDINE. Eh bien ! c'est vous qui choisirez.

MADAME KAOUROVA. Je ne puis y consentir.

ALOUPKINE. Pourquoi donc ? sacré.... Pardon, messieurs, je suis un ancien soldat.

MADAME KAOUROVA. Comment voulez-vous que je choisisse ? Et si je me trompe en choisissant ?

BAGALAÏEFF. Pourquoi vous tromperiez-vous ? Les deux portions seront égales ; et, si l'une d'elles est meilleure, votre frère vous cède le droit de la prendre.

MADAME KAOUROVA. Et qui dira quelle portion sera la meilleure ? Non, Nicolaï Ivanovitch, cela vous regarde. Prenez la peine, mon petit père, de désigner vous-même ma portion ; je l'accepterai avec reconnaissance.

BAGALAÏEFF. Allons, c'est fait. La maison avec ses dépendances est attribuée à Mme Kaourova.

BEZPANDINE. Avec le verger ?

MADAME KAOUROVA. Certainement, avec le verger. Qu'est-ce qu'une maison sans verger ? Ce verger, d'ailleurs, ne vaut rien. Il n'y a que cinq ou six pommiers, et les pommes sont horriblement aigres. Maison et verger ne valent pas deux kopecks.

BEZPANDINE. Alors cédez-les-moi.

BAGALAÏEFF, *élevant la voix.* Velvitski, lis mon projet de partage.

VELVITSKI, *déployant un cahier.* « Projet de partage définitif.... »

BAGALAÏEFF. Cherche tout de suite la ligne de démarcation.

VELVITSKI. « Direction de la ligne, du point A, sur la limite de Voloukino.... »

BAGALAÏEFF. Messieurs, regardez. Du point A....

VELVITSKI. « .... Jusqu'au point B, à l'angle de la digue. »

BAGALAÏEFF. Jusqu'au point B. Jevguéni Tikonitch, venez donc regarder.

SOUSSLOFF, *qui est assis très-loin.* Je vois fort bien.

MADAME KAOUROVA. Mais permettez-moi de vous demander à qui appartiendra l'étang.

BAGALAÏEFF. Étang commun. Rive droite à l'un, rive gauche à l'autre. Continue.

VELVITSKI. « Les deux lots de terre isolés, divisés par égales parties. Premier lot, quarante-huit déciatines; deuxième, soixante-dix-sept. »

BAGALAÏEFF. Voici donc ce que je propose : celui qui n'aura pas la maison, prendra tout le premier lot pour lui, c'est-à-dire recevra vingt-quatre déciatines en plus.

VELVITSKI. « Le preneur de la première portion est tenu de transporter à ses frais deux familles de paysans sur la seconde portion; les paysans transportés jouiront de leurs chènevières actuelles pendant deux années. »

MADAME KAOUROVA. Ni transporter des paysans, ni céder des chènevières; je ne consens pas.

ALOUPKINE. Voulez-vous bien ne pas interrompre, madame?

MADAME KAOUROVA. Que m'arrive-t-il, bon Dieu! Est-ce que je rêve? (*Elle se signe.*) Des chènevières pour deux années! un étang commun! Mais j'aimerais mieux céder la maison.

BAGALAÏEFF. Mais permettez-moi de vous faire remarquer que c'est Téraponte Illiitch....

MADAME KAOUROVA. Non, mon petit père, ne prenez

pas cette peine. Je vois que j'ai dû vous offenser de quelque manière.

BAGALAÏEFF, *parlant en même temps qu'elle.* Écoutez-moi, de grâce, Anna Illiinichna; écoutez-moi donc. Vous parlez de chènevières; mais c'est votre frère, puisqu'il prend les vingt-quatre déciatines....

MADAME KAOUROVA, *parlant en même temps que lui.* Ne soutenez point cela, Nicolaï Ivanovitch; quelle folle serais-je d'abandonner ainsi mes intérêts! Et puis j'ai des enfants en bas âge, qui n'ont que moi pour soutien....

ALOUPKINE. C'en est trop, c'en est trop!

BEZPANDINE, *à sa sœur.* Ainsi, vous trouvez que ma portion est la meilleure?

MADAME KAOUROVA. Vingt-quatre déciatines!

BEZPANDINE. Elle est donc la meilleure?

MADAME KAOUROVA. Vingt-quatre déciatines, grand Dieu!

ALOUPKINE. Répondez donc : est-elle la meilleure, la meilleure?

MADAME KAOUROVA, *à Aloupkine.* Mais qu'as-tu donc, mon père, à te jeter toujours sur moi? Est-ce que c'est la coutume à Tamboff?... Dieu sait d'où il est sorti, et ce que c'est que cet homme. Voyez pourtant comme il fait la roue!

ALOUPKINE. Je vous prie de ne pas vous oublier, madame. Quoique, d'après les apparences, vous soyez une femme, je ne m'en embarrasserais pas. Je suis un vieux soldat, que diable!

BAGALAÏEFF. Messieurs, messieurs, calmez-vous, au nom du ciel! Comme cela, nous ne ferons rien de bon.

BEZPANDINE. Je vous demande de nouveau, Anna Illiinichna, d'après vous, ma portion est-elle la meilleure?

MADAME KAOUROVA. Oui, c'est la meilleure; il y a plus de terre.

BEZPANDINE. Eh bien! changeons de parts. Prenez la mienne, je prendrai la vôtre. (*Mme Kaourova se tait.*)

BAGALAÏEFF. Quoi? vous ne répondez pas?... On vous donne à choisir.

MADAME KAOUROVA. J'ai déjà dit que je ne saurais choisir.

BAGALAÏEFF. Mais voyons donc, chère dame, suivez l'exemple de votre respectable frère. Je ne puis assez dire combien j'ai à me louer de lui aujourd'hui. On vous fait toutes les concessions imaginables. Il faut en finir : nos forces s'épuisent. Quelle est enfin votre décision?

MADAME KAOUROVA. Que vous dirai-je, Nicolaï Ivanovitch? Vous êtes cinq, et je suis seule, et femme. Je suis en votre pouvoir. Faites de moi ce que vous voudrez.

BAGALAÏEFF. Vraiment, c'est impardonnable. Vous parlez comme si nous vous faisions violence.

MADAME KAOUROVA. Dieu nous voit, Nicolaï Ivanovitch.

SOUSSLOFF, *à Bagalaïeff, qui fait un geste de désespoir.* Laissez-la donc; vous voyez bien que cette femme est un cheval rétif.

BAGALAÏEFF. Attendez, messieurs.... Ma chère petite mère, peut-être que vous ne me comprenez pas bien. Nous voulons connaître votre désir, rien que votre désir.

MADAME KAOUROVA. Je ne vous comprends que trop bien, monsieur le maréchal.

BAGALAÏEFF, *les mains jointes.* Dites, quelles seraient les conditions auxquelles vous donneriez votre acquiescement?

MADAME KAOUROVA. Non, excusez-moi. Par force, vous pouvez faire de moi tout ce que vous voulez, car je ne suis qu'une femme; mais, de mon plein gré....

ALOUPKINE. Vous, une femme! Non, vous êtes un vieux diable! (*Il s'élance vers elle. Parlant tous ensemble.*)

BAGALAÏEFF. Monsieur Aloupkine!

MADAME KAOUROVA. Au secours, mes petits pères!

SOUSSLOFF et MIRVOLINE. Finissez! finissez!

ALOUPKINE, *à Mme Kaourova.* Écoute : je ne menace jamais en vain. Rentre en toi-même, ne fais pas la mégère, ou ça ira mal. Je ne plaisante point. Si tu répondais plus ou moins raisonnablement, je ne dirais rien; mais tu te buttes comme un bœuf. Femme, prends garde! prends garde! te dis-je.

BAGALAÏEFF. Anton Séméonitch, j'avoue que....

BEZPANDINE. Nicolaï Ivanovitch, ceci est mon affaire. (*A Aloupkine.*) Monsieur, je voudrais bien savoir de quel droit....

ALOUPKINE. Vous défendez votre sœur?

BEZPANDINE. Ma sœur? Pas du tout. Voilà ce qu'est ma sœur pour moi. (*Il crache à terre.*) Mais l'honneur de la famille.

ALOUPKINE. Et en quoi ai-je offensé votre famille?

BEZPANDINE. Comment, en quoi? Ainsi, d'après vous, le premier hobereau sorti de je ne sais quel trou....

ALOUPKINE. Comment, monsieur....

BEZPANDINE. Comment, monsieur....

ALOUPKINE. Eh bien, voici : il n'est pas permis de se dire des injures dans une maison étrangère. Mais vous êtes un gentilhomme et je suis un gentilhomme. Ainsi, demain, s'il vous plaît....

BEZPANDINE, *furieux.* A quelle arme? sur-le-champ, au couteau....

BAGALAÏEFF. Messieurs, messieurs, n'avez-vous pas honte? Comment! dans ma maison....

BEZPANDINE. Vous ne me ferez pas peur, vieux porte-moustaches.

ALOUPKINE. Je ne vous crains pas non plus. Quant à votre sœur, il est indécent de dire ce que c'est.

MADAME KAOUROVA. Je consens, mes pères; donnez-moi le papier à signer. Je signerai tout ce qu'il vous plaira.

SOUSSLOFF, *à Mirvoline.* Où est mon bonnet? Ne l'as-tu pas vu, frère?

GARASIME, *entrant et criant à tue-tête.* Petr Pétrovitch Pectérieff!

SCÈNE X.

LES MÊMES, PECTÉRIEFF. (*A l'entrée de Pectérieff, tous se calment et se taisent.*)

PECTÉRIEFF, *à Bagalaïeff. Bonjour, mon très-cher*[1]! (*Saluant les autres.*) Messieurs.... Cher Bagalaïeff, pardon, j'ai tardé. Je vois que vous avez commencé sans moi, et vous avez bien fait.... Votre très-chère santé, Anna Illiinichna? (*A Mirvoline.*) C'est toi, chétif.... Eh bien! l'affaire avance-t-elle?

BAGALAÏEFF. On ne saurait le dire.

PECTÉRIEFF. En vérité! Ah! messieurs, messieurs, ce n'est pas bien. Permettez à un vieillard de vous gronder un peu. Il faut en finir. (*A part à Bagalaïeff, désignant Aloupkine.*) Qui est ça?

BAGALAÏEFF. Un nouveau venu dans nos contrées, un certain Aloupkine. (*A celui-ci.*) Anton Séméonitch, venez, que je vous présente à notre vénérable Petr Pétrovitch.

PECTÉRIEFF. Soyez le bienvenu dans nos fertiles contrées. Mais, permettez, Aloupkine! J'ai connu un Aloupkine à Saint-Pétersbourg, un grand bel homme avec une taie sur l'œil. Il menait très-gros jeu et bâtissait des maisons. Était-il votre parent?

ALOUPKINE. Non, monsieur, je n'ai point de parents.

PECTÉRIEFF. Point de parents, pas un seul? c'est

---

1. Les mots en caractères italiques sont en français dans le texte original.

étrange. Vous êtes fraîche comme une rose, aujourd'hui, Anna Illiinichna. Mais voyons, messieurs, nous aurons le temps de causer plus tard. Où vous ai-je interrompu?

BAGALAÏEFF. Loin de nous interrompre, vous êtes venu fort à propos. L'affaire est....

PECTÉRIEFF. Ce sont là les plans?

(Il s'assied devant la table).

BAGALAÏEFF. Oui, les plans. L'affaire est que nous ne pouvons venir à bout de mettre d'accord M. Bezpandine et sa sœur. J'avoue que je commence à douter du succès.

PECTÉRIEFF. Un peu de patience, Nicolaï Ivanovitch. Un maréchal de la noblesse ne doit jamais perdre la patience, vous le savez bien.

BAGALAÏEFF. Voici de quoi il s'agit : du consentement mutuel des cohéritiers, la maison ne se partage point; il faut donc une compensation. Je propose ce lot....

PECTÉRIEFF. Ah! celui-ci?

BAGALAÏEFF. C'est là que nous sommes arrêtés. Le frère consent; mais pour la sœur, non-seulement elle ne consent pas, mais elle ne veut pas même nous faire l'honneur d'exprimer son désir!

ALOUPKINE. Comme un cheval rétif, Excellence; ni en avant ni en arrière.

PECTÉRIEFF. Bien, bien, bien.... *Savez-vous, cher ami?* Certainement vous êtes ici meilleur juge que moi; mais, à votre place, j'aurais partagé ce bien tout autrement.

BAGALAÏEFF. Comment cela?

PECTÉRIEFF. Je dirai peut-être une bêtise, mais vous excuserez un vieillard. Il me semble.... Je voudrais un crayon.

MIRVOLINE. Un crayon? le voici.

PECTÉRIEFF. Merci, mon petit ami.... Il me semble, Nicolaï Ivanovitch, que voici comment il faudrait partager : d'ici ici, et de là là, et de là ici.

BAGALAÏEFF. Mais, Petr Pétrovitch, de cette façon les parts ne seront pas égales en étendue.

PECTÉRIEFF. Le mal n'est pas grand.

BAGALAÏEFF. En second lieu, dans cette part-là, il n'y a pas du tout de pâturages.

PECTÉRIEFF. Cela ne prouve rien; l'herbe peut croître partout.

BAGALAÏEFF. Et puis vous abandonnerez donc tous les bois à l'un des partageants?

MADAME KAOUROVA. Ah! voici une part que je prendrais avec plaisir.

PECTÉRIEFF. J'aurais pu facilement répondre à toutes vos objections; mais, comme je le répète, vous devez être meilleur juge que moi; il ne me reste qu'à me récuser.

MADAME KAOUROVA. Moi, je déclare que le partage de Petr Pétrovitch est parfait.

BEZPANDINE. Permettez-moi de jeter un coup d'œil.

MADAME KAOUROVA. Oui, décidément, je suis de l'avis de Petr Pétrovitch.

ALOUPKINE. C'est épouvantable. Elle n'a rien vu et ne peut se tenir de parler.

MADAME KAOUROVA. Comment sais-tu, mon petit père, que je n'ai rien vu?

ALOUPKINE. Eh bien! si vous avez vu, dites-moi quelle part vous prenez.

MADAME KAOUROVA. Quelle part? Mais celle qui a les bois et les pâturages, et un peu plus de terres.

ALOUPKINE. Oui, il lui faut tout à elle seule.

SOUSSLOFF, à *Aloupkine*. Laisse-la donc.

PECTÉRIEFF, à *Bezpandine*. Eh bien! qu'en dites-vous?

BEZPANDINE. A vrai dire, ce partage n'est pas régulier. Du reste, je suis prêt à consentir, si l'on me donne cette part-ci.

MADAME KAOUROVA. Et moi je suis prête à consentir si on me donne cette part-ci.

ALOUPKINE. Laquelle ?

MADAME KAOUROVA. Celle que mon frère demande.

SOUSSLOFF. Dites, après cela, qu'elle ne consent à rien !

PECTÉRIEFF. Je vous ferai observer, monsieur et madame, qu'il est impossible de donner la même part à tous les deux. Que l'un de vous fasse un sacrifice, montre sa grandeur d'âme et prenne la part la moins bonne.

BEZPANDINE. Oserais-je demander à Votre Excellence pourquoi diable ou pour quel diable je montrerais ma grandeur d'âme ?

PECTÉRIEFF. Pour quel... Quels mots étranges vous employez pour votre sœur !

BEZPANDINE. Ah bien oui !

PECTÉRIEFF. Votre sœur, ne l'oubliez pas, appartient au sexe faible ; elle est femme et vous êtes homme, Téraponte Illiitch.

BEZPANDINE. Bon ! voilà la philosophie qui commence.

PECTÉRIEFF. Quelle philosophie trouvez-vous dans mes paroles, s'il vous plaît ?

BEZPANDINE. C'est de la philosophie.

PECTÉRIEFF. Cela m'étonne... Messieurs, cela ne vous étonne-t-il pas ?

ALOUPKINE. Rien ne saurait m'étonner aujourd'hui. Vous me diriez que vous avez mangé votre propre père, que je vous croirais.

BAGALAÏEFF. Messieurs, permettez-moi de placer une parole. Cette recrudescence d'obstination doit vous prouver, très-cher Petr Pétrovitch, que votre mode de partage n'est pas très-habile.

PECTÉRIEFF. Pas habile ! Permettez, c'est ce qu'il faut prouver. Je ne discute pas ; il est possible que votre proposition soit excellente, mais on ne peut pas non plus juger ma proposition à première vue. J'ai tiré ma ligne comme qui dirait *en gros*. Certainement j'ai pu me tromper dans les détails. Il est naturel d'égaliser les parts, de prendre chaque chose en considération. Mais pourquoi donc pas habile?

ALOUPKINE, *bas à Soussloff*. Quelle est cette ligne qu'il a tirée?

SOUSSLOFF. *Angro*.

ALOUPKINE. Et que signifie *angro*?

SOUSSLOFF. Dieu le sait. Ce doit être un mot allemand.

MIRVOLINE. *Angro*?... Mais, permettez, cela veut dire... Non, c'est *antresol*.

BAGALAÏEFF. Je suis d'accord, Petr Pétrovitch, que votre proposition est excellente, parfaite; mais la principale difficulté, c'est de faire les parts égales : voilà le nœud de la question.

PECTÉRIEFF. C'est possible. Puisque, comme vous dites, ma proposition n'est pas habile....

BAGALAÏEFF. Mais non, Petr Pétrovitch...

MADAME KAOUROVA. Je sais très-bien pourquoi M. le maréchal insiste si fort sur sa proposition.

BAGALAÏEFF. Que voulez-vous dire par ces paroles, madame? expliquez-vous.

MADAME KAOUROVA. Je le sais fort bien.

BAGALAÏEFF. Madame, je vous enjoins de vous expliquer.

MADAME KAOUROVA, *aux autres*. Nicolaï Ivanovitch a l'intention d'acheter à vil prix, de Téraponte Illiitch, le bois de notre tante. C'est pour cela qu'il fait tous ses efforts pour que ce bois ne me revienne pas.

BAGALAÏEFF. Vous vous oubliez, madame. Votre frère est-il un enfant? Ne recevrez-vous pas votre part? et qui

vous a dit que j'aie cette intention? Pouvez-vous empêcher votre frère de vendre ce qui lui appartient?

MADAME KAOUROVA. Non, je ne puis l'en empêcher;
mais ce que je veux dire, c'est que vous ne nous faites
pas les parts avec une conscience nette, et selon la justice,
mais selon vos intérêts.

BAGALAÏEFF. Oh! c'en est trop!

ALOUPKINE, à Bagalaïeff. Ah! vous le dites aussi à votre tour.

PECTÉRIEFF. Tout cela est très-embrouillé, je l'avoue,
très-peu clair et très-embrouillé.

BAGALAÏEFF. Voilà pour faire perdre la patience à un ange.
Qu'y a-t-il donc d'embrouillé dans tout ceci? Eh bien!
oui, j'ai l'intention d'acheter le bois à M. Bezpandine; il
est possible que je lui achète même toute sa part. Mais
qu'est-ce que cela prouve? Je n'ai pas la conscience nette...
et votre langue a eu le courage de le dire; mais vous
êtes une femme, je vous excuse. Quant à vous, Petr Pétrovitch... embrouillé... vous auriez dû, avant de lâcher
ce mot, considérer si le partage est justement fait; et il
l'est, certes, puisqu'on laissait à madame le choix de sa
part.

PECTÉRIEFF. C'est à tort que vous vous échauffez tellement, Nicolaï Ivanovitch.

BAGALAÏEFF. Comment! quand on me soupçonne, Dieu
sait de quoi! Moi, maréchal, jugé digne de la flatteuse
confiance de la noblesse, quand on porte atteinte à mon
honneur!...

PECTÉRIEFF. Je ne touche pas à votre honneur; mais
nous savons fort bien que lorsqu'on peut, sans trop de
préjudice, concilier son intérêt avec celui d'un autre, on
ne s'en fait pas faute; et, quant à la dignité du marécha-
lat, croyez-moi, Nicolaï Ivanovitch, on ne choisit pas
toujours les plus méritants; et tel a été repoussé par lo

scrutin, qui n'aurait pas dû l'être. Certes, je ne dis point
cela pour vous.

BAGALAÏEFF. Je comprends fort bien, monsieur, l'intention qui vous fait parler ainsi. Eh bien! essayez,
l'élection est proche; il est possible que cette fois la noblesse ouvre enfin les yeux, qu'elle apprécie enfin vos
qualités.

PECTÉRIEFF. Si MM. les gentilshommes veulent bien
m'honorer de leurs suffrages, je ne m'y soustrairai pas,
soyez tranquille.

MADAME KAOUROVA. Et c'est alors que nous aurons un
maréchal vraiment digne de ce nom.

BAGALAÏEFF. Je n'en doute pas; mais vous comprendrez
qu'après tous ces soupçons offensants, mon intervention
dans vos affaires serait complétement déplacée. Je vais
donc vous rendre...

BEZPANDINE. Mais non, non...

PECTÉRIEFF. Je vous assure que c'est à tort que vous
vous piquez....

BAGALAÏEFF. Excusez-moi... Velvitski, apporte leur
dossier... Voici vos requêtes, vos lettres, vos plans. Faites
le partage comme vous l'entendrez. Ayez recours à Petr
Pétrovitch.

MADAME KAOUROVA. Avec le plus grand plaisir.

PECTÉRIEFF. Moi, je m'y refuse formellement. Je n'ai
pas de temps à perdre à de pareilles misères. Pour qui
me prenez-vous, madame?

BEZPANDINE. Nicolaï Ivanovitch, de grâce, reprenez ces
papiers. Excusez-nous, c'est-à-dire cette sotte femme;
c'est elle qui est la seule cause...

BAGALAÏEFF. Je ne veux rien entendre; mon honneur
souffre, mes forces sont épuisées.

BEZPANDINE , *à sa sœur*. C'est toi qui as fait tout cela,
tête sans cervelle. Attends un peu que je te cède les bois

et les pâturages, et la maison. Tu verras comme je te les
céderai.

ALOUPKINE. Bravo! bravo! Traite-la de la bonne façon.

MADAME KAOUROVA, à *Pectérieff.* Ah! Petr Pétrovitch,
prenez ma défense, mon père. C'est un monstre, mon
père, un monstre sans religion. Il a plusieurs fois attenté
à ma vie, mon père; il m'a donné du poison.

PECTÉRIEFF. Permettez, permettez, vous me faites
violence...

SCÈNE XI ET DERNIÈRE.

Les mêmes, NAGLANOVITCH.

NAGLANOVITCH, *entrant.* Monsieur le maréchal, je suis
envoyé près de vous. Sa Haute Excellence[1] a daigné...

ALOUPKINE, *s'élançant sur lui.* Ah! c'est encore vous,
c'est encore le bouc!

NAGLANOVITCH. Qui êtes-vous? Qui est cet homme?

ALOUPKINE. Vous feignez de ne pas me reconnaître. Je
suis Aloupkine, le gentilhomme Aloupkine.

NAGLANOVITCH. Laissez-moi tranquille. Votre bouc a
pris la voie légale. Je ne suis pas venu vous chercher, je
suis envoyé vers Nicolaï Ivanovitch.

PECTÉRIEFF. Mais lâchez-moi donc, madame.

MADAME KAOUROVA. Mon père, défends-moi et partage-
nous.

ALOUPKINE, *à Naglanovitch.* Vous m'avez offensé, monsieur. Je braverai tout, je vous prouverai quel cas je fais
d'un suppôt de la police.

NAGLANOVITCH. C'est un fou.

BEZPANDINE. Nicolaï Ivanovitch, reprenez les papiers.

_____

1. Le gouverneur de la province.

BAGALAÏEFF. Arrêtez, messieurs; décidément je sens que ma tête s'égare. Un partage, un bouc, une femme obstinée, ce nouveau venu de Tamboff, un officier de police qui sort de terre, un duel demain, ma conscience n'est pas nette, un bois à vil prix, des cris, des disputes, des hurlements, c'en est trop. Excusez-moi, messieurs, je ne suis pas en état, je ne comprends rien, je n'en puis plus... (*Il s'échappe*).

PECTÉRIEFF. Nicolaï Ivanovitch, où donc allez-vous?... Par exemple, le maître de la maison qui s'en va! Que devons-nous faire ?

NAGLANOVITCH, à *Velvitski*. Dites-lui donc que j'ai à lui parler pour de graves affaires de service. (*Velvitski sort.*)

MADAME KAOUROVA. Que Dieu l'accompagne! (*A Pectérieff*). Mais toi, mon petit père, quand nous partageras-tu ?

PECTÉRIEFF. Madame, si vous ne me lâchez sur-le-champ, j'emploierai la force. (*Il s'arrache de son étreinte.*)

BEZPANDINE, *jetant ses papiers à terre*. Maudites soient les femmes dans toute l'éternité ! (*Il sort.*)

MADAME KAOUROVA. Je puis du moins me rendre cette justice, que je suis bien innocente de tout cela.

VELVITSKI, *rentrant*. M. le maréchal envoie dire qu'il ne peut recevoir personne; il se met au lit.

NAGLANOVITCH. Tout est dit; je lui laisserai un billet.
(*Il salue la compagnie et sort.*)

ALOUPKINE. Vous vous sauvez, monsieur, mais vous ne m'échapperez pas. (*Il le suit en courant.*)

PECTÉRIEFF. Attendez donc, nous nous en allons tous. Jamais, je l'avoue, je n'ai rien vu de pareil. (*Il sort.*)

MADAME KAOUROVA. Petr Pétrovitch, mon père, je vous demande justice. (*Elle le suit.*)

MIRVOLINE, à *Soussloff, qui était resté constamment immobile dans son fauteuil*. Jevguéni Tikonitch, que faites-vous donc là? Nous ne pouvons rester seuls; parlons aussi.

SOUSSLOFF. Attends; laisse-les s'en aller. Quand il aura repris haleine, nous ferons une partie de whist.

MIRVOLINE. Vous avez raison; mais, en pareil cas, il n'est pas mauvais de boire un coup.

SOUSSLOFF. Eh bien! buvons un coup, Mirvoline, bien que tu en aies pris déjà plus qu'assez. Mais quelle femme! elle rendrait des points à la mienne. Allons, nous venons de voir pratiquer le proverbe : « Partager comme frères; le mien à moi, le tien à nous deux. »

FIN.

TABLE DES MATIÈRES.

FIN DE LA TABLE DES MATIÈRES.

COULOMMIERS

Imprimerie PAUL BRODARD.

Original en couleur

NF Z 43-120-8